ぼっけもん

【最後の軍師　伊地知正治】

谷津矢車

幻冬舎

ぼっけもん

最後の軍師　伊地知正治

装　丁　フィールドワーク 田中和枝
装画提供　アフロ
（月岡芳年「近世八戦争 山城伏見」）

目次

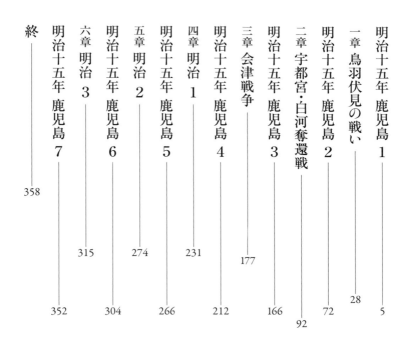

明治十五年　鹿児島　1

蟬《せみ》の声が時雨《しぐれ》のように降り注いでいる。

柴山七之助《しばやましちのすけ》は輿《こし》の棹《さお》を担ぎ、高台の道をひた走っていた。肩に棹が食い込み、額に汗が浮かぶ。七之助が息せき切らしながら、額の汗を腕で拭うと、肌にじりじりとした痛みを感じた。笠の縁を上げると、入道雲の陰から夏の太陽が姿を現したところだった。

「もう駄目じゃ」

七之助の右横で輿の棹を支えていた古川大智《ふるかわたいち》が悲鳴を上げた。

すると、後ろの棹を両肩で背負う新納源之丞《にいろげんのじょう》が怒気を発した。

「何を言うか！　ちっとでも遅れたら、先生に何を言われるか」

「じゃっどん、もう、足が動かん」

からげた裾から覗く大智の細足は小刻みに震えていた。七之助は口を開いた。

「少し休もう。先生から頼まれたもんをぶちまけでもしたら、それこそ大変なこつになる」

むう、と唸《うな》った源之丞も、最後には渋々の体《てい》で首を縦に振った。

道端に輿を置き、三人は大木の木陰で休憩に入った。

木の葉を突き破るように下りる日の光が七之助の頰を焼く。それでも、風の吹き抜ける木陰は、陽炎《かげろう》の立ち上る道よりは涼しい。

源之丞は木陰で腰を下ろし、諸肌を脱いだ。盛り上がった筋肉が赤銅色《しゃくどういろ》に茹《ゆ》だっている。天を突くような上背の源之丞は、兵児帯《へこおび》に木刀を差していることもあって、豪傑の風がある。一方、そんな源之丞とはちぐはぐに痩せている大智は、笠を脱ぐとつるりとした頭を拭き、ふらふらと強い光の落ちる道端に向かっていった。ややあって大智は、道端に立っていた地蔵の前で腰を下ろし、左腕に巻いていた数珠《じゅず》を握り直すと読経を始めた。大智の堂に入った読経は、辺りに広がり、やがて蟬時雨の中に消えていった。二人は七之助と同じく、今年で二十歳《はたち》になる。そんな二人とは違い、中肉中背、良くも悪くも特徴のない七之助は、二人から離れたところで胡座《あぐら》を組み、襟をくつろげて体のほてりを取っていた。

七之助はふと東の方角を見遣《みや》った。きらきらと光る内湾の向こうに浮かぶ桜島はこの日も赤塗りの盃《さかずき》を裏返しにしたような山容を誇り、火口からもうもうと上がる黒煙が鹿児島の空を二つに分かっている。

富士山の幻景が七之助の脳裏を掠《かす》めた。

桜島は巨人が錦江湾の真ん中で屹立《きつりつ》している。その姿はどこか心細げにも見える。江戸から眺めると丹沢山地を従えているように見える富士山とは、その有様は随分異なっている。

ふと七之助は江戸――東京の町の今を思った。

が、じじ、と鳴いた蟬が、江戸の幻景に取り込まれつつあった七之助の額に小便を引っかけ、蒼穹《そうきゅう》に消えていった。まるで七之助に冷や水を浴びせるかのようだった。

のろのろと七之助が額を拭っていると、源之丞がのそりと立ち上がった。

「さあ、休憩はこの程度にして、早く運ぶとしよう。先生に怒られう」

源之丞の言葉を受け、大智は経を上げるのをやめ、首元の汗を拭きつつ木陰に戻ってきた。

「遅れたら大変なことになうな」

「機嫌の悪くなった先生は、怖いからな」

そうして三人はまた輿を担ぎ、道の上をひた走った。その途上、大智がちらと輿の上に据えられた一斗樽を見遣り、憎々しげに声を上げた。

「なして、こんなに重いんか」

源之丞が間延びした声を上げた。

「酒でも入っておるんじゃなかど」

「そんなこっ、あるわけなか。あの吝嗇《けち》な先生が、真っ昼間から酒なんぞ。それにしても重か。くそう、なして先生、こんなものを運ばせうか」

「先生のお考えなんぞ、俺《おい》らに分かるはずがなか」

「まさか、あれなわけはあるまいな」

「いくら先生といったって、そんなこっはあるわけなか」

口々に言い、三人は道を急いだ。

輿を担いで走る三人は高台からなだらかな下り坂に差し掛かり、両側に唐芋畑が広がる野道へと至った。そんな中、畑で鍬《くわ》を振るっていた農家の者たちがその手を止めて近づいてきた。

「伊地知《いじち》先生のお弟子さんでごわすな。先生にこれを届けてくれもせ」

農夫は次々に土がついたままの唐芋やら葉物やらを輿に載せてくる。そのせいで、ただでさえ重い輿がさらに重くなる。

顔を引きつらせつつ農夫に礼を言い、七之助たちは先を急ぐ。

走ること一時間ほど、ようやく至ったのは、青々とした葉を茂らせる桑畑だった。

鶴丸城の裏山である城山に隠れて桜島は見えない。桑畑では笠を被った女たちが桑の葉をむしり、背負籠《しょいご》の中に投げ入れている。葉に手を伸ばす女の袖から白い二の腕が覗く度、七之助の心の臓が高鳴った。

しばらく桑畑の畦道《あぜみち》を進み、畑の中頃に至った頃、野太い一喝が三人に降りかかった。

「遅い。何をしておったか」

声の方に向くと、そこには杖を振り回す伊地知正治《まさはる》の姿があった。

伊地知は身の丈五尺にも満たない小柄な体に黒っぽい長着、木綿の袴、紗《しゃ》の羽織を合わせ、散切りにした白髪交じりの髪を夏風に揺らしている。左目を隠すようにはめられた金縁取りの鉄鍔《かねつば》眼帯、龍のように鋭い右目のおかげで、使い古された鉈《なた》のような凄みを全身から滲《にじ》ませている。

近づいた三人に、伊地知は無造作に杖先の一撃を与えた。

「どうせ道草でも食っておったんじゃろう」

痛みに頭を押さえつつ、七之助は首を振った。

「先生の庵《いおり》からこっまで、行って帰って二時間はかかりもす。これでも俺《おい》らは急ぎもした」

七之助たち三人は、片道一時間のところにある田上《たがみ》村の庵に伊地知の忘れ物を取りに戻っていたのである。行きで既に足の悪い伊地知を輿で運んでいるから、都合一往復半していることになる。

「議を申すな」

また遠慮のない杖の一撃が七之助に振り下ろされた。

「兵は拙速を聞く。何度も教えたこっぞ。一刻かかる道を半刻で駆け抜けるが、薩摩隼人《はやと》の意地ではなかか」

まるで薬罐《やかん》のように伊地知は鼻息を荒くし、首《こうべ》を垂れて口をつぐむ三人にさらなる説教を浴びせかけた。杖を振り回し怒鳴り散らすその姿は、町道場のご隠居のような風だった。

しばらく怒鳴るとようやく満足したのか、七之助たちから目を離した伊地知は鼻を鳴らし、手を叩いた。

「よし、皆々、休憩にすうぞ。今日は差し入れがあう」

畑の女たちが手を止め、ほっかむりを解きながら伊地知に駆け寄ってくる。年の頃はまちまち、娘から老女まで色々だった。多くは野良着姿だが、中には島田髷《しまだまげ》をそのままにし、華やかな着物に帯を合わせる者もあった。気づけば伊地知の周りには数十人の女が集っていた。

「おい、輿のものを」

伊地知に言われ、一斗樽を大智と共に輿から下ろした。

樽を見るや、女たちは小さく歓声を上げた。

だが、蓋が開くと、その声はすぐに落胆に変わった。

一斗樽の中には、豆腐が水面いっぱいに浮いていた。

あからさまに肩を落とす女たちをよそに、伊地知は何が楽しいのかにたりと笑う。

「豆腐は筋肉を作う。体を動かした時ほど、豆腐は効くぞ」

女たちは落胆を隠さない。

もっとも、丁度腹の減り時ではあった。げんなりとした顔をしていた女たちは皆、渋々といった体で豆腐半丁を受け取り、仲間と車座になって持参の弁当を開いた。

七之助たちも師である伊地知を囲み、持参した飯を食い始めた。時折醬油がない、薬味がないとうるさい伊地知の面倒を三人で代わる代わる見ながら、朝にふかした唐芋と、伊地知からもらった豆腐を交互に口に運ぶ。

土臭く涼しい風が吹き、七之助の脇をすり抜け、桑の葉をざわめかせた。

一人黙々と唐芋と豆腐を口に押し込んでいた伊地知は、己の食事を終えると、手早く煙管《キセル》に火をつけ、忙《せわ》しなく煙草を吸い切り、杖を突いて立ち上がった。

「もう休憩は終わりぞ。作業に戻れ」

休憩が始まってから三十分と経っていない。豆腐を受け取るのが遅れたためにこれから食事にありつく者もあったが、伊地知に口ごたえする者はいなかった。

皆、慌てて飯をかっ込み、不承不承ながらも立ち上がり、背負籠を手に己の持ち場へ戻っていった。その姿を眺めつつ、伊地知は悪戯《いたずら》っぽく笑う。

「皆、やればできうな」

伊地知は左足を引きずりながら畑を巡回し始めた。杖を突いているとは思えないほどに俊敏に動き回り、働く者たちに声を掛けている。女の中にも紛れるほどの短身瘦軀《そうく》なのに、声が大きいせいか、あるいは大物然とした態度のゆえか、伊地知の姿はどこにいてもよく目立つ。

「よくやうな、先生は」

源之丞の言葉に、大智も頷《うなず》いた。

「ここは、先生の開いた畑じゃからな」

西南戦争が終わってから鹿児島にやってきた県知事が士族の授産事業に乗り出した際、伊地知が名乗り出て多額の資金援助を行なった。その成果がこの桑畑で、秩禄処分や西南戦争を経て困窮した士族の女たちをここの人足として用いている。そのようなことを大智は言った。

源之丞は大きな肩を竦《すく》め、鼻を鳴らした。

「すぐにこん事業も行き詰まうことじゃろう」

なぜ。そう聞くと、源之丞はぼそりと言った。

「武家の女が、土に馴染めるはずがなか」

畑を見れば、熱心な者は少なかった。近くにいる同輩とおしゃべりに興じる者、その辺の畦に座り込んで休む者、未熟な葉や枯れ葉を一緒に収穫している者、色々あった。

土に馴染めないのは女だけではない。七之助は、己の泥だらけの手を見下ろした。

七之助も士族である。散切り頭に改めてもなお、己の四肢に通う武士の血を感じる時がある。大小の二本差しで大路を闊歩する江戸の勤番武士が武家の雛形《ひながた》として脳裏に刻まれている七之助からすれば、貧窮しているとはいえ畑仕事に精を出す武家の姿を見る度、胸を締め付けられるような侘《わび》しさを覚えた。七之助たちの他に男の姿がないのも、その思いを強くさせた。諸般の事情で、鹿児島にはあまり男がいない。

だが――。七之助の憂いを引き裂くように、伊地知の怒鳴り声が桑畑を割った。

「おい、七之助、大智、源之丞。早くこっちで桑の葉摘みを手伝え」

七之助は源之丞と顔を見合わせた。源之丞の顔に行きたくないと書いてある。大智も大智で何か思うところがあるのか、聞こえないふりをしている。だが、伊地知の怒鳴り声が三人の耳《じ》朶《だ》を引っ叩《ぱた》く。

「聞こえんか。こん桑畑は、俺《おい》の肝煎《きもい》りのもんぞ。手伝うのが嫌じゃ言うなら、今すぐ荷物まとめて出て行ってもよか」

七之助、大智、そして源之丞の三人は、伊地知の弟子だった。授産事業の一環で雇われている女たちとは立場が違う。

「ほれ、早く来んか」

伊地知の怒鳴り声が、七之助を現《うつつ》へ引き戻した。

「――行こう」

そう口にしたのは、大智だった。

「伊地知門下には自由民権の風も吹かん、か」

皮肉っぽく口角を上げて口にした大智は小走りで伊地知の下へと向かう。

「俺《おい》らも行くか」

踏ん切りをつけるように七之助は口にした。最初は嫌そうな顔をしていた源之丞も、ややあって頷き、足を踏み出した。

明治十五年の夏。薩摩鹿児島城下の桑畑に海の香りを孕《はら》んだ熱風が吹き抜け、葉音が立った。

○

七之助が伊地知正治の弟子になったのは、明治十三年末のことだった。

西南戦争の傷跡がなおも残る鹿児島城下の一角に、人足横丁と呼ばれるところがあった。名前の通り半期雇いの者やその日暮らしの者たちの溜まり場だったが、そこの路地にあった板壁には、いつからか仕事を募る者が張り紙をするようになり、夜、一杯酒を引っかけた貧乏人たちが、この張り紙を見て次の日の仕事を探すようになったのである。

七之助は飢えていた。天涯孤独の身の上となり、己の食い扶持を稼がなければならなかったが、世間知らずの士族の若造に生計の道が見出せるほど、世の中は甘くない。どうしたものかと途方に暮れながら人足横丁の壁を見上げていると、ある張り紙が目に入った。

伊地知正治ノ住込弟子ヲ募ル

檄文と見間違うほどの達筆で書かれた張り紙を信じれば、その辺りの求人に付されている日当の倍額が示されていた。破格の給金だった。伊地知正治の名にも惹かれた。薩摩の人間にとって、その名には格別の響きがあった。

次の日、七之助は田上村にある伊地知宅を訪ねた。鹿児島城下の喧騒から離れたところにある田上村は、山迫る谷戸《やと》を畑地として切り開き、街道沿いにぽつぽつと板葺《いたぶ》きの建物が建つばかりの、鄙《ひな》びた農村だった。その家々を尋ね歩き、伊地知の在所へと至った。

伊地知の屋敷は、庵、いや、廃屋同然だった。白蟻《しろあり》に食われ今にも柱が折れそうになっている納屋を横目に入り口の戸を開き、庵の中に入った。真っ昼間だというのに庵の中は真っ暗だった。雨戸を開けていないらしい。訝《いぶか》しく思いつつも七之助が中に目を向けると、火のついた囲炉裏端《いろりばた》に一人の老人が座っているのに気づいた。つぎはぎにすら穴が開いた野良着姿だった。紙燭《しそく》を傍《そば》に引き寄せ、左足を投げ出すように座りつつ、本を読んでいる。難しい顔をして文字を目で追っていたが、七之助の来訪に気づいたのか、老人は眼帯代わりの鍔を左目に宛がった異相を七之助に向けた。伊地知正治だ、と七之助は思い至った。伊地知の代名詞である左目の眼帯がなければ、下働きの者と勘違いしてしまいそうなほど、粗末な風体だった。

七之助は『張り紙を見て来もした』と声を掛けた。

すると伊地知は、本を静かに閉じ、七之助を囲炉裏の前に招いた。

『ほう、見たか』

囲炉裏端に置かれていた鉈で薪を細かく割り、炎に投げ入れた伊地知は、顔を七之助に向け、のろのろとにじり寄った。

『実は、二日前に一人弟子が逃げてな。一人減っては輿も使えず難儀しておった』

伊地知は左足を引きずりつつ七之助の前に立った。開かれている右目は、まるで利刀のように鋭い。伊地知の放つ圧に固唾《かたず》を呑む七之助の前で、伊地知は暢気《のんき》に口を開いた。

『よう来た。歓迎すっぞ』

かくして、七之助は伊地知の弟子になった。

なぜ弟子が逃げ出したのか、そして、破格の条件にも拘《かかわ》らず人足横丁の者たちがその張り紙に目をくれないのか、七之助はすぐに思い知ることになった。

伊地知は人使いが荒かったのである。

この隻眼の老人は、己の右目に捉えたものしか信じない。米を買うにも直に店の者と話し、実物に触れないことには納得しないのに、伊地知は足が悪い。するとどうなるか。七之助たちが輿で伊地知を担ぎ上げて城下と田上村を行き来することになる。『今日は桜島が見たい』となれば見晴らしの良い丘まで輿を担いで向かう。だが途中で気が変わって城山に行きたいと言い出し、行き過ぎた道を戻らねばならなくなる。だがまた気が変わり、鶴丸城の二の丸近辺に行きたいと言い出せば……。伊地知は気まぐれで、かつ理不尽だった。

『まだ着かんか』

そう怒鳴り、杖の先を頭に振り下ろすのは日常茶飯事だった。

当然、そんな使われ方をすれば、次の日、体中の節々が痛くもなる。布団の上でのたうつ弟子たちに伊地知は労《いたわ》りの言葉一つなく、

『修業が足らん。筋骨を鍛えんからこっなこっになう』

と言い放つ。

七之助が伊地知の下から逃げ出そうと企てたのは一度や二度ではなかった。だが、兄弟子格である大智と源之丞になだめすかされもしたし、伊地知の下を去ったとして、次なる働き口が見つかるとも思えなかった。それに、ただの偏屈老人にあらざる何かを伊地知に感じ取っていた。そんなこんなで、七之助は理不尽な日々に耐え続けていた。

○

囲炉裏の炭がばきりと折れ、火の粉が辺りに舞った。闇がこびりつく庵の中に浮かんだ火の粉は、ややあって闇の中にふっと消えた。

囲炉裏端に座る伊地知は部屋を見回した。一間十畳ほどの板の間には、近隣の子供たちが居並び、囲炉裏の炎に照らされて目を爛々と輝かせている。

「今日の講義じゃな。浚《さら》いじゃ。いろはにほへと、書いてみい」

一人一人、子供を囲炉裏端に呼んだ伊地知は、子供に火箸を持たせ、かなを灰に書かせた。すべて書ける者、いくつか間違える者、ほとんど書けない者、色々あった。しかし伊地知は声を荒らげることはしなかった。できる者には賛辞を惜しまず、できない者には、

「どれ、〝を〟はこう書けばよか」

と自ら書いてみせた。

それが終わると、次には算術の段となった。伊地知は算盤《そろばん》を取り出し、問題を出す。

「みかん一個が二銭、こいを二十個買ったらいくらになる」

粗末な算盤を弾く子供たちは、はい、はい、と手を挙げる。

そんな講義が一時間ほど続いた時分、伊地知は手を叩いた。

「さて、今日の講義はこれで終《しま》いじゃ。親が心配すっから、早く帰らんか」

子供たちから不平の声が上がる。

「また明日もやっから安心せえ」

そう諭し、伊地知は笑みを浮かべつつ子供たちを送り出した。

そうしてすぐに、庵には静寂が戻った。

竈《かまど》近くにいた七之助は伊地知の前に湯飲みを運び、囲炉裏にかかっていた薬罐から湯を注いだ。

「ご苦労様でございもした」

ん、と応じつつ、伊地知は茶碗を両手で包み持って啜《すす》った。

伊地知は寺子屋を開いている。

とうの昔に学制が施行されている。しかし、学校に毎日通うことができるのは、町に住む分《ぶ》限者《げんしゃ》の子に限られていた。農家の子供は労働力に当て込まれ、繁忙期ともなると毎日のように朝から夕方まで田畑に出される。すると、いつの間にか学校の授業に追いつけなくなり、学校から足が遠ざかる。そんな有様を目にした伊地知が、近隣の子供に読み書き算盤を教えるようになったのである。謝礼を取っている様子はない。

伊地知は湯飲みから口を離した。

「ものを教えるいうは、心躍うこったな」

「そういうものでごわすか」

「生きている心地がすうな。昔は、多くの二才《にせ》を育てたもんじゃ」

上機嫌な伊地知をしばし眺めていると、やはり竃前に立っていた大智が恐る恐るの風で声を上げた。

「あの、先生、お客人はどういたしもそう」

すると伊地知は途端に眉根を顰《ひそ》め胡座に組んだ膝を叩いた。

「そういや、おったな。上がっていただけ」

すると、大智の横に立っていた男が、上り框《がまち》で草鞋《わらじ》を脱ぎ、板の間に上がった。年の頃は三十そこそこ、身なりのいい男だった。洗い張りされたばかりなのか汚れ一つない藍染めの木綿の着物に鼠色《ねずみいろ》の袴を合わせている。その足取りは恐ろしく静かだった。かなり剣を学んでいるに違いない、隙のない歩きぶりだった。

「待たせもしたな」

伊地知が無感動に声を掛けて囲炉裏端を指すと、その男は音もなく示された場に座った。

「驚きました。まさか、噂に名高い伊地知先生が寺子屋など」

男の口から流れ出た淀《よど》みのない武家言葉を受けた伊地知は、口をへの字に結んだ。

「噂なんぞありもはん。俺《おい》は、本来無一物でごわす」

伊地知の周りに、ぴり、とした気配が漂うのを、七之助は確かに感じ取った。だが、客人には狼狽《ろうばい》した様子がない。

客人は暢気に自分の名を名乗った。南関東のさる藩に属していた侍だという。伊地知が話を掘り下げた感じだと、元はかなりの身代を誇っていた上士だったようで、今は先祖伝来の財産を元手に商いをしつつ、困窮する武士を助け、一党をなさんとしているとのことだった。

「世に名高い伊地知先生に様々な御智慧を頂戴したく、はるばるお邪魔しました」

「何を聞きもす」

「軍略をお教えください」

すると、伊地知は鼻を鳴らした。

「『孫子』でごわそう。特に魏武注辺りかの。簡潔にして当を得てごわす」

どこかぶっきらぼうな伊地知の言いぶりに、客人は眉を顰めた。

「『孫子』、ですか？　今更あのような黴《かび》の生えた古典など顧みる余地は……」

「そいが嫌なら、陸軍の門を叩きもせ。あすこに入れば日本一の軍略が学べもそう」

伊地知は殊更《ことさら》に人を食ったような物言いをした。

客人は仰々しく首を振った。

「ご冗談を。政府陸軍に軍略などありますまい。先の西南戦争など、前までもっこや鍬を担いでいた農民をかき集めて、ただ力押ししただけの戦い振りだったでしょう」

「じゃっどん、薩摩隼人は負けもした。学ぶなら、勝った方の軍略でごわそう」

客人はこれ見よがしに顔をしかめた。伊地知はほくそ笑みつつ手を叩いた。

「軍略を学びたいというなら、極意を教えることはできもすぞ」

「ええ、是非」

客人が身を乗り出すのに被せるように、伊地知は言った。

「豆腐でごわす」

客人の口から頓狂な声が上がった。一方の伊地知は淡々と続ける。

「豆腐は筋骨を作る食物でごわす。強兵を作うなら、まずはこいでごわす」

伊地知が大智に何事かを述べると、大智は表に飛び出し、やがて外にいた源之丞と共に戻ってきた。源之丞は大きな笊《ざる》を抱えている。失礼しもす、そう断って板の間に上がり込んだ源之丞は、その大笊を伊地知と客人の間に置いた。

伊地知は笊の中身を覗き込み、手を叩いた。

「うむ、よか塩梅《あんばい》に冷えておるな」

笊の上には、五丁もの豆腐が置かれていた。井戸で冷やしていたのだろう、豆腐は水気を帯び、てらてらと光っている。

皿と箸を大智に持ってこさせた伊地知は、客人に豆腐を一丁分盛り付け、渡した。

「強か軍を作うには、まずは強か兵を作らねばなりもはん。すっと、どうしても食事に目を向けざるを得もはん。そこで豆腐でごわす。豆腐を食って体を動かせば、頑健な体ができもす。それに、怪我したもん、病のもんに食わせればすぐに体が治る。薬いらずでごわす」

「そういう話をしているのではありません。伊地知先生にお伺いしたいのは――」

「まずは食いもせ」

伊地知に圧《お》され、ついに客人は豆腐の皿を受け取った。

それから、伊地知たちは豆腐を貪るように食べた。正確には、伊地知ががつがつと豆腐を食らい、度々客人に声を掛けて豆腐を勧め、客人の皿に新たな豆腐を置いた。客人の都合など伊地知は聞いていなかった。顔を青くしてげっぷをする客人に、「おや、客人どんも鍛えが足りもはんな」とせせら笑い、伊地知はさらに豆腐を皿に盛り付けた。そんな最中でも、伊地知はひたすらに豆腐の効能を説き続けていた。

笊が空になった。

「ふう、まだ食い足りんな」

腹をさする伊地知の前で、客人は焦点の定まらぬ目をしていた。

「どうしもした。まだまだ豆腐はあいもす。夜はこれからでごわす」

すると客人は、ふざけるな、と叫ぶや、床を蹴って立ち上がった。

「伊地知先生には失望しました。『孫子』を読めだの、政府陸軍に学べだの、豆腐は体に良いだの。それが、維新回天をもたらした明治の元勲、伊地知正治先生のお言葉とはとても思えません」

伊地知は頬杖を突いて口角を上げた。

「何と思われようが結構じゃっどん、これが俺《おい》でごわす。気に食わんなら、早く去《い》ぬるがよか」

「そうさせてもらう。この偏屈爺が。時間を無駄にした」

伊地知に言われるがままに荷物をまとめると、真っ赤な顔をした客人はどすどすと庵を後にしていった。

囲炉裏端の伊地知は、眼帯の奥を指で掻きつつ、大口を空けてあくびをした。

「短気は損気じゃなあ」

伊地知正治は、ただの隠居ではない。薩英戦争や禁門の変において薩摩全軍の指揮を執り、戊辰《ぼしん》戦争でも数々の大金星を上げた、官軍随一の軍師であり、明治十年に死んだ西郷隆盛、明治十一年に死んだ大久保利通と共に新政府の旗揚げに力を尽くした維新の元勲である。御一新の後しばらくは学識を活かして薩摩で政務を執っていたものの、乞われて中央政府に出仕し、政府の指導者である参議、左院の取りまとめ役である左院議長といった要職を歴任した。戊辰戦争の折には物心つくか否かだった七之助でも、薩摩の軍師、伊地知正治の名は知っていた。

西郷隆盛の下で薩摩全軍を率いて鳥羽伏見の戦いを勝利に導き、各地で起こった激戦を指揮、いずれも勝ちに導いた薩摩の名将の名が伊地知正治だった。特に敵の手に落ちた白河小峰城を寡兵で奪還した白河口での苛烈な戦いぶりは講談の種にもなり、時折薩摩の寄席《よせ》でも掛かっているほどだった。

だが、英雄伊地知は、とんだ変人だった。

伊地知の変人逸話の中でも、その豆腐への傾倒ぶりは特に有名だった。身近な者はもちろんのこと、伊地知の高名を慕って薩摩まで訪ねてきた者にまでひたすら豆腐の効能を説き、大豆の作付けや育て方の話から豆腐の作り方といった話を始めてしまうのである。これには訪ねてきた者も呆気《あっけ》にとられ、周りにそう言い触らすものだから、ついには「豆腐先生」などという綽名《あだな》が伊地知に冠されるに至っている。

その他にも、暴漢に襲われた際一目散に逃げた、という武士にあるまじき醜聞や、雨戸を閉め切った真っ暗な部屋で紙燭を灯して本を読む奇行、大久保利通との論戦に負けた腹いせに近くにあった火鉢を割った大人げない話、旅の餞別《せんべつ》にと大久保利通に炭団《たどん》を贈った吝嗇譚《りんしょくたん》、東京の寓居近くにある池の畔《ほとり》で行き倒れになった男を助けた際に池の神様と名乗って大騒ぎになった笑話など、とにかく変人の逸話に事欠かない。大西郷や大久保と並ぶ志士であったにも拘らず、政府内に派閥を作ることなく鹿児島と東京を往復する日々を送っているのも変人の面目躍如なのだろうというのが、世上のもっぱらの噂だった。

伊地知はなおも源之丞に豆腐を運ばせ、ものすごい勢いで口に運んだ。

「豆腐はええもんじゃ。豆腐さえ食っておけば、怪我も病気もせん。そいに、豆腐の原料である大豆は荒れ地やらちょっとした畦でも作付けのできう、優秀な作物じゃ。じゃっどん、金になりもはん。もし大豆が金になれば、大豆畑を薩摩に広げるところじゃがのう」

そんな豆腐談義の切れ間、箸を止めた伊地知が、短く口を開いた。

「ときに、天朝さあより、召喚の命が下ってのう」

庵の中に、張り詰めた気が満ちた。

伊地知が「天朝さあ」と呼ぶのは、中央政府のことである。

伊地知は今、宮内省御用掛の肩書きで中央政府に出仕している。かつて天皇の侍講を務めていた縁でのお役目で、実態としてはお飾りの名誉職だという。それでも、年に数回は上京して色々な雑務に当たらねばならないようだった。

「いつ頃からでごわすか」

誰ともなく出た問いかけに、伊地知は無表情に応じる。

「そうじゃな、おおむね、秋口には向かわねばならん」

「いつものように、ひと月ほどでごわそうか」

「いんや」

次なる豆腐に手を伸ばし、また口の中に放り込んだ伊地知は苦い顔をした。

「少し長くなるかもしれん。ちょ、昔の馴染みに呼ばれておってな」

「馴染み、でごわすか」

大智の口吻《こうふん》には、僅《わず》かばかりの疑念が混じっていた。師に面と向かって言えはしないだろうが、奇人に昔馴染みがあるのか、と言わんばかりだった。

伊地知は大笊に箸を伸ばした。だが、空振りしている。見れば、源之丞に運ばせた分の豆腐はすべて消え、茗荷《みょうが》の切れ端が醬油と豆腐の汁の混じり合ったものの上に浮いていた。

軽く舌を打った伊地知は源之丞を睨《ね》めつけた。

「もうないか、豆腐は」

「ないごてごわす」

「ちょしもた。まだまだ足らん」

伊地知は下腹の辺りを何度か叩く。伊地知は短身痩軀を絵に描いたような男で、胸も薄く、自ら歩かないためか足も細い。既に七丁もの豆腐がまるまる入っているはずだが、どこに消えたものか、伊地知の腹は真っ平らだった。

伊地知は首を振った。

「夜の講義はやめじゃ」

弟子三人の口から、変な声が出た。

昼間は雑用をさせられている三人も、名目上は弟子ということになっている。実のところそれを一番気にしているのは伊地知のようで、子供たちへの読み書き算盤教授や夕餉《ゆうげ》が終わってから講義が行なわれるのが常だった。

源之丞は悲痛な声を上げた。

「そいは困りもす、先生、そんなつれぬことを言わず、講義をしてくいもんせ」

「嫌と言うておろう。俺《おい》がやらぬと言うたらやらん」

「そこを何とか」

「あん客人のせいで、昔の話をすう口になってしまっとるんじゃ」

「昔の話?」

「戊辰の戦《ゆつさ》の話ぞ」

七之助が伊地知の下に世話になって一年半になる。その間、伊地知から戦の話は一切聞いたことがなかった。あるといえば子供の頃の話や中央政府での仕事ぶりの話ばかりで、尊攘《そんじよう》の暴風吹き荒れた風雲の時代や、伊地知が采配を振るった戊辰の話は、どんなにせがんでも躱《かわ》され続けていた。

身を乗り出したのは七之助だけではなかった。大智は碗を置き目を輝かせ、伊地知からこの話を引き出した源之丞などは白い歯をこぼしている。

薩摩士族にとって戊辰戦争はもっとも記憶に新しい勝ち戦である。そのためか、皆、戊辰戦争の軍談を好む。根っからの薩摩人ではない七之助が彼らについていけないことの一つが、薩摩人の持っている戊辰戦争への憧憬《しようけい》めいた眼差しだった。

「先生、教えてくいもんせ。何卒《なにとぞ》」

「そう急《せ》くな。戊辰の戦《ゆつさ》は長かった。一夜では話せん。そいじゃのう、今日は鳥羽と伏見の戦《ゆつさ》について話そうか」

「是非とも」

源之丞、そして大智の目が暗く光っている。

こんな時に限って、伊地知は普段にはない穏やかな目をしていた。いや、穏やかとも違う。諦めと後悔の入り混じったそれは――。伊地知の表情に対して的確な言葉を見つける前に、当の伊地知が口を開いた。

「じゃっどん、俺《おい》は政《まつりごと》を知らん。俺《おい》が話せるのは戦《ゆっさ》のこっだけ。そいでええか」

「あい」

「よか返事じゃ。じゃっどん、どっから話そうか」

伊地知は懐から煙管を取り出し刻み煙草を詰め、囲炉裏で火をつけた。口からぽかりと煙を上げつつ囲炉裏の炎を眺める伊地知は、紫煙の行く手を眺めつつ目を細めた。また煙管の吸い口を唇に宛がった伊地知は囲炉裏の炎に目を向けた。一瞬一瞬で姿を変える炎の向こうに、戊辰の光景を見ているかのようだった。

一章　鳥羽伏見の戦い

慶応四年一月二日。正月気分の一掃された京には、物々しい気配が満ちていた。

御所の北方にある相国寺《しょうこくじ》の、勅使門と法堂の間の広々とした参道には、兵士たちが捧げ筒の姿勢のまま屯《たむろ》していた。その間を伝令兵が走り回り、部隊長に命令を伝えるとまた次の部隊長の下へと走っていった。関ヶ原の昔のような鎧姿《よろいすがた》は廃されて久しい。兵士は揃いの円錐形の帽子、半首笠《はっぷりがさ》を被り、黒く染められた織の釦《ボタン》付き上着に短袴《ズボン》を穿《は》き、腰には弾丸を入れ置く小箱の胴乱と邪魔にならない程度の長さの刀を一差し帯びている。

縁側に座る伊地知正治は、昼餉の箸を止めた。鰹の刺身を前に、胃のむかつきを覚えたのだった。半分ほど刺身の残った皿から目を外し、ぴりぴりとした薩摩藩兵の様子を眺めた伊地知は、むう、と小さく息をついた。

箸を置いた伊地知は、脇に置いていたミニエー銃を拾い上げ、構え、引き金を引いた。撃鉄の乾いた音が密やかに鳴り、兵士たちの喧騒を一時だけかき消した。

ミニエー銃は、伊地知のお守りだった。

伊地知がこの銃に出会ったのは数年前、薩英戦争の後、英国《えげれす》から武器が入るようになってからのことだった。ある日の夕方、城に招かれ、弓場で試し撃ちする機会に恵まれた伊地知は、自らミニエー銃の精度を検《あらた》めた。己の実感しか信じない伊地知は、すぐにこの銃の凄みに圧倒されたのだった。

火縄銃《たねがしま》やゲベール銃は引き金を引いてから弾丸を発射するまでに時間がかかる上、熟練者でもなかなか的に当たらない。だが、ミニエー銃は引き金を引いたその瞬間に火薬が爆《は》ぜ、狙い通りに弾が飛んでいった。同じ距離で同じくらいの技量の者に数を競わせても、その精度は他の銃とは雲泥の差があった。

秘密は火薬の仕組みと弾丸の形にあるらしい。雷管を叩いて火薬が爆ぜる仕組みになっているため点火反応が良く、団栗《どんぐり》のような形状の弾丸が銃内部の施条を走ることできりもみ回転し狙い通りの軌道を描くよう設計されていると、この銃を卸した英国商人は言った。

『途轍もない兵器じゃ。戦《ゆっさ》が変わうぞ』

思わず伊地知はそう漏らした。

英国の実力を目の当たりにした薩英戦争、自ら撃ってその実力を確かめたミニエー銃、この二回の強烈な体験が、西洋の文物を毛嫌いしていた伊地知の了見を変えた。とみに言われるようになった和魂洋才の四文字に従い、伊地知は西洋軍法を積極的に自らの軍略に取り入れるようになったのである。

もっとも、尊攘志士として奔走していた自分が西洋かぶれも同然の格好をしているのは、伊地知もばつが悪かった。左目の眼帯に刀の鍔を用い、自ら求めた赤い陣羽織を洋装の上から纏《まと》うことで、伊地知は洋装を取り繕っていた。

ふと背に気配を感じ、伊地知は振り返った。

後ろには、西郷吉之助の姿があった。恰幅の良い体を黒い洋装で包み、黒々とした髪を総髪に結い、肉付きのいい頬を赤く染めつつ後ろ手を組んで、庭を走り回る薩摩兵たちを楽しげに眺めている。この男を特徴づけるのは、目であろうと伊地知は思っている。腫れぼったい瞼《まぶた》の奥にある黒く大きな瞳は、相対する者を怯《ひる》ませ、しばらく見ているうちに魅了される。魔性の目、仲間内ではそう呼ばれる団栗眼《まなこ》は、この日も輝いていた。

慌てて立ち上がろうとする伊地知を手で制した西郷は、鷹揚に笑った。

「伊地知先生、昼餉でごわそうか」

伊地知は、ああ、と頷き、血合いの多い鰹の刺身を箸でつまみ上げた。

「刺身は薩摩に限りもすな。京の刺身は生臭くていけもはん」

「その割、随分箸が進んでおられるようでごわすが」

「腐っても魚でごわす」

伊地知は鰹の切り身を無理矢理口に運んだ。醬油をたっぷりつけたが、味がしなかった。

「おお、ぴりぴりしておりもすな」

西郷は暢気に言った。器の違いを見せつけられている気がして癪《しやく》だった。伊地知は皮肉を述べた。

「こん戦《ゆっさ》を前に、のんびりしておられうのは西郷どんくらいでごわそう」

「はは、そいでごわすか」

西郷は、洋服がはち切れんばかりの太鼓腹を叩いた。大藩薩摩藩の家老とは思えない、ひょうげた仕草だった。

薩摩の尊攘派が藩の舵取《かじと》りを担う大勢力に育ったのは、他ならぬ西郷吉之助の器によるところが大きかった。西郷は子供の頃から薩摩下士の屋敷が連なる加治屋町の若者を惹きつけ、十五を数える頃には仲間内の頭領格に登り、家中での一派を築き上げていた。

伊地知は最初、その輪から離れたところにいた。伊地知家は加治屋町よりも鶴丸城に近い千石馬場町にあった。そのほんの少しの距離が、加治屋町の二才《にせ》たちと伊地知との接点を奪っていた。もっとも、伊地知と西郷の出会いが遅れたのは、住まいばかりが理由ではない。子供の頃、伊地知は流行《はや》り病にかかった。ひと月寝込み、医者すらも匙《さじ》を投げるような大病だったが、一命は取り留めた。その代わりに左目の視力をなくし、左足の感覚が失せた。走り回ることも、他の者たちと同等に刀を振り回すこともできなくなった。子供ながら、殿様の役に立てぬのならば死んだ方がよいと腹に刃を突き立てんとしたこともあった。だが、父がそれを許さなかった。

『死にたいほどの辛苦の中にあうのなら、死ぬ気で己の生きる意味を見出せ』

父の言葉に一念発起した伊地知は学問で自らを陶治《とうや》した。経書を学んだ後、薩摩の軍学、合伝流を修めた。合伝流は真田幸村も門人だったという伝のある軍学で、その発想は極めて明快、かつ薩摩人の気性に適《かな》ったものだった。

火縄銃の銃口を並べて息をつかせる間もなく撃ち、敵陣を崩すべし。

諸流の伝書を学び、良きところを合わせるべし。

伊地知はこの合伝流の術理を愛し、のめり込んだ。軍学でなら、主君に奉公できる。そう子供ながらに考えた。

十四の頃、殿様への御前講義を拝命した。前髪の取れない少年が学者としての名誉に浴したというのだから鹿児島城下は大騒ぎになった。薩摩隼人は口々に伊地知を神童と褒めそやし、左目の見えぬこと、軍学の上手であることから山本勘助をもじって今勘助なる綽名をつけた。子供時分から伊地知は大人の輪の中に取り込まれ、同世代の者たちと関わることがなかった。

そんな伊地知が西郷と知り合ったのは、十五歳の時分のことだった。

合伝流の師匠の屋敷へと向かう道すがらのことだった。杖を突いて裏路地を進む伊地知の前に、木刀を携えた男たちが立ちはだかった。首や腕の盛り上がりを見ただけで、相手の研鑽《けんさん》のほどが知れた。丸太のように太く、みみずのような血管が皮膚の下に走る、実にいい筋骨をしていた。

伊地知は数を数える。

六人。

勝てない。そう判断するや、伊地知はくるりと身を翻し、杖を突いて逃げた。

刺客の罵声を浴びてもなお、伊地知は相手にしなかった。そうして一目散に裏路地を駆け回る伊地知の前に、一つの影が立ちはだかった。

それが、西郷吉之助だった。大きな黒目がちの目が、伊地知を捉えて放さない。木綿の藍染めの長着、薄い袴に大小を手挟《たばさ》んでいる大男の偉容にさすがの伊地知も無視を決め込むことができず、足を止めた。

西郷は、その大きな団栗眼をぎょろりと動かし、もし――、と話しかけてきた。

『なして、先ほどは逃げもしたか』

伊地知も大小を手挟む身だった。襲われて、一合も打ち合うことなく逃げ出せば、怯懦《きょうだ》を指弾されても申し開きはできない。だが、伊地知には自分なりの理屈があった。己のこめかみを指し、何度も叩いた。

『俺《おい》は薩摩の頭脳《あたま》になりもす男じゃ。ここで無駄死にすうわけにはいかん』

西郷は呵々《かか》と笑った。その声には、伊地知を馬鹿にする風は微塵もなかった。それどころか、理解の埒外《らちがい》にあるものを褒め称《たた》えるような、そんな温かさすらあった。

『噂通りの人でごわすな。千石馬場町に神童あり、されど奇矯にして用いるに難し』

誰の言葉か、と聞くと、西郷はしれっと応じた。

『世の噂でごわす。噂は信用なりもはんゆえ、人物を直に見に来もした』

黒目がちの目を大きく広げ、西郷は深く腰を折った。

『俺《おい》は西郷吉之助でごわす。お前《はん》の器、見させてもらいもした。その上で言いもす。仲間になってくいもんせ。伊地知先生』

これが、西郷吉之助との出会いだった。

術理という丸窓から切り取られた世を眺める伊地知からすれば、尊攘は己の埒外にあるものだった。伊地知の興味は観念ではなく、実際的な技術にこそ向いていた。そんな伊地知を尊攘の嵐に導いたのが、西郷との友誼だった。初めて出会ったその時から、伊地知は西郷の人物に魅せられ続けているのだが、生まれ持った天邪鬼《あまのじゃく》の虫のせいで、西郷の前ではつい斜《はす》に構えてしまう。

「西郷どんは今の様子、分かっておりもすか。禁裏周りに気を払いすぎて、目の前のきな臭さに気づいておらぬのなら、俺《おい》が目を覚まさせねばなりもはん」

「はは、間に合っておりもす」

「本当でごわすか」

「正念場であるこっくらい、承知しておりもす」

西郷の目に暗い影が差した。

慶応四年、本邦六十余州が鳴動している。

そのきっかけは、慶応三年十月に出された、徳川家が朝廷に政権を返上すると宣言した大政奉還にまで遡《さかのぼ》る。朝廷は建武の新政以来、政を担っていない。そもそも、政を行なうような体制など朝廷にはなかった。つまるところこの大政奉還は、混沌とした政局を打破するために徳川方の打った乾坤一擲《けんこんいってき》の奇策に過ぎなかった。政権を担う力のない朝廷は、必ずや徳川に泣きついてくるはず——、それが、大政奉還を仕掛けた前将軍、徳川慶喜《よしのぶ》の狙いだったのだろう。

だが、これを逆手に取り、薩摩をはじめとした雄藩が朝廷に参画、徳川を排除した上で朝廷による政を行なうと宣言した王政復古の大号令が同年十二月に出されたのである。

徳川からすれば、薩摩をはじめとした雄藩が政権を掠め取った格好である。徳川方は王政復古の大号令に反撥、朝廷に蔓延《はびこ》る佞臣《ねいしん》を追討するという名分を立て、大坂城を出立した。その数は一万五千とも二万ともいう。

朝廷は直轄軍を有していない。そこで、朝廷に近侍する諸藩の兵をかき集めてこれに対することとなったが、どんなに数を上乗せしても五千が限度だった。朝廷は、三倍から四倍もの敵を相手に戦を構えることとなったのである。

朝廷の主力である薩摩藩の軍師を務める伊地知は、戦の全責任を負うに等しい立場となった。とはいえ、その責は、伊地知一人の首で負えるものではない。己一人腹を掻《か》っ捌《さば》いてそれで済むのならいっそ清々しかろうが、薩摩全体の神輿《みこし》である西郷に汚点を残すわけにはいかなかった。

累卵を見るかのような状況だからこそ、伊地知の心は奮い立った。難を前に萎縮することなく、むしろ人生の彩りと捉えてしまうのが、伊地知正治という男の習いだった。

伊地知は己の胸を叩いた。

「その正念場の策、西郷どんにお話ししもそう」

「伊地知先生の策、聞きもそう」

伊地知が立てたのは、ざっとこのような計画だった。

戦端が開かれれば、京の入り口に当たる鳥羽と伏見の死守が絶対条件となる。ならば、薩摩のミニエー銃部隊、砲兵隊で敵兵を叩き、無力化したところで近接部隊を投入して寄り切る、合伝流の流儀そのままの戦術で相対すればよい。

あえて伊地知は楽観を添えた。

「伏見は何とかなりもす」

伏見は碁盤目状の町並みをしている。こうした地勢では大規模な兵力の展開はできず、しかるべき陣を敷けば迂回戦術も採られづらい。兵数が絶対的な優位とはなりにくいはずである、そう伊地知は説いた。

西郷は小さく頷く。

「伏見はそいでよごわす。じゃっどん、鳥羽は」

「神頼みとなりもそう」

伊地知と雖《いえど》も、楽観的な見通しは立てられなかった。

鳥羽は湿地、平地帯が広がっており、遮蔽物が存在しない。平野での戦いは、兵の多寡がそのまま戦の結果に直結する。無論、高い練度を誇る薩摩軍の力である程度の不利は跳ね返せようが、戦が長期化、泥沼化すれば、勝つのは兵数の多い方である。この戦、鳥羽、伏見いずれも死守できねば負けが決まる。片方が崩れただけでも、守るべき本陣である京に雪崩《なだ》れ込まれてしまうがゆえである。

取るべきは短期決戦、電光石火で一気呵成に攻めまくり、二つの戦場で勝利をもぎ取るしかない。

そう算段を打っていた伊地知は、西郷が浮かぬ顔をしていることに気づいた。

「どうしもしたか」

「一つ、伊地知先生に謝らねばならぬことがありもす」

「まさか――、帝の御遷《おうつ》りに問題が起こりもしたか」

「さすが伊地知先生、話が早くて助かりもす」

朝廷では戦に負けた場合の計画も策定されていた。帝を山陰方面へと脱出遊ばせ、兵を立て直して再び決戦を挑むというのがその大まかな骨子であった。だが、肝心の山陰の大名が日和《ひより》見《み》に回ったのだという。

「今、政府の内にも、こん戦《ゆっさ》を徳川と薩摩の諍《いさか》いと考えう輩《やから》もおりもす」

「そいは困りもす。何とか、上の連中の腹を決めさせねば」

伊地知が口から泡を飛ばしていると、不意に鋭い声が浴びせかけられた。

「安心すればよか、伊地知どん」

西郷の低く落ち着いた声とは異質の、才気の迸《ほとばし》った低音だった。

声の方に向くと、伊地知が思った通り、薩摩西郷党の二番手である大久保一蔵《いちぞう》が立っていた。総髪に髷を結い、上等な鼠色の絹小袖と仙台平の袴を着たその男は、面長な顔を陰鬱に歪《ゆが》めていた。縦横に大きい西郷と並ぶくらい背が高いのに、横幅は半分ほどしかない。だが、それは西郷の恰幅が良いだけで、実際には大久保も精悍《せいかん》な体つきをしている。

大久保は西郷の横に立ち、伊地知を見下ろした。

「今、俺《おい》が山陰の各家中の留守居とも折衝しておるし、公卿《くぎょう》にも働きかけをしておるところじゃ」

気性の荒い薩摩隼人の中にあって、この男は冷めた気配を全身に纏っている。その賢《さか》しらな態度を嫌う向きも多いが、伊地知は己と同じ智慧者の匂いを大久保から嗅ぎ取っている。大久保には西郷へのそれとは違う不思議な信頼感を伊地知は抱いていた。

その大久保の顔も浮かない。

「じゃっどん、どちらの件も、緒戦を支えてくれもはんと絵に描いた餅になうこっじゃろう。負けの見えている賭けに加わる酔狂なもんはおらん。——伊地知どん、何とかこん戦《ゆっさ》、引き分けくらいのところまで、持っていってくれ」

伊地知は大きく頷いた。

「もちろんじゃ」

目の前の戦に、これからのすべてが掛かっている。伊地知の背に、ひりひりとした熱が走った。

伊地知は意識を前線に戻した。

「西郷どん、頼みがありもす」

「何でごわすか」

「後ろに取っておいてあう兵力を前線に送りもそう」

既に伏見には薩摩小隊三隊と砲隊半隊、鳥羽には彦根兵と西大路兵約百が布陣している。これでは心もとないと判断した結果の言葉だった。

大久保は少し眉を顰めた。

「左様なこっをしもしては、京の周囲の大名が攻め込んできた際の備えがのうなる」

「戦力を一度につぎ込むのは、戦《ゆっさ》の基本《いろは》でごわす」

西郷は大久保を制し、伊地知の献策を呑んだ。

「戦《ゆっさ》のこっは先生にお任せしておいもす。先生がそうおっしゃうなら、俺《おい》は何も言えもはん。で、どの隊を」

伊地知は即座に答えた。

「鳥羽には小銃五と六番隊、外城の一と二と三番隊、私領二番隊、一番砲隊の半隊を、伏見には小銃三、四番隊と臼砲半隊を送りもそう」

「承知しもした。そん話、大久保どんと俺《おい》とで上に呑ませもそう」

西郷は己の腹を叩き、快活に笑った。

慶応四年一月三日、薩摩藩は藩兵を鳥羽と伏見に増派することと決し、伊地知は相国寺の勅使門の脇から、将兵の出立を見送った。

慌ただしい出陣の中、伊地知に声を掛ける者があった。

「先生」

振り返ると、破顔する西郷信吾が立っていた。年の頃は二十代半ばといったところ、半首笠を被り、揃いの黒軍服に身を包んでいる。薩摩兵制式のなりに身を包む信吾の丸顔には青さが見え隠れしているものの、緊張のゆえか、いつもより精悍な顔をしていた。

「おお、信吾か」

信吾ははにかんだ笑みを伊地知に向けた。

西郷信吾は西郷吉之助の年の離れた弟で、この戦では鳥羽に追加派兵される五番小銃隊の監軍の役目についている。

信吾は半首笠を深く被り直した。

「先生に教わった軍略をようやく活かせるかと思うと、心が浮きもす」

信吾の肩が小刻みに揺れていた。信吾は伊地知の合伝流の弟子で、小さな頃からずっと面倒を見てきた。それだけに、虚勢を張っているのが伊地知にはすぐに見て取れた。

「信吾、俺《おい》の軍略の奥義、覚えておっか」

「もちろんでごわす。命は捨てるものに非《あら》ず、でごわす」

伊地知が合伝流の講義の際に口を酸っぱくして弟子に教えたのは、退《ひ》き際の見切りだった。あまりにこれが早すぎては戦にならず、さりとて大損害を出すまで退けぬでは愚将のそしりは免れ得ない。現場を指揮する将には蛮勇と臆病が両立せねばならぬという考えを平易にしたのが、『命は捨てるものに非ず』という言葉である。

「そいが分かっておればよか。信吾、精いっぱいやってこい」

「はい。戦《ゆっさ》から戻ってきたら、また軍略を教えてくいもせ」

信吾は大きく頭を下げると、自らの所属する隊列の中に消えた。伊地知はその後ろ姿を淡々と見送った。


一月三日夕刻、相国寺にいた伊地知の下に急報がもたらされた。

「ついにか。思ったよか、早か」

鳥羽からの遣いによれば――。

京へ向かう徳川軍の行列が鳥羽の街道を封鎖する薩摩兵の前に近づき、封鎖を解くよう命じた。だが、薩摩に従う道理はない。しばらくの間が睨《にら》み合いが続いたものの、徳川方が押し通ろうとしたところ銃撃が発生、薩摩軍は即座に兵を展開、戦闘を開始した。

伊地知は瞑目した。

しばらくして、伏見方面の伝令が相国寺庫裏《くり》の庭先に飛び込んできた。

「伝令伝令、伏見で」

「そっちでも戦《ゆっさ》が起こったのじゃろ」

伝令は目を丸くして何度も頷いた。なぜ知っているのかと言わんばかりの顔だった。

想像はつく。戦は火薬が爆ぜるように始まる。遠くで砲声がすれば、一触即発の状態で対峙している別働隊とて、何もしないわけにはいかなくなる。

ここからは、現場指揮官任せとなる。

小競り合いの最中、大将に仕事はない。大将の仕事は、戦が起こる前の積み上げと、戦を有利に展開するための下地作りだった。伊地知は土壇場に座る罪人のような心持ちで、相国寺の庫裏の縁側で脇息に寄り掛かっていた。特に、今回の戦は最初から予備兵力の幾割かを前線に送り出している。なおのこと、大将に役目はなかった。伊地知は音を立て、とうの昔に火の消えた煙管の吸い口を噛み続けていた。

伊地知はこの戦に先立ち、図上模擬戦を開いている。合伝流に伝わるもので、兵数、地形や地勢ごとに定められた命中精度を乗算し、相互の損害を積み上げていく。伊地知はそこに装塡速度や命中精度を補正する工夫を凝らした。合伝流が想定するのは相互に同等の能力を有した火縄銃での撃ち合いだが、これでは現状に即さない。火縄銃が一発の弾を撃つ間に、ミニエー銃なら三発は発射ができる。命中精度も桁違《けたちが》いだ。仮に命中精度に六倍差が出るとすると――撃ち合いに徹する限り、勝つのはこちらのはずだった。

だが、図上模擬戦は、あくまで模擬戦でしかない。偶発的な事態によって、戦況が崩れることは十分に起こり得ることだった。

戦が起こってしばらくすると、戦況が相国寺の本陣に蓄積されていった。伝令の話を総合すれば、今のところ鳥羽も伏見も陣立てを崩されることなく、数倍の兵力差のある徳川軍と互角にやり合っているようだった。

伊地知は身をよじらせた。

硝煙の匂い、血霞《ちがすみ》、馬蹄の音に埃、それらを全身で受け止めぬことには、将帥として正しい判断は下せない。戦場から少し離れたところにいる伊地知は、空気穴すら開いていない箱の中に閉じ込められて、算術の問題を目隠しで解くよう強いられているかのようなもどかしさに襲われていた。

それでも、伊地知の頭脳は計算をやめない。

戦場からやってくる報告をまとめると、薩摩軍の善戦よりは、徳川軍の失策が目立っているように感じた。関ヶ原の頃の具足を纏い、火縄銃どころか槍を担ぐ者も多く、緒藩兵の寄せ集めでしかない徳川軍はいかにも旧式の陣立てだった。迂回戦術を採るなり、後方支援を得た上での突撃を採るなりすれば容易に崩れる。数々の軍略が頭の中に浮かび、消えてゆく。しかし、軍略とは現場指揮の策であり、今の伊地知にそれを実現する手段はなかった。

「戦場におる連中は何をしておるか。攻める時に攻めんと後が高くつくぞ」

床几《しょうぎ》に腰を下ろし、煙管の吸い口をしきりに嚙む伊地知は、気づけば短袴《ズボン》の腿の辺りをぎゅっと握り締めていた。冬だというのに顎に溜まっていた汗が落ち、短袴に染みを作る。

帷幄《いあく》の奥で伊地知が息を潜めるうち、辺りが闇に包まれていた。

伝令越しに、伏見にいる将から攻撃の中止を進言された。だが、伊地知はそれを認めなかった。

「何を馬鹿なことを言うか。そんなこっもわからんか。町に火をつけい。明るくなろうが」

伝令は声を失った。だが、伊地知は嚙んで含めるように命令を伝え、伝令を追い払った。

やがて伊地知の指示通り伏見の町に火が掛けられ、煌々と輝く巨大な篝火《かがりび》の下、銃撃、砲撃が継続された。

この戦は、何としても初日で大勢を決する必要があった。

兵器、兵の練度は薩摩に一日の長があるとはいっても、頭数では徳川方に軍配が上がる。この戦、長期化すれば、結局は数量、物量の差で押し切られる。寡兵の薩摩が勝ちを収めるためには、敵を撤退させるほどの大勝利を得、その上で次々に相手を押し込んでゆくしかない。言うなれば、横綱相撲を仕掛けてくる相手に猫だましで白星をかっさらうような戦いをせざるを得なかった。

「今日、ここで弾を使い切っても構わん。ここが正念場じゃ」

伊地知は伝令越しに継戦を命じた。

辺りが暗くなって一刻ほど経った時、奇貨が転がり込んだ。

伏見の徳川軍の拠点であった伏見奉行所が大爆発を起こした。

伊地知は指図の広げられた卓に煙管を打ち付けた。

弾薬庫に火が回ったのだろう。

すなわちそれは、敵方の弾薬に大打撃を与えただけに留まらず、当地が陣地としての機能を失ったことを意味している。つまり、そこから起こるのは――。

「機じゃ。攻めまくれ」

伊地知の予想通りに、戦は推移してゆく。

伏見で戦っていた新選組や幕府歩兵隊が撤退を開始し、淀まで後退したのであった。

しかし、もう一つの戦線である鳥羽はそう簡単にはいかなかった。一月四日、五日に亘《わた》り大激戦が繰り広げられ、薩摩軍が圧される場面もあったが、最終的には薩摩軍二番砲隊による小銃突撃と薩摩軍一番砲隊による砲撃により旧幕府軍は敗北、淀方面に下がっていった。

蓋を開けてみれば大勝利、三倍から四倍もの兵力を撃退した大金星だった。

だが、伊地知はこの勝利を喜び切ることができなかった。

「しくじってしまいもした」

本陣相国寺に設《しつら》えられた傷病兵の治療場は、本陣の一部に白布を渡して目隠しとしているだけの場所だった。そこに血まみれの姿で横たわる西郷信吾は、青い顔をして己の下半身に目を遣った。信吾の足は包帯でぐるぐる巻きにされていた。

「腿を撃たれもした」

信吾は、鳥羽の戦線にいた。だが、敵方の銃撃に遭い、腿を貫通する大怪我を負った。小さな傷だったが、血の量が尋常ではなかった。これを見た仲間たちは、

『介錯すうそ』

と低い声で信吾に語りかけたという。

信吾は笑う。

「腿の傷が命取りじゃとは教わっておりもしたから、同輩の言うことは、間違っておりもはん。悔しかこつでごわすが、蘭方に救われもした」

本陣に運び込まれた信吾を待っていたのは、蘭医だった。即座に傷を縫合してくれた。

「伊地知先生、俺《おい》、生きておりもす」

信吾は目に涙を溜め、くしゃくしゃになった顔を両手で覆った。

「先生のいつもおっしゃる、命は捨てるものに非ずっちゅう言葉が頭を掠めて、介錯すうそ、と声を掛けてきもした同輩に、必死で首を振っておりもした。俺《おい》は生きたい。こんなところで死にたくありもはん、こん国が生まれ変わるまで、俺《おい》は死ねん、そう叫んでおりもした」

「そか」

「先生、もし命を永らえたら、もっと働きもす。鉄炮《テッポ》担いで、誰よりも前に出て、誰よりも撃って撃って撃ちまくってやりもす。また、先生の軍談を聞きとうごわす」

うわごとを口にしていた信吾は、ややあって、手を胸の前で組み、目を閉じた。

「信吾、信吾」

しばらくして、信吾の口から寝息が漏れた。医者や伊地知といった近くにいた者たちの顔をしかめさせるに十分な、うるさい寝息だった。

「出世すうな、こいつは」

安堵の溜息と共に、独り言が伊地知の口をついて出た。

伊地知は辺りを見渡した。

灯火の下、薬箱を携えた医者たちが飛び回り、呻《うめ》き声を上げる傷病兵たちに処置を施している。中には、戦の最中、重傷を負った者たちの姿もある。だが、そうした者たちも、処置を受けてからは顔に血の気が戻っている。

漢方医ではない。蘭医の活躍の賜物だった。

新技術の活躍は、医学の場にも深く根を張っていた。

伊地知は感嘆した。そして、それと同時にある種の恐怖も抱いた。それまで崩せるはずのなかった戦の大差をひっくり返し、あの世に片足を突っ込んでいた人間をこの世に留め置く。人の所産である技術が、神仏の域をも超え始めている。伊地知にはそのように見えてならなかった。

緒戦での勝利を得た薩摩軍は、南に逃げる徳川軍を追った。

大方は薩摩軍有利に事が運んだ。徳川方の大将たちが緒戦の敗北に怖気《おじけ》づき、戦線を支えることなく後退した結果だった。伊地知は敵方の大将に菓子折りでも送りつけたい気分だった。もし徳川方が戦線を維持し、暫時後退戦術――持久戦術を採っていたなら、数で劣る薩摩軍は決して勝ち切れはしなかった。そうした動きもないではなかったが、結局徳川軍は次々に大坂方面へ退却していった。鳥羽と伏見での勝利の後、薩摩軍は幕府歩兵隊や新選組、京都見廻組といった諸隊との散発的な小競り合いをこなすばかりで、手こずるような戦いは起こらなかった。

そんな中、橋本に陣を張っていた徳川軍を撃退した部下が、ある鹵《ろ》獲品《かくひん》を伊地知に献上した。

「こんな銃があいもした。じゃっどん」

部下が言い淀むのも無理はなかった。伊地知でさえ、見たことのない銃だった。見た目は薩摩が制式採用しているミニエー銃ともよく似ている。火挟《ひばさみ》ではなく撃鉄がついていることから、雷管式銃であることは明らかだった。いじり回しているうちに、銃身の手元側に、見慣れぬ引手があることに気づいた。恐る恐るその引手を動かしてみると、何かを差し込むことができる長さ二寸ほどの四角い穴が現れた。これは――。

伊地知はぼそりと言った。

「ああ、俺《おい》も見るのは初めてじゃ。こいは、シャスポー銃じゃろう」

「しゃ、しゃすぽ」

「仏国《ふらんす》の制式銃ぞ」

薩摩の制式銃であるミニエー銃は、筒先から弾を装塡する先込式である。だが、この銃は手元の引手を操作してやることで弾を装塡できる。噂には聞いていたが、実際に目にしたことはなかった。仏国と国交のある徳川家がほぼこの銃を独占し、外に出さなかったからである。

伊地知は金色に光る引手を何度も何度も操作してみた。乱暴に扱っても壊れる様子はない。引手を乱暴に動かしながら、おおむね、火縄銃の六倍は速く撃てそうだと伊地知は見た。ミニエー銃よりはるかに装塡が容易で、兵に強いる動作が少ない分、集中力の消耗を低減できるだろうことは容易に想像がついた。

「こん銃、どの陣に落ちていたか知っておるか」

「幕府歩兵隊の陣でごわす」

聞いた瞬間、伊地知の背に怖気《おぞけ》が走った。

鳥羽伏見での戦の前に行なった模擬戦の計算に、失点があったことに伊地知は思い至ったのである。

徳川方はこちらと同等の性能を有した銃を装備していた。つまり、緒戦での勝利は紙一重のものであったのだ――。そのことに気づかされた瞬間、己の首筋に白刃が突き付けられているような寒気を覚え、伊地知は身を竦めた。

計算違いがあったにしても、橋本を落としたことで、ついに大坂が見えてくる。

大坂には、難攻不落の大坂城がある。徳川方は必ずやここに拠《よ》り、抵抗してくるはずだった。

そうなった際、幕府歩兵隊は大きな脅威となる。敵方が優れた兵器を持っているならば、それなりの方策を考えねば――。

「やはり、前線に立たねば戦《ゆっさ》は見渡せんな」

息をついた伊地知は、相国寺の縁側で一人心算を練っていた。

しかし、大坂城での決戦を睨む伊地知の下に、予想だにしない命令が京からもたらされた。


相国寺には、穏やかな気配が満ちていた。

廊下ですれ違う者、部屋で顔を合わせる者、その誰もが堪《こら》えきれぬとばかりに口角を上げているのには伊地知も閉口する他なかった。

寺内庫裏にある八畳の控えの間で、伊地知は勢いよく煙草の煙を口から吐き出していた。

「いくら何でも、腑抜けておりもさんか。軍紀を引き締めねばなりもはん」

「伊地知先生、まあまあ、ここは堪えてくいもせ」

西郷吉之助の取り成しすらも、伊地知には腹立ちの種でしかない。煙管を強く吸い、肺腑に紫煙を溜めた。

「まだ戦《ゆっさ》は終わっておらん。じゃっち、相国寺《ここ》の気の緩みは何事かと言うておりもす。それとも、西郷どんはこれで終わりと思うておりもすか」

「思うてはおりもはん。じゃっどん、戦《ゆっさ》を知らぬもんからすれば、此度《こたび》のこっは、こちらの勝ちを示すもんに見えても仕方ありもはん」

大坂城での決戦は、寸前のところで回避された。否、腰砕けに消滅したという方が正しかった。前征夷大将軍の徳川慶喜が密かに大坂城を脱出、江戸に逃げ帰ったのである。

報《しら》せを受け取った伊地知は、当初、自分の耳を疑った。薩摩の密偵は与太話と本当の話の区別もつかぬのかと罵倒が口をついて出たほどだった。それほどまでに信じ難い話だったが、詳報が流れてくるにつれ、傍証が多数現れ始めた。大坂城に拠る徳川兵が次々と城から離れているというし、中には軍艦に乗って江戸に帰る者の姿もあるらしい。さらに、城に残されていた慶喜の釈明状が朝廷に献上されるに至っては、事実と認めざるを得ない情勢となっていた。

かくして、大坂に向けて進軍していた薩摩軍本隊は先触れに大坂城の接収を任せて引き返し、京へと凱旋してきたのであった。

「俺《おい》らは勝っておりもはん。まだ――」

声を張り上げようとしたその時、控えの間の戸が開いた。部屋に現れたのは大久保一蔵だった。

「面白か話をしておるな」

皮肉混じりに言った大久保は、細い顎を撫でて西郷の横に座った。

「まあ、伊地知どん、そうかっかすうな」

大久保は、その細い目の奥に光る瞳を伊地知に向けた。

「伊地知どんの他、軍事に通じたもんはそうはおらん。本来なら、伊地知どんが皆に話してくれれば楽なんじゃがな。まだ徳川方には幕府歩兵隊やら新選組やら京都見廻組やらの残党がおり、伝習隊は温存、さらに会津やら庄内といった朝敵はしっかり残っておりもす、と」

今回の戦について朝議で報告するようにと大久保から頼まれ、伊地知がそれを袖にした経緯《いきさつ》があった。大久保の言葉はそれを当てこすったものだった。

伊地知は煙草の煙を吐き出し、燃えさしを火鉢に捨てた。大久保の分析は的の中心を撃ち抜いている。

大久保は顎に指を添わせたまま、今度は西郷を見遣った。

「これからが大変でごわすな。今後のことが何も決まっておりもはん」

「何も、とは、どげなことでごわすか」

伊地知が煙管の先を向けると、大久保は僅かに眉を動かした。

「ああ、朝廷は負けっこつばかり考えておりもしたから、勝った後のこっをまるで考えておりもさなんだ。これから都に上ってきた諸侯を集めて会議ということになりもすが」

薩摩軍の勝利を受け、朝廷は私戦扱いであった鳥羽伏見の戦いを、官軍による徳川の追討戦と位置づけ直した。それからというもの、禁裏の門前には諸大名の遣いが列をなし、朝議では江戸を一刻も早く攻めるべしとの声が日ごとにいや増している。

苦々しげな顔を隠さぬ西郷は伊地知に向き直る。

「今、徳川をどうすべきか、紛糾しておりもす。一つには、政での決着を図る。要は、こん戦《ゆっさ》での不始末を徳川慶喜に押し付けて手打ちをすう手でごわす。じゃっどん、こいは諸侯が納得いたしもすか」

大久保が話を引き取った。

「今、征討軍を発する計画が立っておる。諸藩連合でもって徳川の本拠、江戸を叩く。恐らくは江戸だけに留まることはなか。場合によれば、奥州雄藩を叩くこっになるばかりか、西国の大名にも離反すう者が出るかもしれん。途轍もなく大きな戦《ゆっさ》になうじゃろう」

そこで——。大久保はそう言い、目を見開いた。

「伊地知どんにお願いがあう。もしそうなりもしたら、伊地知どんは官軍の総大将に登って欲しい」

西郷も付け加えた。

「我らが伊地知先生が官軍の総大将でごわんど」

名誉な申し出には違いなかった。古くは楠木正成が負ったような大役である。伊地知は、歴史のど真ん中に己が立っているかのような心地に身震いした。学者としての伊地知は、これが最大の名誉であることを理解していた。だが、もう一人の伊地知が、名誉の裏に隠れた腐臭を嗅ぎ取っていた。

伊地知はかぶりを振った。

「何を言うか」大久保は不機嫌な顔を隠さない。「断るこっなどできうはずもなかこっは、伊地知どんも弁《わきま》えておろう」

「断りもす」

伊地知の激烈の性が噴出した。

「ふん、総大将と言い条、実のところは京の公家《くげ》連の御守《おもり》なんじゃろう」

「何という暴言を」

「じゃっどん、間違いではなかど。のう、大久保どん」

大久保は不快げに目を細めた。

図星らしいと伊地知は見た。

六十余州に跨る戦となれば、総大将の役目などそう多くはない。方面軍の長に権限の多くを譲り渡し、方面軍の長の送ってきた報告書に目を通し、必要なものを揃えて送り返すだけの裏方となる。そんな仕事は、それこそ公家共にやらせればよい、そんな思いが伊地知にはあった。

伊地知は鳥羽伏見の戦いの際、相国寺での有様を思い出した。次々にやってくる伝令の報告に一喜一憂し、そのくせ、衣の上から背中を掻くような指示しか出せなかった。あのような中途半端な立場に、伊地知は甘んじることができそうになかった。ふと、伊地知の脳裏に、包帯を巻かれた信吾の姿が蘇る。弟子を犠牲にして、己一人がぬくぬくと本陣を守るのは、伊地知の性に合わなかった。

「それに、総大将の役目たあ、錦の御旗《みはた》の縫い付けじゃろう。そいは軍師の仕事ではなか」

大久保は絶句した。

鳥羽伏見の戦いに前後して、薩摩軍に皇軍の証《あかし》である錦の御旗が翻った。緒戦以降の戦いにおいてほとんど苦戦することがなかったのは、この旗のおかげといっても過言ではなかった。事実、錦の御旗を前にした旧幕府軍は面白いように逃げ回るばかりか、淀城を任されていた徳川方に至ってはこちらに寝返りすらした。伊地知からすれば、己の手柄を横取りされたような気分だった。

俺《おい》は――。伊地知は吼《ほ》えた。

「実地の人じゃ。古くは薩英戦争、禁門の変でも、銃弾飛び交う場におった。鉄炮《テツポ》の音が聞こえんところにおってはこの才が腐ろう。もしどうしても総大将に据えたいというなら、俺《おい》は荷物まとめて薩摩に帰うぞ」

「何を言うとるか、伊地知どんは分かって――」

大久保の尖《とが》った言葉に被せるように、伊地知は肩を竦め、おどけてみせた。

「俺《おい》は講釈が好きでなあ。山勘、黒田官兵衛、太閤秀吉に竹中半兵衛、ああいった智慧者みたいに戦場を駆け巡りたいんじゃ」

この伊地知の発言には、半分ばかり本音が滲んでいた。

唖然としていた大久保はようやく口をきっと結び、目尻を吊り上げた。

「そんな馬鹿なこつが認められるわけ――」

が、そこに西郷が割って入った。

「そこまで言うなら分かりもした。大久保どん、何とかなりもはんか」

西郷の言葉はあくまで穏やかだったが、途方もない重さがあった。顔を硬くした大久保は、額の辺りを指でなぞりつつ、唸った。

「俺《おい》が手を回せば、伊地知どんを一方面の将に回すのはそう難しいことではなか」

伊地知はからりと笑った。

「さすが大久保どん、話が早か」

目を伏せた大久保は、仕方ない、と言いたげに息をついた。

「伊地知どん、一つ、約束をせえ」

伊地知が促すと、大久保は言った。

「たった一つじゃ。上の命は絶対に聞くこと。そいだけじゃ」

伊地知は理の人である。上の者から理不尽な命が下されれば、命を懸けても理で説き伏せようとしてしまう。しかし、軍は上意下達を前提とする組織である。伊地知を一隊の将につけては軍紀を保てないと大久保は危惧したのだろう。伊地知は留守居を押しつけられそうになっていた理由に思い至った。

伊地知の軍師としての理が告げている。大坂の陣から二百年以上経った今、満足に戦える将はそう何人もいない。それは、鳥羽伏見の戦いでの徳川軍の体たらくからも明らかだった。

だとすれば。伊地知は考える。伊地知が病を得て足を悪くしたのも、合伝流を学びその道の第一人者に登ったのも、伊地知の属する薩摩藩が天下の趨勢《すうせい》をも決める重要な立場になったのも、伊地知が今の時代に生まれ落ちたのも、この大戦のためだったとすれば、人生の平仄《ひょうそく》が合うのではないか、と。

伊地知の頭上に〝天佑〟の二文字がはためいた。だからこそ、伊地知は意に沿わぬ条件にも頷いた。

「分かりもした。命令は聞きもす」

「言うたな」大久保が念を押すように、一言ずつ噛み締めるように続けた。「伊地知どんとは長い付き合い、あえて念書は書かせんが、もし、約束を違《たが》えるこつがあったら――」

「ふん」

伊地知は懐紙を取り出し、脇に吊っていた矢立《やたて》から筆を引き抜くとさらりと文章を書きつけ、小刀で左手の親指を切って血を滲ませ、己の名の後に印を押した。

「これでよかど」

念書を書いた。天地神明に誓い天朝の戦に従う、そう認《したた》めた。

伊地知が投げ渡した念書を、大久保は拾い上げて一読した。

「うむ、さすが伊地知どん、合理の人でごわす。口約束は信用せんな。他人にも、己にも」

墨を乾かしてから念書を懐の中に押し込んだ大久保は、次なる面会の用事がある旨をわざとらしく口にして立ち上がった。

部屋から去りゆく直前、大久保は思い出したと言わんばかりに振り返った。

「そうそう、伊地知どん、明日、祇園の料亭で顔合わせがあう」

「何の顔合わせでごわんど」

「我ら官軍の将たちの顔合わせに決まっておろう」

皮肉っぽく答えた大久保は、今度こそ部屋から去っていった。

伊地知は肩を竦めた。

「顔合わせに、何の意味があうか」

西郷が押し黙る前で、伊地知は言葉を重ねる。

「官軍と言ったところで、結局は諸藩の寄せ集めでごわそう。我らが一丸となって戦うことはありもはんし、きっとこれからの戦《ゆつさ》は官軍に属する各藩兵がばらばらに戦うことになりもそう」

「そいは、薩摩の武士としての物言いでごわすか、先生」

「違いもす。軍師としての意見でごわす」

錦の御旗は、徳川軍の士気をくじいた。しかし、朝廷に傅《かしず》いた諸藩を一つにまとめるには至っていない。何せ、朝廷には金も威もない。全軍に統一的な行動を強いることなどできないだろう。そんな状態での総大将など、調整役で終わるのは目に見えている。伊地知が総大将ではなく部隊長を望んだのも、そうした読みがあったからだった。

すると、西郷は後ろ頭を掻いて、はにかむように笑った。いかめしい顔立ちの西郷だが、ふとした時に見せる子供のような表情には、人の心を摑《つか》む可愛げがある。理の人伊地知がどうしても理で割り切れないのが、西郷の持つ可愛げだった。この時も、伊地知は西郷の鷹揚な態度に呑まれていた。

西郷はその子供のような表情のまま、伊地知に向いた。

「先生、俺《おい》はこいを一つの機にしたいと思っておりもす」

「どういうことでごわすか」

「これまでこん国は、徳川を頂点に、大名家が群雄割拠してごわした。家康公がこん国の頂点に登った頃には、それが正解だったのかもしれもはん。じゃっどん、今は違いもす。新しい時代の戸を開くべきなんでごわそう」

「俺《おい》には、西郷どんの言うこっが分かりもはんな」

伊地知はあくまで実地の人で、理念や空理空論を退ける立場だった。

西郷は、団栗眼を少し細め、かすかに笑った。

「先生なら、いつか分かりもそう」

そうでごわそうか、と伊地知は空返事で応じた。


その次の日、西郷に連れられ、祇園へと足を運んだ。

伊地知は女遊びをしない。揚屋に足を運ぶ時は密談と相場が決まっていて、皆が女と同衾《どうきん》している間、伊地知は蠟燭《ろうそく》の明かりを頼りに本を読んでいた。『揚屋に行くと読書が捗《はかど》ってよごわす』と真顔で言い、仲間に変な目で見られるのにも慣れた。

かつて無理矢理つけられた敵娼《あいかた》に、

『野暮な方どすな』

と笑われた昔をふと思い出しつつ、伊地知は祇園の赤提灯《あかちょうちん》を見上げた。そういえば、そう笑った敵娼はどこの見世の何という女であったろう。顔立ちや声を思い出そうとしたものの、上手くいかなかった。

「伊地知先生、どうかしもしたか」

前を行く西郷が振り返り、気づけば足を止めていた伊地知を不思議そうに見遣っている。

「ああ、ちっと考え事を」

「先生も考えあぐねることがありもすか」

「俺《おい》も人間でごわす。古か思い出に苛《さいな》まれうこともありもす」

「はは、安心しもした。先生も一人の人でごわしたか」

西郷の言葉には揶揄《やゆ》の色はなかった。

「そいにしても」

西郷は祇園の表通りに渡される真っ赤な提灯を見上げつつ、ぽつりと言った。

「随分、寂しくなりもした」

祇園は、京でも一二を争う色町である。かつては酔客や助平が肩をぶつけ合うように歩き、馴染みの揚屋へ行ったり、想い人の芸者を格子越しに眺めたりする男を山ほど見ることができた。だが、今の祇園にそんな賑わいはない。表通りには人一人なく、中には明かりを落としている見世もちらほらあった。ほんの数日前まで戦に巻き込まれるかもしれない瀬戸際のところにいたのだから、致し方ないことなのかもしれない。それでも、三味線の音は途切れることなくそこかしこから聞こえてくる。練習だろうか、それとも客に披露しているのだろうか。いずれにしても、伊地知は時折風に吹き誘われてやってくる三味線の音に、この町の強《したた》かさを垣間見る思いがした。

伊地知が三味線の節を鼻唄でなぞりつつ町を歩いていると、西郷があるところで足を止めた。

「ここでごわす」

そこは、表通りの中でもひときわ大きな揚屋だった。

西郷と共に暖簾《のれん》をくぐり、やってきた女将に姓名を名乗ると、女将は恭《うやうや》しく、いや、卑屈なまでに首を垂れ、奥の大広間へと案内された。

鳳凰《ほうおう》の描かれた唐紙を開くと、先ほどまで響いていた声が一斉に止《や》んだ。代わりに、痛いほどの視線が伊地知を刺した。

「遅れもしたな」

二十以上の瞳に晒《さら》されているというのに、西郷は太い腕を振りつつ鷹揚に軽く会釈し、そのまま空けられていた上座の膳の前へと進んでいった。伊地知もそれに倣《なら》い、杖を突いて西郷の横にあった膳の前に腰を下ろす。

二十畳ほどの大部屋の中では、十名あまりの人士が二列差し向かいに居並んでいた。皆武家髷を結っているが、服装はまちまちだった。羽織袴姿の者もあれば、洋式の軍服姿の者もある。だが、一様に顔が日焼けし、目をぎらつかせている。手の甲や顔が強く焼け、袖から僅かに覗く腕は白かった。軍、それも実際の指揮に身を置く者たちの日焼けの仕方だった。

諸将一人一人と丁寧に目を合わせた西郷は、野太い声を発した。

「薩摩の西郷でごわす。各々の御家中の皆々様にこうして集まっていただき、感謝いたしもす」

戦場ゆえと前置きし、挨拶を省略した西郷は、早速本題――この戦の経過説明を行なった。

鳥羽と伏見の戦いにより、薩摩軍と徳川軍の戦は官軍と賊軍の戦となったこと。薩摩軍が錦の御旗を掲げたことで敵兵の士気をくじいたこと。錦の御旗を押し立てた薩摩軍が敵を大坂城まで追い詰めたものの、敵総大将である徳川慶喜が江戸へと逃げ帰ったこと――。西郷の説明した内容は無味乾燥なものだったが、訥々《とつとつ》としながらも熱の籠もった口吻が、静かな大部屋に染み渡ってゆく。

咳払いをした西郷は、これからのことをお話ししもそう、と切り出した。

「かしこくも朝議により、これから徳川征討軍を発することが決まりもした。東海道と東山道、北陸道の諸大名を宣撫しつつ、江戸を目指してもらいもす」

居並ぶ将兵の列の中央で手を挙げる者があった。細面で頬はこけ、小さいながらもぎらぎらと目を輝かせる、蟷螂《かまきり》に似た顔をした男だった。

「質問。もし、途中で大名が立ちはだかったらどうすればええがか」

土佐弁の問いかけに、西郷は堂々と応じた。

「もちろん、そん時は皆々様の御判断で、戦《ゆっさ》をしてもらって結構でごわす。ただし、こちらから仕掛けてはなりもはん。不要な戦《ゆっさ》は避けていただきとうごわす。関ヶ原に遅参した徳川秀忠公のごたる《ような》もんになりたくありもはんのならば」

座から笑い声が上がった。

蟷螂男は稚気のある笑みを浮かべ、挙げていた手を引っ込めた。

また座を見回し、西郷は続ける。

「もしかしたら方々で戦《ゆっさ》になるやもしれもはんが、いずれにしても、江戸城を囲む。そん上で、徳川に圧をかけ、場合によれば決戦と致しもす」

座を囲む人々の顔が歪む。ある者は先行きに不安を抱いた顔で、またある者は愉悦に満ちた顔で、そしてまたある者はそのどちらともつかぬ顔で。それぞれの顔に、様々な立場が見え隠れしている。

そんな混沌とした場の気配を、西郷は振り払った。

「ま、詳しいことは、明日以降、各々方のご主君宛に朝廷よりご命令が下されるはずでごわす。とりあえず今宵は一席設けもした。此度、我らは轡《くつわ》を並べる同輩となりもした。酒を酌み交わし、共に腹の内をさらけ出し合っていただけもしたら結構なことでごわす」

そうして、場は酒宴へと雪崩れ込んだ。

○

酒宴がお開きとなった。各藩の将を見送った後、伊地知は西郷と一緒に料亭を後にすることになった。西郷は微行を好む人だが、さすがに硝煙の残り香の燻《くすぶ》る京でそれは不用心と誰かにたしなめられたか、この日は後ろに護衛役の士が続いている。

「ふう、飲まされもした」

ただでさえ太鼓のような腹を膨らませた西郷は、苦しげに呻いて腹を叩いた。

その後ろに続いて杖を突く伊地知は、祇園の明かりを背に眉を顰めた。

「酒好きの気が知れもはんな。米は大事な兵糧。そいを山ほど使って一夜の甘露にすうなど、俺《おい》にはとても信じられもはん」

「おや、先生は下戸《げこ》でごわしたか」

「そいではありもはんが、有事に兵糧を無駄にすうようなこつは、せん方がええと思いもす」

「先生は、手厳しか」

苦笑いをした西郷は、こうも付け加える。

「先生、俺《おい》はこうも思いもす。世の中の無駄を斬り捨てて合理を作ったとしもす。じゃっどん、そいは自然に沿わぬ砂の城。自然なものを捨てて作り上げた城は、案外脆《もろ》いのではありもはんか」

「どうした意味でごわそう」

伊地知の声は、少し上ずった。だが、内心の苛立《いらだ》ちを認めたくなかった伊地知は、なおも言い募る。

「理は強かものでごわす。理のみで作ったもんは、弱くはなりもはん」

「ああ、弱かものはできんかもしれもはんが、脆かものが立ち上がる気がしてなりもはん」

「そいは——」

伊地知はなおも論戦を挑もうとしたものの、前を行く西郷はゆるりとかぶりを振って、話の方向を変えた。

「ところで先生、今日の顔合わせ、あれは今後、徳川との戦いで先生と一緒に戦《ゆっさ》を支えうこっになる者たちでごわすが、あの中で、先生のお眼鏡に適ったのは、何人くらいいもすか」

伊地知も話の流れが変わったことに異存はなかった。先の会話自体、具体性を帯びない、それこそ不合理なものだった。ゆえに、何の気負いもなく、次なる西郷の問いに食いついた。

「俺《おい》の見たところでは、二人といったところでごわそうか」

「二人、でごわすか。手厳しかありもはんか」

「本当なら、一人としたいところでごわした。甘めに見て二人」

「で、まず、甘い方の一人は」

「土佐の乾退助《いぬいたいすけ》」

その名を伊地知が口にした瞬間、西郷は我が意を得たりとばかりに己の腹を叩いた。

「ああ、俺《おい》が今後の説明をしておった時に、手を挙げた男でごわすか。あの、飢えかけた蟷螂みたいな面《つら》の」

逆三角形をした乾退助の顔立ちが、ふと伊地知の脳裏に蘇った。

「あれのどこが良かど」

「上手くは言えもはんが、諸藩のお偉方が居並んで西郷どんが話をしている中、手を挙げて割って入ったそん度胸は将向きと言えもす」

「なるほど」

先の酒宴の席で、伊地知は乾退助と言葉を交わす機会があった。

向こうは伊地知の活躍を知っていたらしく、しきりに鳥羽伏見の戦の様子を質問攻めにしてくるのには閉口したが、あえて伊地知が説明しなかった戦の勘所を十全に理解して、『はあ、そん時に包囲しなかったのは、敵を窮鼠《きゅうそ》にせぬための策がか』としみじみと口にしたのには、伊地知も純粋に感心した。話した分だけいい反応が返ってくるのをよいことに、酒宴の間中、伊地知はひたすらこの若者と軍談に花を咲かせていた。

「その乾退助、何か欠けがありもすか。先生の話ぶりなら、よほど使えそうな仁のように聞こえもしたが」

「素直すぎもす」

伊地知は一言で切って捨てた。

一軍の将に必要なのは偏屈さだというのが伊地知の持論である。どんな戦況であっても己の戦い方を曲げず、どんな不利な状況であっても己の意志を最後まで貫徹する、場の雰囲気に流されぬ意志の強さ、伊地知が偏屈と呼ぶものは、ざっとそうしたものである。平時に於《お》いては敬して遠ざけられる将としての美質が、乾退助にはまるでない。素直であるがために優勢なら果断に攻めるが、ならぬとなった時には腰が砕ける。少なくとも伊地知はそう見た。

「見どころはありもすが、こん戦《ゆっさ》に揉まれて、どうなるものか。俺《おい》は神仏ではありもはんから先のこつは分かりもはんが、まあ、良将の卵といったところでごわす」

「なるほど。先生がそい言うこつは、そいでごわそうな。――して、本命は誰でごわそう」

しばし、伊地知は考えるふりをした。

本来は考えるまでもない。あの才は衆を押しのけ輝いていた。

ややあって、伊地知は答えた。

「長州の大村益次郎。あれは群を抜いてごわすな」

「ほう、どう違うのでごわす」

「本質を突くまでの時間《とき》が短い」

やはり、大村益次郎とも酒宴で言葉を交わした。

話しかけてきたのは向こうだった。

『戦《いくさ》は兵器の質と戦略、戦術の質で決まるのみ』

弁舌爽やかに話しかけてきた大村益次郎の風体に、伊地知は口に含んでいた茶を噴き出しそうになった。前に張り出した額、筆のようにふさふさとして右と左が繋がる眉、そんな豊かな眉とは対照に小さい目、そしておちょぼ口。ふくよかな頬と相まって、一度見たらなかなか忘れられない面構えをしていた。

そんな大村益次郎の口から、劇薬、それどころか毒薬めいた言葉が次から次に飛び出した。

『今、戦略、戦術を知る者はそうおりませぬ。もし拙者が三人いれば、一年で乱を鎮められるものを』

酔っている様子はない。淡々と、当たり前のように壮言を吐く。いや、本人に壮言のつもりはないらしい。それが証拠に、甲高い声には僅かな淀みや矯《た》めすらもない。

大村が三人並んでいる姿を想像してしまい、伊地知は噴き出した。才槌頭《さいづちあたま》の三つ子が軍略を練る想像図を脳裏から追い出した伊地知の前で、あくまで大村は大真面目に弁舌をぶった。

『薩摩の総大将の西郷吉之助殿、あれはいけませぬな。あまりに優柔不断が過ぎる。あのお方が頭では、戦は十年かかっても終わりませぬ』

西郷どんとは何度も会っているのかと問うと、大村は首を横に振った。ではなぜそんなことが分かるかと難詰すれば、大村は木で鼻を括《くく》ったような答えを返した。

『少しの間眺めていれば分かりましょう、それくらいのことは』

ここまでのことを西郷に説明した。すると西郷は腹を抱えて笑い出した。

「はは、いや、この西郷吉之助も大村どんにかかれば形無しでごわす」

「あれは何者でごわすか」

「伊地知先生も、長州征伐はご存じでごわそう」

「何を今更」

慶応二年、朝敵扱いとなった長州を徳川が攻めたことがあった。長州は徹底抗戦の道を取り、結局徳川連合軍の猛攻を受け止め切った。一部の藩を除き徳川連合軍の士気が低かったことが長州の助けになった面もあったにせよ、後に戦の内実を蒐集《しゅうしゅう》、まとめた伊地知は、長州が綿密な作戦計画を立てて戦っていたことを知り舌を巻いた。空の上から戦況を眺めるかのように砲台や戦艦、歩兵を有機的に用い、時を読んで用いる戦運びは神がかってすらいた。長州には天狗《てんぐ》の如き智者がいるのだろうとはもっぱらの噂だったが――。

伊地知の頭に閃《ひらめ》くものがあった。

「長州征伐の際、軍を率いておったのは」

「実際に軍を率いたのは他の者と聞いておりもすが、策を立てたんは、あの火吹き達磨《だるま》でごわす」

「火吹き達磨？」

「ああ、長州の者たちが大村どんをそう呼んでおりもす」

言い得て妙な綽名だった。確かに大村の独特の風体は、良く言えば達磨に似ている。遅れて、伊地知は慄然とした。長州に優れた将がいるとずっと心に留めていたはずだった。にも拘らず、長州の生まれと聞いてなお、大村と長州征伐の功労者とが結びつかなかった。能ある鷹は爪を隠すというが、あまりに独特の風体が、人物の印象を覆い隠していた。

「本人は兵糧の計算が得意じゃち言うておるようでごわすが、作戦を計画させれば随一だそうでごわす」

しみじみと述べる西郷に、思わず伊地知は大村の放言を教えたい衝動に駆られた。伊地知をして、西郷に伝えるのを躊躇《ためら》わせた言葉があった。

大村は酒宴の際、涼しい顔でこう述べた。

『西郷は、足利尊氏だ』

と。

その言葉は、伊地知の右耳から入って左耳へと抜けた。あまりにも自然なものとして伊地知の耳朶に触れたのだった。ゆえに、伊地知がその言葉の意味を理解して、怒鳴ろうとしたその時には、もう大村は席を立っていた。

足利尊氏といえば、後醍醐《ごだいご》天皇の檄に従い鎌倉幕府を滅ぼし建武の新政の立役者となりながら、反旗を翻し、朝廷に楯突いた逆臣の名である。勤皇の士集う新政府にあって、足利尊氏との評は、最低最悪の罵倒だった。

あの時、なぜ自分は反論できなかったかと伊地知は考える。酒は入っていなかった。頭も明瞭だった。眠かったわけでもない。色々な可能性を潰していっても、答えは見えない。

「伊地知先生？　いかがしもした」

気づけば足を止めていた伊地知の顔を、振り返りつつ微笑する西郷が覗き込んでいた。その表情は、やはりいつもの西郷の顔そのものだった。そこに足利尊氏の影を見出すことはできない。

ばつの悪くなった伊地知は、大きくかぶりを振った。

「何でもありもはん。考え事でごわす」

「次の戦《ゆっさ》の算段でごわすか」

「そんなところでごわす」

半ば反射でそう答え、伊地知は西郷に対する猜疑《さいぎ》の思いに蓋をし、まだ見ぬ戦に心を膨らませた。

江戸城を攻める。この国最大の城を攻め落とすなどは、古今東西の将が誰一人としてなせなかった難事だ。軍学者として、何より心躍る。

心はまだ見ぬ戦に逸《はや》る。だが、墨の飛沫《ひまつ》ほどの疑念がなおもこびりついている。それに気づかない伊地知ではない。だが、この疑念の正体に至ろうとすれば、藪《やぶ》から蛇が出かねないことも理解している。己の軸を根本から曲げかねない何者かの気配に怯《おび》えを覚えた伊地知は、結局その気配から目を逸らしてやり過ごすことにした。

伊地知は前を見た。なおも振り返ったままの西郷が、こちらを眺めて微笑《ほほえ》んでいる。

「西郷どん、西郷どんは、戦《これ》が終わったら何をなさりもすか」

しばし、西郷は空を見上げた。だが、ややあって、はにかむような表情を見せ、答えた。

「長い戦いで傷んだ薩摩を立て直しもす」

伊地知は頷いた。

「俺《おい》も、そうしもそう」

ようやく溜飲を下げた伊地知は杖を突き、西郷の横に並んだ。

「こん戦《ゆっさ》、すぐ終わらせもす」

伊地知は力強く言い放ち、空を見上げた。

真っ暗な空には、星一つ見えない。白い息が真っ暗な空に浮かび、しばらくして虚空にかき消えた。

明治十五年　鹿児島　2

木の葉を透かす鋭い夏の日差しが、輿を担ぐ七之助の肌を焼く。

七之助たちは、蟬時雨降り注ぐ山道を登っていた。辺りは蒸し暑い。人四人が手を広げて歩けるほどの道が続いているものの、麓と比べれば足下が悪い。時折七之助たちの足がふらつき、輿が傾く度に伊地知の杖先が七之助たちに振り下ろされる。毎度その直前に覚悟を決めて身を固めようとするのだが、それより早く痛みが走るのには七之助も閉口した。

「何をすうか。俺《おい》が落ちようが」

「すみません、先生」

「そんなに声が出るなら、まだまだいけうな。力を出し惜しみすな」

伊地知は輿の上で杖を振り回している。

理不尽である。しかし伊地知の理不尽は今に始まった話でもないし、反抗しようものなら後が怖い。七之助たちは赤い顔をして耐えるばかりだった。

七之助は、ふと山道から眼下の景色を見遣った。そこには、鹿児島の城下町の町並み、そして内湾に鎮座する桜島の威容が控えていた。

ここは鶴丸城の裏山、城山である。鶴丸城の詰の城と目されていたその山容はあくまで険しく、頂上近辺は岩肌が露《あら》わになり、頂上から麓にかけて複雑な谷が幾筋も刻まれた天然の要塞そのものだった。

後ろの棹を担ぐ源之丞が懐かしそうに目を細めた。

「懐かしか。ここへよく、次男坊三男坊連中を連れて、遊びに来たもんじゃ」

不敬な奴と源之丞をたしなめた伊地知であったが、その言葉には棘がなかった。

蘇鉄の群生地を横切り、見晴らしのいい尾根に至ったその時、伊地知は休憩を告げた。

輿を下ろした後、凝り固まった肩を回しつつ崖に駆け寄った七之助は身を乗り出し、先ほどちらりと眺めた鹿児島の城下の様をその双眸《そうぼう》に収めた。だがその光景は、江戸の城下町とはまるで様相が異なった。

石垣の他にはぽつぽつとしか建物の残っていない鶴丸城、その近隣の西洋風建物、そしてははるか向こうには町人屋敷や商業地が広がっている。その姿はあまりにも整然としすぎていて、七之助の目には、子供の作った箱庭のように見えてならなかった。

鹿児島の城下町は、西南戦争最後の激戦地となった。西郷軍は熊本城を取り囲むところまで戦図を広げたものの、新政府軍の物量に押し込まれ、結局最後はここ城山に拠った。西郷軍を逐《お》う新政府軍は、陸海両面からこの町を破壊し尽くしたのだった。鹿児島城下町は今、新たな都市計画の下で復興に邁進していた。

七之助の脳裏に、鮮明な光景が過《よぎ》る。

見慣れた大きな背中が、火の中に吸い込まれていく。その直前、男が振り返り、穏やかな笑みを浮かべて七之助にこう言った。『お前と江戸の芝居を見に行きたかったなあ』。七之助が実際に見た光景ではない。思い描いてしまった、あり得ざる記憶だった。だが、いや、だからこそ、より深く、七之助の胸を貫く。

強烈な立ち眩《くら》みに襲われた七之助は、こめかみを指で強く押して意識を現へと留めた。

「休憩はこれくらいにして、今日すべきこつ、果たすぞ」

蟬時雨の間から、伊地知の声が届いた。

かくして伊地知の命令の下、測量作業が始まった。

源之丞が弁天と呼ばれる測量用の棒を持ち、七之助が尺替わりの縄を渡し、計測の結果を大智が紙に書き入れていく。もっと厳密にやった方がいいのではないかと七之助は直言したが、『正確な図面は要りもはん。俺《おい》の欲しいのは略図でごわす』と伊地知ににべもなく言われ、引き下がった。

そうこうしているうちに尾根での測量は終わった。測量というにはあまりに杜撰《ずさん》なものだが、文句を言う筋合いは七之助にはなかった。次々に城山の尾根を回り、昼過ぎには尾根すべての形をあらかた紙の上に写し取った。

「ご苦労。じゃっどん、もう少し働いてもらうぞ」

伊地知に命じられるがまま輿を背負わされ、七之助たちは城山の中腹に向かった。

城山は四方八方に長い腕をくねらせた海星《ひとで》のような形をしている。鶴丸城に面した山肌は切り立っているものの、少し奥に入ると複雑な稜線を見せ、谷が深く山に切り込んでいる。おかげで、城山は全体に薄暗い。

輿を担ぎつつ山道を上り下りするうち、ある洞穴が七之助の眼前に現れた。

昼間だというのに日の光のほとんど届かぬ谷の中ほどにあるその洞穴は、数人が座ることのできる程度の広がりしかなかった。

輿から降りた伊地知は、杖を突き、洞穴の前に立った。

伊地知は口を真一文字に結び、少し離れたところから洞穴を眺めていた。頭を下げるでもなく、ひれ伏すでもなかった。杖を右手で突き、普段は丸まっている腰をしゃんと伸ばし、ただそこに立っていた。時折季節はずれの強風が吹き、伊地知の木綿の着物と紗の黒羽織の裾を揺らす。それでも、伊地知は揺らぐことなく、洞穴の奥から目を離すことがなかった。

七之助たち弟子は、伊地知に近づくことさえできなかった。来るなと命じられたわけではない。だが、伊地知との間に見えない壁があるように七之助には思えてならなかった。洞穴を前に佇《たたず》む伊地知の背には、深刻な拒絶が滲んでいた。

風向きが変わり、伊地知の呟《つぶや》きが七之助の耳朶に触れた。最初七之助は聞き間違いを疑った。だが確かに、伊地知はこう口にしていた。

「俺《おい》はもしかしたら、重石になっておるのかもしれもはんな、西郷どん」

伊地知が「どん」をつけて呼ぶ西郷姓の人といえば、西郷隆盛その人に他ならない。

西郷隆盛は西南戦争の折、新政府側の投降勧告に従うことなく戦い抜き、最後にはこの山で切腹して果てた。西郷はこの戦いの際、洞穴を本陣に定めて戦っていたと七之助も聞いている。

大智はぽっかり開いた洞穴を眺めつつ、口を開いた。

「ここは一体何なんでごわすか?」

大智の問いかけに、伊地知は応じた。

「古か友の、夢の跡じゃ」

浅く、小さな洞穴だった。大西郷がこの洞穴の中に体を丸めて座り、最後の戦いを指揮していた様子を思い浮かべようとしたものの、今ひとつ、その努力が実を結ぶことはなかった。

伊地知は杖を突き、不機嫌な声を発した。

「帰ろう」

のろのろと踵《きびす》を返し、杖を突いて歩き始めた伊地知は、ぴたりと足を止め、七之助を睨んだ。内心狼狽しつつ七之助は伊地知の顔を覗き込んだものの、伊地知は己の顔ではなく、己の後方に目を遣っていることに気づいた。

七之助が振り返ると、後ろには、十人ほどの一団があった。

三十代らしき男三人が、少年の一団を引率している。少年たちは揃いの黒たすきで袖をからげた白絣《しろがすり》の着物に紺の袴姿で、皆木刀の大小を腰に差している。引率する大人も似たような姿だが、その最前に、ただ一人異質な姿をした男がいた。黒の官吏服のような服を着、目深に帽子《シルクハット》を被っている。体の形に沿うような服は、その男の鍛え上げられた筋骨を隠そうともしない。男は伊地知たちに目を向けると、つばを取って帽子を取り、恭しく頭を下げた。その様は、異国の絵本に出てくる道化にも似ていた。

「これは伊地知先生ではありもはんか」

伊地知は無表情で応じた。

「河野《こうの》どんでごわすか。校長ともあろうもんがこげなとこで何をしてごわすか」

棘のある伊地知の言葉を前に、河野は呵々大笑した。

「学校から近《ちこ》うごわすゆえ、ここで学生の鍛錬をしておりもす。先生は何を」

「ちと、涼みに来ただけでごわす」

「涼みに」

河野の目が皮肉げに細くなった。が、ややあって、小さくかぶりを振った。

「まあ、どうでもよかこっでごわす。先生、お足下、お気をつけくれもせ。こん山は、志半ばに倒れたもんらの骨が埋まっておりもす。ここは、先生のごたる、政府のお役人が入ってよか山ではありもはん」

河野は険のある言葉を残し、少年たちを引き連れて去っていった。

「何でごわすか、あれは」

七之助が声を上げると、伊地知は無感動に答えた。

「ああ、あいは、三州義塾の河野主一郎《しゆいちろう》じゃ」

後ろに立っていた源之丞が反応した。

「あいが河野先生でごわすか」

源之丞が鼻息を荒くした。

三州義塾、河野主一郎の名を知らぬ薩摩人はいない。

西南戦争終結後、政府は西郷軍に参加した士族の多くを免罪とし、その巣窟だった私学校を解体した。場の空気に流され、仕方なしに兵卒として加わった者も多く、数千人にも及ぶ西郷軍全員を拘留するのは現実的ではなかったということでもあろう。が、免罪となった者の中には西郷を狂信する者、西郷の名の下に政府を諫暁《かんぎょう》、打倒せんと息巻く向きもあり、西南戦争の後も徒党を組んで薩摩にあった私学校の後継校を創設せんと活動、明治十五年、鶴丸城二の丸跡地に三州社を設立した。河野主一郎は西南戦争の折には西郷軍の部隊長を務めていたが、戦況悪化に伴いほぼ独断で西郷助命のために政府軍と接触しそのまま拘留、禁固刑を受けた人物である。西郷を尊崇する三州社としては、これ以上ない神輿だった。三州社の首脳は明治十五年、恩赦を受けて出獄した河野と共に三州義塾を立ち上げた。かくして、三州義塾は薩摩の子弟教育と、西南戦争戦没者の遺骨収集、西郷の慰霊活動を表看板に活動している。

七之助は伊地知の顔を窺《うかが》った。伊地知は相変わらず、表情がなかった。

「帰るぞ」

伊地知は冷たく言った。

城山から下り切るか否かのところで、伊地知は輿の上で手を叩いた。

「鹿児島県庁に呼ばれておるのを忘れとった」

七之助たちは輿を担ぎ、鹿児島県庁へ向かった。県庁は鶴丸城の表門である御楼門から南に下って少し歩いたところにある。

県庁の姿は遠くからでもよく見える。広い敷地の只中に建てられた木造二階建ての、西洋風の作りをした建物がそれだった。西南戦争後、真っ先に手を入れられたのが県庁だった。瀟洒《しょうしゃ》な県庁は、かつての雄藩の意地を見せつけるようにして、城下町を睥睨《へいげい》している。

その県庁の玄関前で輿を下ろすと、伊地知は七之助たちを一瞥《いちべつ》した。

「二時間ほどかかう。本当なら待っていろと言いたいところじゃが、俺《おい》も鬼ではなか。たまには町で遊んでくるとええ」

そう言い放つと、伊地知は県庁前に立っていた歩哨《ほしょう》と共に建物の中へと入っていった。取り残された七之助は、大智や源之丞と顔を見合わせる。だが、ややあって三人は同時に歓声を上げた。

「休みなんていつぶりのことじゃろうか」

「本当じゃ。二時間ちいうても貴重な休みじゃ」

そう言い合って、二人は町の方へ一目散に駆けていった。

七之助も散切り頭を掻きつつ、町へと向かった。

鶴丸城近くの、かつては上士の住まいがあった界隈には西洋造りの建物が建ち並んでいる。その庭先には噴水や西洋式の庭が設えられ、真っ白な石畳に覆われ、境界辺りに蘇鉄の木が立っている。かつて大身武家の屋敷が並んでいた面影はどこにも遺されていない。

そうした官公庁地を少し南に下っていくと、本願寺の真新しい堂宇が現れる。浄土真宗は薩摩ではずっと禁教扱いだったが明治に入り解禁、西南戦争の後、復興に協力しつつも新たな堂宇を建てたのだった。

鹿児島の町において、寺は珍しい。慶応二年、全国に先駆けて廃仏毀釈《はいぶつきしゃく》が行なわれた結果だという。新しい鹿児島の町にも、驚くほど寺は少ない。

本願寺からさらに南下していくと商業地が姿を現す。道の左右に大店が軒を連ね、一つ路地に入ると小商《こあきない》の店が所狭しと並んでいる。町の有様、建物の作りこそ古めかしいものの、建材は白木が目立つ。

七之助が鹿児島へやってきたのは明治初年のことだったから、いかにも武家の町だった鹿児島城下町の有様はよく覚えている。徹底的に新しい町に作り替えられた官公庁地と、かつての姿を取り戻そうと躍起になっている商業地、どちらも七之助の目には上滑りして見えた。

七之助があてどなく町を歩いていると、裏路地に立つ源之丞の姿を見つけた。大柄の者が多い薩摩者の中でも、源之丞の身の丈はよく目立つ。源之丞は店先に立ち、苦々しげな顔をしながら店の中に目を向けていた。しかし、七之助の位置からは何の店なのか、判別ができなかった。

「おい、源之丞」

七之助が遠くから声をかけると、その声に気づいた源之丞はばつ悪げに店先から目を逸らした。七之助は源之丞の前に駆け寄り、先ほどまで源之丞が覗いていた店先に目を向けた。

そこは、刀屋だった。

刀屋といえば、良い立地に陣取り、絹の暖簾を風にはためかせる上品な商い屋だった。だが、裏路地の一角にあるその店は、さながら金物屋のような雰囲気に満ちていた。店先に置かれた大甕《おおがめ》の口に何振りもの刀が竿竹のように無造作に差してあり、その甕には投げ売りもいいところの値札がついていた。薄汚れた暖簾の向こうには淀んだ気配が満ちていて、上り框の隅に置かれた張場机では、髪を結った老人——店主だろう——が、つまらなそうに煙管をふかしていた。

「刀を見ておったか」

七之助は声を潜め、そう言った。

腕を組んでいた源之丞は顎を引き、唸った。

「世も末と思うてな。こん刀、見ろ」

源之丞は甕に差された薩摩拵《こしらえ》の刀を無造作に取り上げ、鞘《さや》を払った。七之助はてっきり、錆《さび》の浮いた刀身が現れるものとばかり思っていた。だが、鞘の中から現れたのは、綺麗に磨き上げられた、華麗な刀身だった。

その刀を光に透かすように掲げた源之丞は、鍔元から切っ先までを見遣った。

「刃毀《はこぼ》れもなか、刃に曇りもなか。差し詰め、武芸好きの下士が清水の舞台から飛び降りるつもりで買い求めて、大事に手入れしてきたもんじゃろう」

鞘に収めた刀を無造作に甕に戻した源之丞は続けた。

「じゃっどん、今やこん刀も、包丁と変わらん値段で投げ売りされておる。それも、何年も埃が被ったまま、まったく店先から動いておらん」

源之丞は店の入り口の戸近くに掲げられていた張り紙に目を向けた。そこには、刀を買い取る旨の字句が躍っていた。

「閑古鳥が鳴いているのに、どうして刀屋がやっていけう」

源之丞は、顔を歪めて吐き捨てた。

「業物《わざもの》は異国で売れるんじゃ。異国の金持ちどもが、珍しい調度品じゃ言うて金に糸目をつけずに買っていくらしい。こん店も、その商いに一枚噛んでおるのじゃろう。でなくば、武士のいなくなった当世、刀屋がやっていけるはずもなか」

店の奥で店主がくしゃみをした。

「いつから、こんな恥ずかしか国になったか。士族と名乗れば馬鹿にされ、刀が二束三文で売られよう。武士は、こん国の要ぞ。そんこつを、政府の人間は忘れておるのじゃ。あいつらとて、元は武士じゃろうに」

気づけば、七之助は源之丞の顔を覗き込んでいた。源之丞が自分の肚《はら》の内を口にするのは珍しかった。

七之助の視線を誤魔化すように、源之丞は後ろ頭を搔いた。

「出世しもしたら、こん店の刀、全部買い占める心積もりぞ」

そうか、と返事をした七之助は、二時間後の集合を約束して源之丞と別れた。

七之助は、町を南に歩くうち、天文館の界隈へと至った。

かつてここには島津の殿様の設けた天文観測所があり、それ以降、この界隈は天文館と呼ばれている。かつては下士の屋敷や商売人や職人の長屋が居並び、その町の真ん中に天文館が建つ、それなりに活気のある町だった。だが、七之助の目の前に広がるのは、空き地のひどく目立つ、うら寂しい町の有様だった。この辺りも西南戦争の影響を受け、大いに焼けた辺りだった。鶴丸城から遠く離れた天文館の復興は、遅々として進んでいなかった。

うら寂しい天文館に七之助が身を晒していると、町中にあった大きな空き地の際に幟《のぼり》が立っているのに気づいた。

空き地の真ん中には、仮組の芝居小屋が建っていた。二階建ての商家ほどの高さまで骨が組まれ、白布で全体が覆われている。豆腐を積み重ねたような形をした即席の建物の前では、袖と裾をからげた軽業師が大玉の上で逆立ちをし、入場待ちをしている客から喝采を受けていた。小屋の入り口の上に掛けられたまねき書きには、聞いたことのない役者の名前が大書されている。

暇潰しにはこの上なかった。だが、足を踏み入れようとした七之助の耳朶に、ある声が蘇った。

『芝居は江戸に限る』

首を振った七之助は、芝居小屋に背を向け、二時間を散歩に費やした。

田上村の庵に戻った頃には、夕方近くなっていた。

普段ならすぐまた別の雑事を申し付けられるのだが、この日は『今日は疲れておりもそう。これで終いにしもす』と伊地知に言われ、弟子たち三人は家事から解放され、それぞれに庭先で羽を伸ばしていた。七之助はその辺の石に腰かけてぼうっと過ごし、大智は敷地に安置されている地蔵様に手を合わせて読経をし、源之丞は庭先に盥《たらい》を持ち出して水浴びに興じていた。

だが、素直に喜ぶことはできない。

水浴びを終えてすっきりした表情だった源之丞は太い首を竦め、夏だというのにぶるりと身震いした。

「怖か。こんなに怖かことはなかど。あの伊地知先生が、弟子たちを気遣うことなんてあるわけなか。絶対に裏があう」

普段は薪割りに使っている切り株に腰を下ろした源之丞は、この世の終わりのような顔をしていた。

読経を終えていつの間にかその近くの樹に寄り掛かる大智も、つるりとした頭を撫でながら相槌を打った。

「確かに。いつもの先生なら『薪割りに水汲《く》み、畑の世話、やることはいくらでもありもす』くらいのことはおっしゃるはずじゃな」

「しかも先生、『今日は俺《おい》が夕飯を作りもそう』っておっしゃっておった。伊地知先生がじゃぞ。信じられん。先生の下について四年ほどでごわすが、これまでそんなことありもはん」

「俺《おい》は五年でごわすが、初めてでごわす」

二人して、同時に悲鳴を上げた。

この中では一番の新顔の七之助も伊地知の世話になって一年半だが、その性向はある程度摑んでいる。伊地知が弟子を気遣うことなどない。もしそう見えるとすれば、何か他に目論見がある時だろう。

「怖か」

と言い合う源之丞、大智の前で所在なげに過ごしていると、庵の中から伊地知の声がした。

「夕餉の支度が終わったぞ」

三人は顔を見合わせた。

「聞こえもはんか。夕餉じゃぞ」

伊地知の声に苛立ちが混じり始めた。

「……行くしかなかど」

誰からともなく言い、雨戸の閉め切られた庵の中に足を踏み入れると、板の間の囲炉裏の前で、伊地知が甲斐甲斐しく大皿を並べていた。

「ほれ、早く座れ」

伊地知の招きのままに大皿の前に座った七之助は、目の前を見遣り、絶句した。

大皿の上に、白いものが山積みになっている。

見間違いかと思い、目頭を押さえてからもう一度見ても、目の前の光景に変化はない。

現実から逃げるわけにいかず、七之助はしっかり目を見開いた。

大皿の上には、賽子《さいころ》状に切られた豆腐が桜島の如くにうずたかく盛り付けられていた。一丁や二丁ではきくまい。おかずはこれのみだった。あとは申し訳程度に盛り付けられた雑穀飯がそれぞれの座布団の前に並べられているばかりだった。

七之助が横を見れば、源之丞や大智がげんなりとした顔をしている。

伊地知はご機嫌だった。

「豆腐は体の筋骨を逞《たくま》しくすう。体を動かした後に豆腐を食えばさらに験《げん》があうという話じゃ。丁度、村の者から豆腐を差し入れられてなあ」

近隣の者がどんなにお人よしでも、何丁も豆腐を寄越してくるわけはない。そもそも豆腐は自分の家で拵えるようなものではないのだから余りはしないし、お裾分けするようなものでもない。買ったものに決まっている。そういえば、県庁からの帰り、城下町の店通りに至るなり『ちと行きたいところがある、一人で行くからここで待っておりもせ』と弟子たちに命じ、伊地知が店通りに消え、すぐに戻ってきた。あの時に注文したのだろう。

豆腐に罪はない。一人一丁ほどならばおいしく食べられるのだ。だが、飯と交互に半丁、一丁、一丁半と食べ進めるうちに、塩辛く味付けした煮物や脂の乗った魚が恋しくなる。

「たんと食え」

豆腐屑《くず》を口から飛ばしながら放たれる伊地知の豆腐談義も、七之助の食欲を削ぐ。

箸を置くわけにはいかない。そんなことをすれば、師の理不尽な怒りに晒されることは分かりきっている。伊地知は食物を粗末にすることを何より嫌う。

大智を見れば、飯の上に豆腐を載せてその上に醤油を山ほどかけてかき回し、豆腐のひつまぶしのように〝料理〟し直して食べている。源之丞は無心に豆腐を口に運んでいる。真似をするならとりあえずは大智だろうと考え、豆腐のひつまぶしを見様見真似で作ってみた。

一口食べて、目の覚める思いがした。飯の匂い立つ甘み、醤油の風味と塩気が親の顔ほど親しんだ豆腐の風味に一筋のコクを与えている。だが、この食べ方の問題に直面するのにそう時はかからなかった。すぐに腹がいっぱいになってしまうのだった。

「いい食べっぷりじゃな」

豆腐を頬張りながら嬉しげに笑う伊地知を前に、七之助はやけくそで豆腐のひつまぶしを腹の中に流し込んだ。

伊地知ばかりが相好《そうごう》を崩す夕餉が終わりを告げた頃、横を見れば、大智も源之丞も難しい顔をして上を向いている。気持ちは分かる。七之助も腹が膨らみすぎて痛かった。上を向くのが一番楽だった。

「どうした。三人とも険しい顔をしておるな。悩みがあれば豆腐を食え。さすれば智慧の泉が湧く。そもそも豆腐とは――」

この中で一番豆腐を食らったはずの伊地知が、涼しい顔でなおも豆腐談義に花を咲かそうとしている。何としてもこの談義を止めねばならぬ、そんな使命感に駆られた七之助が伊地知の話に割って入ろうとしたものの、それより早く源之丞が口を開いた。

「先生、先生にお聞きしたいことがありもす」

「なんぞ」

伊地知は片眉を吊り上げ、源之丞を睨めつけた。射るような視線に晒された源之丞は、しどろもどろになりながらも質問を捻り出した。

「自由民権！　先生は自由民権運動について、どうお考えでおられもすか」

自由民権運動は薩長閥による寡頭政治を嫌い、憲法制定、国会開設を政府に求める運動のことである。刀の代わりに木刀を腰に差す、固陋《ころう》を絵に描いたような源之丞ですらも口の端に上げる通り、薩摩でも壮士が町角で泡を飛ばして演説しているくらい、身近なものになりつつある。

明治の元勲の一人である伊地知は、自由民権をどう捉えているのだろう。七之助も興味が湧いた。

七之助の視線をよそに、伊地知は少しの間顎を捻り、低い声で答えた。

「あれは、士族兵乱の双子じゃろう」

伊地知の言葉に、源之丞は困惑を見せた。

「士族兵乱とは、佐賀の乱や神風連や……」

「西郷どんの起こされた挙ぞ」

伊地知は薩摩の暗部、西南戦争をずばりと挙げた。

源之丞の顔が赤くなっているのは、囲炉裏の炎に照らされているからばかりではあるまい。

唇を震わせながら、源之丞は続けた。

「伊地知先生は、自由民権は天朝に弓引く謀叛《むほん》のごたるものとお考えでごわすか」

「理屈の上では、そういうことになうな。源之丞、そも、謀叛とは何じゃ」

「天朝に弓を引くことでごわす」

「ではそんな源之丞に聞ぐっ。天朝へ諫暁をすうは、天朝へ弓を引くことになうか」

「なるはずあいもはん。もしそいが謀叛になるとしたら、誰も天朝に意見できもはん」

目を細めて源之丞の言葉に耳を傾けていた伊地知は、話の切れ間に己の言葉を割り込ませた。

「左様。じゃっどん、そいを謀叛としたが、先の西南戦争じゃった」

源之丞はそれまでの勇ましい言葉から一転、口を閉ざした。

伊地知は激することなく、静かに続ける。まるで水底の音を聞いているかのような、低い声だった。

「今から理屈を言う。西郷どんは天朝に諫言《かんげん》すうために兵を挙げた。じゃっどん、政府は西郷どんを逆賊とした。すうとどうなるか。天朝は侵すべからざる神仏のごたるもんとして君臨することになうんじゃ。と、すうなら、民権が足らん、国会を開設せえと拳を振り上げうこつは、無謬《むびゅう》の天朝に対する謀叛になるじゃろう」

その理屈のそこかしこから、七之助は伊地知の静かな怒りを感じた。だが、伊地知の感情の矛先がどこに向いているのか、それが分かりそうで分からない。

じゃっどん、とようやく源之丞は応じた。

「そいはおかしいのではありもはんか。何がおかしいとは言えもはんが」

するると、先ほどまで難しい顔をしていた伊地知は、ようやくその表情を緩めた。

「上出来じゃ。理屈は時に嘘をつく。理屈を吟味すう時には、理屈じゃないもんで眺めてやう必要があう」

源之丞が目を何度もしばたたかせているその前で、伊地知はこうも言った。

「板垣は、ともすれば謀叛のごたることに足を突っ込んでおるこっ、分かっておるのじゃろう」

「板垣というと、板垣退助先生でごわすか」

伊地知は溜息をついた。

「鳥羽伏見の話をしたとき、俺《おい》があん戦《ゆっさ》で認めた男の一人として乾退助という男の話をしたじゃろ。あれが後の板垣退助ぞ」

頭の中で乾退助と板垣退助が繋がっていなかったのか、源之丞は頓狂な声を上げた。

「あん男は、とにかく素直じゃった。まさか、その素直さが、国の形を変える足がかりになるかもしれんとは。人はどう化けるか、分からんもんじゃなあ」

大智が手を挙げた。

「先生、先の戊辰の話、続きを聞きとうございもす」

「あんな話を聞いてどうすっか」

「先生の武勲一番といえば、やはり白河の攻略戦でごわそう。先生の北関東での戦《ゆっさ》ぶりを聞きとうごわす」

「まったく――。まあ、よかど。話すっとすっか。そうしもしたら、夜食をつつきながら、昔語りすうか」

「夜食?」

嫌な予感と共に口をついて出た七之助の呟きに不敵な笑みを返した伊地知は、左足をかばいながら立ち上がり、囲炉裏に掛けられている鍋の蓋を取った。湯気の舞う鍋を見遣ると、そこには豆腐が三丁ほど湯の中に浮いていた。

「話ばかりしておると、お前たちも疲れよう。豆腐は体によか、腹持ちもよか、欠けたるもののなか食い物じゃ。たんと食え」

豆腐に足りないものは脂っ気だ。そう反論しようとしたが、伊地知を怒らせるのは目に見えている。

「さて、確か、白河の話を聞きたいと言うておったな」

伊地知は昔語りに入った。唐突なのはいつものことだ。

「そいなら、江戸での俺《おい》の話からじゃな」

七之助は、伊地知の話に耳を傾けた。

遠い明治初年の硝煙の香りが鼻先を掠めた気がして、七之助はくしゃみをした。

二章　宇都宮・白河奪還戦

慶応四年四月、江戸板橋には、この日も穏やかな風が流れていた。

宛がわれた脇本陣の一室に身を置いていた伊地知正治は、縁側に出ると、胡座を組んで頬杖を突き、部屋の中に置かれたままにしてある膳を一瞥した。膳には、ほとんど箸のついていない昼餉が皿の上で所在なげにしていた。

関東風の味付けが腹立たしかった。関東はそれがもてなしだと言わんばかりに何でもかんでも塩辛くする。煮物を真っ黒く煮つけ、焼き魚に真っ白になるほどの塩をまぶされては、舌が痺れて仕方がない。野菜や魚の旨味を引き立てる、薩摩の甘い醤油が恋しくてならなかった。

気に食わないといえば、部屋もそうだった。伊地知に与えられたのは、本来なら大名家の当主が通される書院の間だった。床の間は結構な掛け軸や花で彩られ、違い棚の上には色とりどりの皿が飾ってある。ぶよぶよとして黄ばんだ畳に身を横たえるのを常としていた伊地知からすれば、藺草《いぐさ》の香りが残る青々とした畳は尻が痒《かゆ》くなるし、そこかしこに金の匂いがして居心地が悪い。

貧乏性と言われればそれまでだが――。粗食に耐え、藁塚《わらづか》の中で刀を抱いて眠るのが戦だというのに、板橋宿での逗留《とうりゅう》はまるでお大尽の旅行のようですらあった。戦の匂いがまるでしない。そして、戦の匂いのない豪奢な生活に慣れ、堕落している。そのことに、伊地知は苛立っていた。

伊地知が膝を叩いて呻いていると、縁側に川村与十郎がやってきた。

年の頃は三十ほど、薩摩の軍服の上に青い陣羽織を纏う与十郎は、丸顔と太い首の下にがっしりとした体のつく、薩摩人の雛形のような姿形をしている。その表情は春の日差しのように穏やかで、強面《こわもて》の人相に包容力を与えていた。

「おやおや、伊地知先生、虫の居所が悪そうでごわすな」

「与十郎か。お前のおおらかさ、見習いたいもんじゃ」

皮肉混じりに伊地知が言うや、与十郎は屈託ない笑みを浮かべた。

「先生に褒められたとあらば、自慢にないもす」

伊地知は毒気を抜かれる格好となった。

川村与十郎は西郷吉之助の親戚という縁で若くして薩摩の四番隊の隊長に任ぜられ鳥羽伏見の戦いでも活躍、今は伊地知の下についている。最初は縁故人事、西郷の七光りと周囲に見られていたが、沈着冷静で慎重な指揮ぶりは薩摩のうるさ型を黙らせるに十分だった。全身肝っ玉の薩摩人にあって、智者ぶりを認められる稀有《けう》な男である。

そんな与十郎が、悪戯っぽく口角を上げた。

「先生が今、何をお考えか、言い当ててみもそうか」

「ふん、お前なんぞに」

「徳川を攻めておれば今頃……。そんなところでおわそう」

伊地知はむっつり口をつぐんだ。

鳥羽伏見で徳川軍を叩いた官軍は、手筈通り、東海道と東山道、北陸道に分かれ、街道沿いの国々を宣撫しながら進軍していった。伊地知は東山道軍に属していたが、特に戦らしい戦は起こらなかった。聞くところでは、乾改め板垣退助が甲州街道を東下する途中、甲州で幕府軍と戦ったらしいが、大した損害もなく破ったという。その話を小耳に挟んだ伊地知は、小戦にかまけて江戸総攻撃という空前絶後の大戦に遅参したらどうするとせせら笑いすらした。戦功は江戸で積めばよい、そう部下を鼓舞しつつ、伊地知は勇んで板橋宿に至り、総攻撃の刻《とき》を待っていたのだが――。

結局、江戸城攻撃は起こらなかった。政治的妥結により、徳川の存続が決まったのだった。

伊地知がそのことを知ったのは、総攻撃予定のまさに前日だった。総攻撃中止の命令書を破り捨て、使者の襟首をねじり上げた。

『こん命令を発したのは誰じゃ』

『東征大総督府下参謀殿でござる』

西郷吉之助である。

事の次第を問い質すべく文《ふみ》を送ると、すべて自分の存念であるとの西郷の返事がやってきた。その手前、怒りの矛を収めざるを得なかった。

未だに伊地知はこの決定を承服し切れていない。

伊地知は心中の不満をぶちまけた。

「徳川を存続させうっちゅうこっは、そん武力を残すことと同じじゃ。特に怖いのは海軍じゃろ。じゃっどん、江戸城無血開城の時、俺《おい》らは海軍を接収し損ねてしもうた」

徳川家の持つ軍艦を新政府に引き渡す一条を含む合意が無血開城の際に為されたが、一度目の引き渡しの際には嵐を理由に順延、二度目の引き渡しの際には廃棄寸前の旧式船ばかり引き渡され、虎の子である蒸気船は徳川に温存されたままとなってしまった。徳川の手によって、もっとも重要な合意事項のはずだった徳川海軍の武装解除が骨抜きにされたのである。

陸にも問題はあった。

「徳川が陸軍のもんを逃がすのもいけん。江戸城で一挙に叩くべきじゃったのに」

江戸城無血開城以来、徳川陸軍将兵の脱走が相次いでいる。小銃や刀を持ち逃げし、江戸城内にあった財物をも無断で持ち去ってゆく。そうした者たちにまとまった金を渡す分限者もあるという。その中に、江戸城無血開城の際、徳川家側の全権を務めた勝海舟もいるというのだから頂けない。

これから何が起こるか――。情勢は予断を許さない。だが与十郎は、

「伊地知先生は、これからどうなると思いもすか」

伊地知に予断を問い質した。与十郎は値踏みするような目をしている。

伊地知は自分の考えを述べた。

「小戦が起こって、俺《おい》らが駆けずり回う羽目になろう」

脱走兵は旗本知行地の多い北関東へ逃げている。脱走兵の団結も頭の痛い問題だが、治安対策も大きな課題となろう。早晩、伊地知をはじめとする諸隊に北関東宣撫が命じられるはずだ。

既に伊地知はそうなった時のための計画も練っている。

関東の街道は江戸を中心として蜘蛛《くも》の巣状に広がっている。ならば、縦糸である大街道を本隊が制圧し、横糸ともいえる脇街道を支隊で抑え込むのが軍略の骨子となろう。脱走兵諸隊は一隊当たり多くて百人程度、こちらの一隊どころか半隊でも十分に制圧可能と伊地知は踏んでいる。

念のため、伊地知はある手を打っている。

そろそろ来るはずだが、と伊地知が心中で独りごちていると、薩摩の制式軍服に身を包んだ大山弥助が庭先に姿を現した。揃いの軍服がはち切れんばかりになるほどのがっしりした体つきで、目が怜悧《れいり》に光っている。年の頃は二十代半ばといったところだろうか。若さゆえの危うさと生意気さが顔に滲んでいる。

大山弥助は西郷吉之助の従弟《いとこ》で、薩英戦争の後、洋学者と名高い江川太郎左衛門の門を叩いて砲術を学び薩摩でも指折りの砲術家に成長、今は薩摩の砲隊を率い、伊地知の下についている。川村与十郎の実際的な智とは異質の、骨法正しい智を有した男である。

その弥助は、後ろを親指で指した。

「伊地知さあ、今、横浜から連絡が来もした。明日の昼には板橋にお約束のもんが百すべて届くちゅうこつで、今、見本が届きもした」

弥助は長細い布包みを携えていた。伊地知の視線に際した弥助が無言でその布包みを解くと、中から姿を現したミニエー銃を無造作に取り上げ、伊地知に片手で差し出した。

「これが改造品でごわす」

「どう変わっておるか」

「引き金近くの筒をご覧くれもせ。動きもそう」

弥助は筒の根元にあるつまみを手に取り、動かした。筒の手元に蝶番《ちょうつがい》が仕込まれ、右横に飛び出す仕組みになっている。

「これで、弾込めの速度が上がりもそう」

これまでのミニエー銃は、筒先から弾薬を流し込む先込式だった。だが、この改造により、手元で装弾する元込式となり、銃を構えたままでの装弾が可能になった。

横から蝶番の仕込まれた筒を眺めていた与十郎が心配げに口を開いた。

「こんなちゃちな仕掛けで、暴発したりはせんのか」

弥助は小馬鹿にするような口調で与十郎の言葉に反駁《はんばく》した。

「あるわけなか。ここに来る前に、嫌っちゅうほど見本を撃ってきた。じゃっどん、暴発なんぞ一度もなか。これまでのミニエー銃と変わらぬ精度、威力、使い勝手で、装塡速度は三倍も速か。いい加減なこっは言わんでくれ」

口をつぐんだ与十郎をよそに、伊地知は改造ミニエー銃の照星を覗き込んだ。

「ちゅうこつは、シャスポー銃と同じくらいには撃てるな」

「熟達した兵士なら、それ以上もいけもす」

伊地知がミニエー銃を元込式に改造できるという噂を耳にしたのは、江戸城を囲んでいた時分のことだった。徳川家には元込式のシャスポー銃がある。まともにやり合うなら、同等、それ以上の装備を用意するのが将としての務めだった。砲術家である弥助を通じて横浜にいる外国人商人に渡りをつけ、ミニエー銃の改造に着手したのである。だが、実際に改造の目途がついたのは江戸城が無血開城され、横浜が完全に官軍の支配下に置かれてからのことだった。

「弥助、この改造銃の調練はどんくらいで済む」

「一日、といったところでごわすか」

「一刻で調練せえ」

「人遣いの荒いこっでごわすな」

半ば呆れるような顔をした弥助は、くるりと踵を返し、庭先から離れた。

弥助の背中が見えなくなってから、与十郎は言った。

「まったく、可愛げのなか男じゃ」

伊地知も同感だったが、軍を率いるからには我慢せねばならないことだった。軍は精密な絡《から》繰《くり》である。様々な個性を有した人材――歯車を噛み合わせぬことには、前進すら覚束《おぼつか》ない。もっとも、こと薩摩人を用いるにおいて、伊地知は苦に感じたことはなかった。気性が荒く誇り高いだけで、薩摩人の多くは竹を割ったような快漢ばかりであるゆえ、現場指揮官としては使いやすい兵卒たちだった。多少癖ありの歯車でも、規格が揃っていれば癖を織り込んで組み立てることができるのと同じことである。

「さて、あとは、いつ出撃の命令が来るか、じゃな」

その時だった。野津七左衛門が血相を変えて縁側に駆けてきた。ひょろりとした細身の身体を薩摩の軍服で覆い、一見したところではいかにも頼りないが、目に宿る光は人一倍強い。

「伊地知先生、江戸の本営からでごわす」

野津七左衛門も薩摩者である。七次という弟がおり、薩摩者は兄を大野津、弟を小野津と呼び分けている。兄弟共に一歩たりとも退かずに持ち場を支え切る粘り強さ、機に応じて反撃に転じる勇猛さを身上としている。二人とも小隊の隊長を拝命し、今は伊地知の下に組み込まれていた。

「どうした、大野津」

「本営より、命令がありもした。二隊を武蔵国幸手《さって》に派遣すうようにと」

「何かあったか」

「そいが……」

大野津の口にした事態に、伊地知は耳を疑った。

徳川伝習隊が脱走、北関東へ走ったらしい。

伊地知は身を乗り出した。

「一大事ではなかか」

「数は二千ほど。伝習隊隊長である大鳥圭介もおりもす。しかも、そこに新選組が合流したいう話もありもす」

脱走者の人数もさることながら、大鳥圭介、新選組の名にこそ、伊地知は戦慄を覚えた。

大鳥圭介の名は四海に轟《とどろ》いている。海外の軍学書を翻訳し紹介した学者であり、幕府歩兵隊の精鋭、伝習隊の隊長でもあった。泰平を貪っていたこの国にあって、伊地知と同等の軍略を縦横に駆使できる人間の名を挙げるとすれば、大村益次郎、大鳥圭介の二人だろう。

そして、新選組の雷名である。甲州で乾改め板垣退助に散々にしてやられた新選組を侮る声があるが、伊地知はその立場には与《くみ》しない。新選組の首領だった近藤勇が新政府軍に捕縛されているにも拘らず、隊としての形を保っているばかりか、一定の勢力を誇っている事実一つとっても、軍にとって必須である結束の強さは容易に見て取れた。まだ徳川に権勢のあった時代、新選組は近藤勇の一枚看板と見なされていた。だが、近藤の陰に大器が隠れていたらしい。伝習隊ほどの脅威は感じない反面、伊地知は名状し難い不気味さを新選組に覚えている。

「いかがしもす、先生」

伊地知は今、与十郎、弥助、大野津や、大垣、長州、土佐、鳥取などの兵合計三千あまりを預かる方面軍参謀の肩書きを持っている。この事態に当たって、行動を起こすべき立場だった。

伊地知は矢継早に述べた。

「与十郎は板橋に待機。他の藩兵もほとんど残す」

「ちゅうこつは」

「大野津の一隊と、大垣、長州から少々、砲隊から二門大砲を借り受け、俺《おい》と行ぐっ。弥助の隊には即座に宇都宮城に向かってもらう」

大野津が声を上ずらせた。

「そいでは三百程度にしかなりもはん、大丈夫でごわすか」

「構いはせん」

伊地知の采配には一応の根拠がある。

伝習隊、新選組が江戸に反攻する可能性も捨て切れなかった。もし北関東に過大な兵力を投入すれば、手薄になった江戸を衝《つ》かれかねない。そうした情勢を先読みして、主力である薩摩兵を出来る限り温存しつつも一隊を選抜し、比較的装備の整っている大垣、長州兵を動員することとしたのである。

「与十郎、俺《おい》の代わりに、板橋はお前が指揮を執れ」

「分かりもした」

与十郎にはひと月ほどなら大将の代理を務められる器が備わっている。逆に言えば、まだまだ大野津、小野津や弥助では力が足りないと判断しての指名だった。

そして――。伊地知は大野津に顔を向けた。

「ああ、すまん、弥助から改造ミニエー銃の射撃法を教わっておけ。そん上で、手の者に二刻で操作法を叩き込め」

本気でごわすか、と大野津はまた声を上ずらせた。

次の日、突貫で改造ミニエー銃の演習を終えた大野津隊、大垣や長州の諸藩兵を率い、伊地知は幸手を目指した。


幸手に到着して数日の後、伊地知の下にある報せがもたらされた。

宇都宮城に拠っていた東山道軍総督府大軍監の香川敬三と宇都宮城主戸田忠恕《ただゆき》率いる約六百の手勢が、突如現れた伝習隊にしてやられ、城を奪われたという。

伊地知は耳を疑った。紛う方なき大事だった。

だが、曲がりなりにも伝習隊の尻尾を摑んだのも事実だった。徳川残党の拠る日光東照宮に合流するという見方が有力だったが、まさか城を落とすなどという挙に出るとは、さすがの伊地知でも読み切れなかった。

本営より宇都宮城奪還の命が下され、伊地知たちは急行した。

四月二十日、伊地知隊は宇都宮との中継地点である岩井で敵と遭遇した。宇都宮が奪われた今、相手をしている暇はなかったが、向こうから仕掛けてきた。

「どうしもそう」

「やるしかなか。全軍に命じて撃ちかけい」

大野津の指揮の下、押しつ押されつの戦闘が始まった。

次第に敵の全容が判明するにつれ、無視するわけにはいかない相手だったと伊地知は悟った。斥候に数えさせたところでは、五百もの大勢力であることが判明したのである。脱走兵士の寄せ集めではあり得ない。何らかの作戦に従事――官軍援軍を叩くための遊兵――していることは想像に難くない。

敵と遭遇した岩井の地は左手を田、右手を渡良瀬川に囲まれた街道沿いの地勢である。迂闊に展開することもできず、互いに距離を置き、つつき合いじみた銃撃戦が繰り広げられる。

だが、こんなところで時を使うわけにはいかない。

前日の夜、宿舎に宇都宮に陣を張る前線軍から伝令が届いた。

「宇都宮城攻撃は四月二十三日の朝」

伊地知は行程を計算した。間に合わないことはないが、何かあれば遅参が確定するぎりぎりの線だった。だからこそ、目の前の戦いに時をかけるわけにはいかなかったのだった。

敵陣を睨みつつ思案していると、伊地知のすぐそこでささやかな土煙が上がった。敵の銃弾だった。伊地知は地面に転がるそれを拾い上げ、観察した。

銃撃の音が響く中、伊地知は横で指揮を執る大野津の襟を摑んだ。

「もっと前進せえ」

「ないごて」

伊地知は敵の弾丸を大野津に放り投げた。大野津の手の中に、まん丸な鉛玉が落ちた。

「こいは火縄銃《たねがしま》の弾丸じゃ。敵兵は新式鉄炮《テッポ》を持っておらん。ちゅうこっは」

「分かりもした」

意を得たりとばかりに、大野津は全軍に前進を命じた。が、誰も前に足を踏み出そうとしない。それに業を煮やしたのか、大野津は軽やかな足取りで自ら陣の前、十丈ほどのところに躍り出て、腰の刀を抜き、敵を挑発するかのように高々と掲げた。

味方から悲鳴にも似た声が上がり、敵方から銃声が響く。

敵兵の銃撃音や風切音に際しても、大野津は怯まない。

「よう聞きもんせ、お味方衆」

大野津の大音声《だいおんじょう》が、敵の銃声をかき消した。

「敵の鉄炮《テッポ》は火縄銃《たねがしま》、間合いは一町。じゃっどん、俺《おい》らのミニエー銃は優に十町あう。もう少し近づいても、敵の弾に当たったところで死にはせん。お前たちにも肝っ玉があうなら、ここまで来い」

大野津の啖呵《たんか》が効いたのか、薩摩の兵たちが前に進み出て大野津を守るように陣を作り、銃撃を始めた。そしてそれにつられるように、他藩の兵たちもじりじりと前進を始め、ついには戦線を押し上げた。

大野津の蛮勇、自らの身体を的にした鼓舞は理の人である伊地知には真似できぬものだった。

前進した伊地知は、杖の石突きを何度も地面に打ち付けて賞賛した。

「上出来じゃ。蜀の飛将、趙雲《ちょううん》もかくやぞ」

「俺《おい》にできるのはこれくらいでごわんど」

「立派な才覚じゃ。じゃっどん、御身は大事にすうがよか」

伊地知は杖で大野津の胸を軽く叩いた。最初、虚を突かれたような顔をしていた大野津も、はにかんで頬を掻いた。

薩摩兵は競うように前進している。だが、大垣、長州兵の動きは鈍い。

この野戦は伊地知軍が勝利した。が、大局的な観点で見れば、この戦闘自体が失策だった。宇都宮での決戦に際し、労力をいたずらに費やしたがゆえである。

二十二日夕刻、伊地知軍は壬生《みぶ》城に入った。そこにいた有馬藤太や小野津、大山弥助といった薩摩の若手将官たちは血気逸っていた。

有馬藤太は伊地知の顔を見るなり、鼻息荒くこう言った。

「明日朝、早速宇都宮城を攻めもす。先ほどまで、壬生城に近い安塚《やすづか》での競り合いで随分向こうを叩きもした。今が機でごわす」

有馬藤太は合伝流の弟子だったため、伊地知もその性格をよく知っている。いかにも薩摩隼人然とした、猪突猛進を絵に描いたような男だった。

「先生の軍は戦で弱《ゆっさ》っておりもす。俺《おい》らが先発しもす。先生の軍は英気を養ってから進発してくいもせ」

伊地知軍は岩井の戦いで疲弊していた。伊地知は妙な胸騒ぎに襲われつつも、その進言を容れ、兵に休息を与えた。

何も起こらねばよいが。

そんな伊地知の心配は、後に的中することになる。

早朝に進発した先発隊に遅れて壬生を発ち、後一刻ほどで宇都宮城に至ろうという時分、伊地知軍の下にある報せがもたらされた。その報せは、伊地知をして目眩《めまい》を覚えさせるに十分なものだった。

有馬藤太、小野津、大山弥助ら先発隊は、進軍路に兵を配していた旧幕府軍と激突した。官軍は敵陣地に砲撃を加えて敵を退却せしめ、ついには宇都宮城近くにまで肉薄した。だが、官軍の快進撃はそこまでだった。

宇都宮城西の丸に陣を構えていた旧幕府軍が、官軍の攻め疲れを見越したかのように容赦ない銃撃を仕掛けた。守兵たちは薩摩のミニエー銃に負けないほどの精度と連射速度を誇る銃を駆使しつつ、宇都宮城の防壁を楯にして官軍を押し返していった。

官軍は後退を余儀なくされた。

そこに、伏されていた敵兵が城外に突如現れ、官軍の背後を衝いた。

そして現在、官軍は混乱の中、必死で戦っている――。

敵の戦ぶりは巧緻《こうち》そのものだった。

進軍路沿いに配していた守兵は囮《おとり》だった。しばし戦った後、損害もほどほどに撤退しているのが何よりの証である。旧式の兵器を持たせて弱兵を演じ、餌としたのだろう。その餌に食いついた官軍が偽りの勝ちにつられて進軍し、城までおびき寄せられたところで、最強の兵を当てる。シャスポー銃を手にした伝習隊だろう。城に拠る地の利、精兵による守備。この二つで数に勝る官軍を押し返し、その機を捉えて、伏兵を背後に回らせる。

皮肉にも、島津のお家芸と講釈で謳《うた》われる釣り野伏せに似た戦術だった。

大鳥圭介、敵ながら見事と褒めざるを得なかった。

伊地知は横にいる大野津を一瞥した。

「急ぎもすか」

以心伝心、大野津はこちらの焦りを拾い上げた。だが、伊地知はあえて首を振った。

「無闇に急がせて兵を疲れさせては戦《ゆっさ》にならん。休みは設けず、じゃっどん、そんままの速度で進軍すうぞ。あとは、前を張ってる連中が耐えきってくれうのを祈るばかりじゃ」

小さく頷いた大野津は道の先を眺めた。その顎には汗が溜まっているのに拭こうというそぶりすら見せず、ただ北――宇都宮の方角を睨んでいる。

伊地知は手綱を握る手の汗に気づいた。まだ見ぬ戦巧者と見《まみ》える武者震いが肩を震わしている。

伊地知も北に目を向けた。

蒼穹には、一筋の黒煙が上がっていた。

伊地知が宇都宮に到着したのは、日が西に傾き始めた八つ刻（午後二時頃）のことだった。

戦況は芳しくない。

城西が激戦地になっていた。官軍が連隊旗を翻し、横列に歩兵を展開して必死に戦っている。見れば単独で展開して果敢に砲撃を繰り返す砲兵の姿もある。一方、敵兵は官軍とほぼ同じ速度で弾込めをし、一斉に官軍めがけて銃撃を繰り返している。一進一退、動の膠着《こうちゃく》がそこにあった。

薩摩の兵を育てた伊地知ですら、敵軍の練度には目を見張らざるを得なかった。小隊長と思《おぼ》しき男が西洋刀《サーベル》を頭上に振りかざせば弾込めし、振り下ろすと一気に掃射している。単純な動作だが、二百人ほどの隊員たちの一糸乱れぬ動きに、気が遠くなるほどの訓練と指揮者と兵の紐帯《ちゅうたい》、そしてそれらを育んだ途方もない時の蓄積が窺えた。

官軍の後ろにも二百名ほどの敵軍が回り込み、銃を撃ちかけていた。唯一の救いは、前面の者たちほどの精鋭ではなく、持っている銃にもばらつきがあることだろう。

いずれにしても、官軍が挟み撃ちに遭っていることに変わりはない。

「いかがしもんそ、伊地知先生」

大野津の問いかけに、伊地知は即応した。

「城を落とす。速戦を仕掛けんぞ」

「いつも通りでごわすな」

おどけたように口にした大野津は全軍に命じた。

「こいより、宇都宮城の南を攻めもす。弾を惜しみもすな。じゃんじゃん打ちかけもんせ」

薩摩兵たちは咆哮《ほうこう》し、他藩からの預かり兵たちはつられて声を上げた。

大野津は手勢を横列に広げ、射撃を命じた。

「前進、前進、前進！」

大野津の怒鳴り声に押されるように、横列陣を敷いた兵たちは銃を構えたまま前に歩き始めた。

行く手には、宇都宮城の南門を守備する兵がざっと百ほど屯している。見たところでは、諸勢力の寄せ集め、鎧直垂《ひたたれ》や胴小具足姿の者たちに洋装の者たちが少し交じっている。敵兵の身《み》形《なり》は、おおむねの装備を推し量る指標となることを、これまでの小戦の積み重ねで伊地知は学んでいる。

「一気に攻めかかれ」

敵兵との距離が二町を切ったその時、味方のミニエー銃が火を噴いた。

「前進、前進！　退くな。前進じゃ。前のめりに進め」

大野津の音声《おんじょう》が戦場にこだましたかと思えば、ミニエー銃の銃声が次々に轟く。

二列に並んだ兵の前列が銃撃し、弾込めしている間に後列が前に出て銃撃、と繰り返すうちに、南門前には死屍《しし》累々《るいるい》の血の海が立ち現れた。

「はっは、さすが伊地知先生考案、速戦の陣でごわす」

大野津の顔は紅潮していた。

「気を緩めんな。こっからが本番じゃ」

「分かっておりもす」

馬に乗る大野津は采配代わりに刀を頭上で振り回し、残る南門前の敵兵への攻撃を命じた。

速戦の陣は接敵するや、肩がつくほどに密集した兵を横列に配して電光石火に撃ちかけ、敵陣に大きな損害を与える。軍を一つの生き物とするなら、最初の一撃で右腕をもぎ取ってしまうが如き打撃を与える。そうして優位を取ってからも猛攻を繰り返し、敵を沈黙せしめる、というのがこの陣の骨子である。

この陣の根底には、合伝流、薬丸自顕流《やくまるじげんりゅう》の術理がある。どちらの流派もその根幹には『やられる前にやる、やるからには徹底する』という思想、否、薩摩人の習いがある。それを体現できるのは、自らを隼人の末裔《まつえい》と任じる薩摩人だけ、そんな認識が伊地知にはある。ゆえに、預かっている大垣藩兵などの他藩兵は薩摩兵の予備として温存している。

かくして、半刻もしないうちに南門前はほぼ沈黙せしめた。

「さあ、次はいかがしもんそ」

大野津が気炎を上げる横で、伊地知はそっと笑った。

「もう、終わりじゃろう」

伊地知は城の西を指した。激戦の繰り広げられる地のはるか後方の街道沿いに、新政府の連隊旗を掲げる一軍がやってきている。壬生城からの援軍だった。

「こいからしもすごたあ、敵兵の掃討じゃろう」

「お、おう」

意気を削がれたかのように、大野津は小さく頷いた。

事実、伊地知の言う通りになった。

伊地知軍、土佐藩兵の投入によって戦況は逆転、敵兵は宇都宮城を放棄して日光方面に脱出した。これを受け、援軍の土佐藩兵が旧幕軍を追うことになり、伊地知本隊や傷ついた先発隊が宇都宮城の守備に入った。

宇都宮城奪回の夜、伊地知は杖を突き、宇都宮城二の丸で唯一焼け残った櫓《やぐら》に登った。南から西を望むこの櫓の上からは、城下の様子がよく見える。既に日が落ちているというのに城下は昼のように明るかった。あちこちで火の手が上がり、町を朱色に染め上げていた。宇都宮藩の者たちは旧幕軍に追い出されて他の地におり、町の者たちも先の戦で脱出している。かといって今の官軍も城の接収に大わらわで、消火まで手が回っていない。

櫓から降りた伊地知は本陣とした二の丸御殿に足を向けた。

二の丸御殿の中は、戦勝の高揚に包まれていた。すれ違う兵は酒の臭いを身に纏っている。遠くから、調子の外れた竹生節も聞こえる。だが、その悉《ことごと》くに心を留めることなく、伊地知は起居の間へと戻った。

平時には祐筆の控室として使われていたのだろう、文机《ふづくえ》の四つ並ぶ八畳ほどの板の間だった。縁側はなく、明かり取りの窓が壁にぽっかり開いていて、月明かりが僅かに床板に下りている。いかんせん光量が足りず、隣室から火を借り、短檠《たんけい》の灯芯に火を灯した。

ちかちかと揺れる明かりを頼りに部屋の真ん中に座った伊地知は、腕を組んで黙考に沈んだ。

「いつ戦《ゆっさ》が終わうかな」

伊地知の口から、思案の中身が転がり出た。

北関東で小競り合いが頻発し、収拾がつかなくなったのは、江戸城総攻撃の中止に原因があるというのが伊地知の考えだった。あそこで旧幕軍の不穏勢力をすべて血祭りに上げておけば、北関東に戦の火種が散らばることはなく、宇都宮城の奪い合いなど起こらなかったはずだった。一度広がった戦の火の手がいつ収まるものか、伊地知でさえもまったく見通しが立たなかった。

それでも疑問は止まない。

この泥沼の戦はいつ終わる?

首を捻っても答えが出なかった。

伊地知はゆっくり首を振った。今伊地知が思いを巡らしていることには、あまりにも伏せ札が多すぎた。今の持ち札で答えが出るはずもなかった。

無理矢理疑問に蓋をして、寝る算段をし始めた頃、部屋の戸の前から伊地知を呼ぶ声がした。入ってよか、と声を掛けるや、二人の男が部屋に入ってきた。

二人とも顔見知りだった。

「おお、藤太と小野津か」

でっぷりとした豪傑然とした男が有馬藤太、細身でいかにも智慧者然とした男が小野津である。どちらも今回の宇都宮城奪還戦の先発隊を率いた将である。

部屋に入ってくるなり、二人は膝を突き、首を垂れた。

「伊地知先生、あいがとさげもした」

有馬は今にも涙を流さんばかりに声を震わせていた。

見れば、二人の体には、そこかしこに傷があった。が、それだけではない。有馬は左肩、小野津は右足に包帯が巻いてある。

痛みを堪えるように下を向く有馬の横で、小野津は忸怩《じくじ》たる表情を浮かべた。

「もし、伊地知先生があと少し遅かったら、俺《おい》らは今頃土の下でごわした。命は惜しくなか。じゃっどん、預かっておりもす兵たちをあたら無駄死にさせては天朝さあに申し訳が立ちもはん」

伊地知は、むう、と小さく唸った。

「伊地知先生？」

小野津が恐る恐る伊地知の顔を覗き込んでいる。

伊地知は殊更に首を振った。

「いや。お前たちが持ちこたえてくれたおかげで、こん戦《ゆっさ》、負けずに済んだ。じゃっどん」伊地知は小野津を睨めつけた。「軍を預かるもんが、私情に流されるとはどういうこっか」

今回の戦において小野津が消極的な行動を取っていたと兄の大野津から聞かされた。問い質せば、敵方である大鳥圭介がかつて感銘を受けた軍学書を翻訳した人物だったがために戦いたくなかったと答えたらしい。

「天朝さあがどうこう言う前に、まずは自分の役目を十全に果たすがよか」

小野津は口を一文字に結び、肩を落とした。

蠅《はえ》を追い払うように手を振って二人を下がらせた後、伊地知は先の小野津の言葉を思い返し、己の心中に湧き起こったざわつきの正体に目を向けていた。しばらくそうして口を結んでいるうちに、伊地知はその正体に行き当たった。

小野津の口にした天朝という言葉が、引っかかりの原因だった。

ここのところとみに伊地知も耳にする言葉だった。天子様のおわす朝廷、の意味だが、皆、それが当然のことであるかの如くに用い始めている。

伊地知とて、尊王の人である。有馬や小野津といった若手が頭角を現す前から帝を政へと引き戻し奉り、新たな国を作るのだと気炎を吐いていた。己の尊王の志と、何の屈託もない『天朝様』の間には、深く、大きな溝がある。だが、彼我の違いが奈辺にあるのか、伊地知は上手く言葉にできずにいた。

伊地知は考えるのをやめ、らしくもないと自らをたしなめた。代わりに、もっと実際的な問題——戦のこと——に己の思考を振り向けた。

宇都宮城での戦いを支えたシャスポー銃の一隊、誠の旗を掲げる一団の姿を伊地知は思い起こした。

伝習隊、そして新選組。どちらも強かった。

城に拠っているとはいえ、薩摩の小銃二隊を投入しても苦戦した相手である。

「厄介じゃ」

思わず、独り言が口をついて出た。

鳥羽伏見の戦いが勃発した折、徳川家を倒しさえすれば戦が終わると思っていた者たちも多かった。だが、大樹が倒れたことで、その陰で息を潜めて燻っていた羽虫が一斉に空に飛び立った。

宇都宮の戦いでの捕虜から土方歳三の名を耳にした時、なお一層その思いを深くした。

徳川と薩摩が協調関係にあった時分、耳朶に触れたことのある名だった。近藤の女房役として新選組を取り仕切っていたようだが、政治向きの場に顔を出して公武合体を説いて回る近藤勇の陰に隠れ、実体の見えない男だった。

乱世には、乱世ゆえに輝く星がある。

この戦、いつ終わる。

乱の世に合わせ次々に台頭しつつある将星の煌めきは、戦の趨勢を霧の彼方へと押しやる。

伊地知の頭脳をもってしても、乱の終わりを見通せずにいた。


宇都宮を奪還してすぐ、伊地知は江戸に呼び戻された。

『伊地知参謀と相談したき儀あり』

総督府の名で出された命令に従わぬわけにはいかない。各隊の努力によって北関東の情勢が落ち着きを見せていて、治安維持を理由に断ることもできそうになかった。仕方なく、伊地知は微行で江戸へと戻った。

江戸の姿を見るのは、ひと月半ぶりのことだった。本来なら焦土と化し硝煙に包まれ、砲弾と銃弾の飛び交う戦場となっているはずだった江戸は、八百八町の威勢を保ったまま、馬上の伊地知を迎えた。それでもさすがに世情の影響を受けてはいるようで、大通りに人の姿はほとんどなく、黒の軍服を着た官軍の隊列ばかりが町のそこここにあった。だが、光届かぬ裏路地から発され、自分に向かうねばついた視線、そして、そこから聞こえる舌打ちや怨嗟《えんさ》の声に、馬上の伊地知も気づいている。

そんな伊地知は、土橋を渡って御門をくぐり、江戸城の西の丸御殿へと向かった。ついこの前までこの御殿には大奥が置かれていたらしいが、既に白粉《おしろい》の香り一つ残っていなかった。何でも、江戸城引き渡しの際、徳川家側の責任者となった勝海舟が大奥の女を騙《だま》し討ちにするように江戸城から締め出したのだという。

金箔で縁取りされ、一流の絵師の手による絵が付された襖《ふすま》の続く大廊下を進むうち、前を歩く茶坊主代わりの兵がある部屋の前で足を止めた。案内されたその部屋はいかにも下級武士の控えの間といった風情《ふぜい》で、装飾や調度も排された、寒々しい板の間だった。

そんな部屋の真ん中に、大村益次郎の姿があった。

大村益次郎は四月、有栖川宮東征大総督府補佐、軍務官判事、江戸府判事の肩書きを与えられ、江戸に着任した。それまで東征軍の中核を占めていた西郷吉之助とほぼ同格であり、江戸の治安対策や東征軍の立て直しに当たることになっているという。伊地知が呼ばれたのも、表向きは大村の就任挨拶のためとのことだった。

大村は長州の軍服に身を包み、文机を前に太眉を顰めつつ腕を組んでいる。文机の右横には夥しい書類が山をなしており、それらに印を押したり、何かを書き入れたりした後、左横の山へと載せている。右の山が未決、左が決裁済みの書類らしい。

伊地知が声を掛けると、大村は才槌頭の異相を伊地知に向けた。

「伊地知殿。お早いお越しで」

「戦場では一刻一瞬が生死を分けもす」

「常在戦場。実に伊地知殿らしいですな」

口ぶりの割に、その言葉には抑揚がなかった。大村益次郎はまた未決の山から書類を取って判を押すと伊地知を部屋に招き入れた。

文机に対する形で差し向かいに座ると、大村は部屋の隅に置かれた大時計を一瞥し、表情を変えることなく、淡々と口を開いた。

「昼餉をご一緒しませぬかな」

戦帰りの伊地知の耳には、あまりにも暢気に聞こえた。しかし、伊地知の神経を逆なでにするかのように、さらに淡々の度を増しつつ大村は続ける。

「休む時には心して休み、英気を養う。それが真の合理というもの。それに、飯を食いながら議論をすれば、時を空費しますまい」

「じゃっどん」

前線の兵は昼飯など食えもはん、と言おうとした伊地知の口は、続く大村の言によって塞がれた。

「議論、軍略もまた、戦でございましょう。でなくば、参謀である伊地知殿も穀潰しになってしまいます。違いますか」

大村の小さな目が、挑みかからんばかりに光っている。

結局伊地知は折れた。すると大村はにこりともせずに手を叩いて付きの兵を呼び、昼飯の用意を命じた。

しばらくして、飯櫃《めしびつ》と二菜の膳がやってきた。小皿には沢庵が載り、中皿には、すりおろし生姜の載った豆腐半丁に醤油がかかっている。昼飯とはいえ、大の大人の飯としては粗食だった。

「大村どんは、いつもこんな飯を」

聞くと、伊地知の飯碗に飯を盛り、差し出した大村が答えた。

「夕飯は一汁が加わりますが、昼飯はこの程度です。あまり食べすぎると、眠くなって頭が冴えませぬからね。豆腐も馬鹿になりません。滋養のある食べ物らしく、体の調子を崩した者に食わせるとすぐに体が良くなります。それに、飯もそうです。白米よりも玄米、玄米よりも雑穀米のほうが滋養があるようです。腹の臓物が弱っていないのなら、雑穀米に軍配が上がりましょう。医者をやっていた頃には、豆腐を渡して変な顔をされたものです」

「大村どんは、医者でごわしたか」

「藪でしたがね」

大村から受け取った飯碗には、紫がかった雑穀飯が盛り付けてあった。

伊地知は黙って雑穀飯に口をつけた。炊いてからしばらく経っているのか、粒一つ一つが固い。部屋の隅の風炉《ふろ》に掛かりくつくつと音を立てる土瓶を取り、己の飯碗に湯を足した。

しゃくしゃくと湯漬けを口に流し込んだ後、伊地知は切り出した。

「本題に入りもそう。大村どん、俺《おい》に何用でごわす。今、北関東は累卵の情勢。何かあれば、また戦《ゆっさ》が起こりもすこんな時に、なぜ俺《おい》を呼び戻したりしもしたか」

箸を止めた大村は初めて表情を変えた。眉根を寄せたのであった。

「もう少し、ゆっくり話していただけませぬか。伊地知殿の薩摩言葉、少々聞き取りづらく」

ここのところ薩摩人の将兵とばかり話をしていて、訛《なま》りがきつくなっていることに伊地知は気づいた。

もう一度、訛らないように気をつけつつ、ゆっくり同じことを口にすると、ようやく大村は元の無表情を取り戻した。

「ははあ、なるほど。まず、伊地知殿は少々悲観が過ぎる気がしますな。北関東情勢は少しずつ安寧の側に進んでおりましょう。失陥していた宇都宮城は奪還、さらに宇都宮城の残党が集う日光東照宮は、板垣参謀の呼びかけもあって敵兵が退去し、北関東における主立った城や大寺は官軍が押さえたといっても過言ではありません」

大村は顔をしかめつつ飯碗に湯を注ぎ、続けた。

「それにしても、板垣参謀は見事でした。敵兵に〝神君家康公の廟所《びょうしょ》を戦火に晒すのは不本意、それは貴殿らも同じであろう〟と呼びかけて、弾丸一つ撃つことなく敵兵を立ち退《の》かせてしまうとは、浪花節もかくやですね。板垣将軍は面白い才能をお持ちです。もちろん、敵方《むこう》にも戦況上の判断があったのでしょうがね」

訳知り顔にそう一息に言い、中皿の上の豆腐を箸で一口大に切り分けた大村は、そのひとかけを口に運んだ。柔らかいであろうに、歯ごたえのある食い物にそうするかのように何度も噛み、喉仏を上下させた後、また続けた。

「宇都宮城と日光東照宮の接収によって、もはや北関東には敵の拠る場がなくなりました。北関東を追い出された者たちがどこに向かうか、伊地知殿にもお分かりでしょう」

問われたが、伊地知は何も答えなかった。豆腐をつまんで口に運び、湯漬けで流すと沢庵を齧って聞こえないふりを決め込む。

待ちきれなかったのか、大村が先に口を開いた。

「奥羽方面でしょう。敵兵は必ずや朝敵とされた徳川恩顧の会津、庄内へと流れ込むことになります。そうして二藩に敵兵が集まったところで完膚なきまでに叩き潰す。それが政府の――否、拙者の策です」

悪い軍略ではない。沢庵を齧りつつ、伊地知は頷いた。

鳥羽伏見の戦い直後の慶応四年一月、会津、庄内の二藩は徳川家と共に朝敵と認定されている。江戸で打ち倒せなかった不穏勢力を蒸し焼きにするにはおあつらえ向き――とでも大村は考えているのだろうと伊地知は見た。

「本来なら、江戸城でやるべきことでした。されど、江戸城の攻撃はなりませんでしたからね。軍略を考える人間としては、次善の策を採るしかありませなんだ」

江戸城無血開城を決めたのは、薩摩の首魁、西郷吉之助である。伊地知は湯漬けを大仰に啜り、大村の言葉を聞き流す。

一方、音を立てて沢庵を噛み砕いた大村は、湯漬けを少し口にした後、また続けた。

「もっとも、江戸を攻めるのはさすがに骨だったでしょう。結果として、楽な成り行きにはなりましたがね」

「聞きたいことがありもす」

「何なりと」

伊地知は湯漬けを呷《あお》り、飯碗を膳に置いた。飯碗が、殊更に音を立てた。

「少々、そん計画には無理があるようにお見受けしもす。まず、会津と庄内を攻めるとすやあ、当然、奥羽各藩の協力は外せもはん。じゃっどん、奥羽諸藩が従いもすか」

「奥羽の恭順については、四月に世良修蔵、大山格之助の二人を派遣して、既に奥羽各藩に恭順を促して回っています。世良は切れる男です。そろそろ現地に赴いてひと月、成果も上がる頃でしょう」

伊地知は世良なる男と顔を合わせたことはないが、大山格之助の人となりについてはよく知っている。何せ、同郷の薩摩人である。剣の達人で竹を割ったような実直な人柄である反面、気働きできるような男ではなかった。訝しくは思ったものの、あえて伊地知は口を挟まなかった。

「あと、気になるのは、江戸でごわす」

湯漬けを啜っていた大村の目が光る。その刺すような眼差しを受けたまま、伊地知は続ける。

「今、江戸には変な気配が流れてごわはんか。総督府の駐留するお膝元がこの調子じゃち、とても奥羽を攻めるなんてできもはんのではなかど？」

「――旧幕府の残党が、新政府の軍章を強奪して回る事件が頻発しています」

江戸の治安への懸念を、大村はあっさり認めた。

軍を標的にした強奪が日々起こっているということは、そうした不逞な動きを助けている者が市中にいることになる。治安政策上、由々しき事態である。

伊地知は懸念を口にした。

「大村どんは分かっておりもそうが、そんなこつが起こっておるというこたあ、新政府の鎮撫策が上手くいっておりもはん証でごわす」

「分かっています。そして、相当数の不逞浪人が江戸にいることも。しかし、問題ありますまい」

北関東の情勢が安定に向かい、江戸市中の不穏分子は孤立状態にある。時機が来たら、江戸から追い出すことになろうが、逃げた先には北関東を鎮撫した官軍が駐屯している。十分彼らを撃滅できると大村は言った。

「北関東の官軍も、随分恃《たの》みにされたもんでごわすな」

伊地知は言葉尻に皮肉を込めた。が、大村は眉一つ上げる様子がない。

「信頼ではありません。北関東に至るまでに、江戸の不穏な勢力を腑抜けにするまで叩くつもりです。弱った犬の群れくらい、弱兵でも掃討できましょう」

「大した自信でごわすな。いつやりもすか」

「まだはっきりとは決まっていません。色々の押し引きがありますもので、少々時間がかかるかもしれません」

「押し引き？」

「伊地知殿には関係ないことです」

豆腐を飲み込んだ後、大村はぴしゃりと言った。

鼻を鳴らした後、伊地知は豆腐を口に運んだ。豆の味わい、生姜の辛味が口の中いっぱいに広がる。これまで、豆腐なんぞと小馬鹿にしていたが、存外に旨い。関東風の塩辛い醤油が豆腐の淡泊な味わいを引き立てている。だが、目の前の慇懃《いんぎん》無礼極まる男を前にすると、その豆腐の味わいすらも味気なく思えてならなかった。箸を置き、伊地知は本題に入った。

「大村どん、能書きが長くなっておりもはんか。なぜ、俺《おい》を江戸くんだりに呼んだのでごわすか」

「ああ、そうでした」

大村はその豊かな眉を少し動かし、ぐいと顔を近づけた。

「伊地知殿、あなたの采配に疑問の声が上がっております」

伊地知の口から頓狂な声が漏れ出た。これまで伊地知は常勝を誇っている。文句を言われる筋合いはなかった。湯飲みを取り、乾きかけた口の中を潤した。

大村は伊地知に顔を近づけたまま、ぽつぽつと言葉を重ねる。

「何でも、大垣や長州藩兵たちに端役を押し付け、薩摩兵にばかり前線を任せておると報告が入っておりますが」

「そいが、何か問題でごわすか」

「もちろん、今の官軍の多くは薩摩藩兵。割合として薩摩兵が多くなるのは致し方ありますまい。問題は、依怙贔屓《えこひいき》を疑われるほど、薩摩兵を重用しておる事実です。そうですな、薩摩藩兵ばかりを用いる、伊地知参謀」

大村は、参謀、の部分で語勢を強めた。

伊地知は大村の発言を、大笑で吹き飛ばした。

「依怙贔屓？　同郷のもんを死地に追いやることが依怙贔屓たあ、総督府には面白か考えをすうお方がおられもすな」

湯飲みを脇に置いた後、伊地知は床を拳骨で叩いた。

にこりとも笑わない大村の前で、伊地知は口角泡を飛ばした。

「たわけたことを言いもすな。俺《おい》らは戦《ゆっさ》を終わらせるべく、精兵を用いて戦っておりもす。精妙に戦うためには、練度の高い兵を用いねばなりもはん。そん点、薩摩はずば抜けておりもす。薩摩兵を前線に用いるは当たり前のことでありもはんか」

しばし、大村は無言だった。広い額、豊かな眉毛を湛《たた》えた異相を伊地知に向けたまま、箸を止めている。だが、ややあって、また豆腐に手を伸ばし、口に運んだ。顔を歪めつつ豆腐を咀《そ》嚼《しゃく》し、飲み込んだ後、大村は箸を置いた。気づけば皿の中身も空になっていた。

「危ういですな」

「何がでごわすか」

「伊地知参謀は、軍閥を作るおつもりですか」

「意味が分かりもはん」

「確かに、薩摩兵の練度はこの国最高の水準でしょう。しかし、それに恃み、薩摩兵ばかり用いては、この戦は徳川家と薩摩の私戦としか言いようのないものになってしまう。この戦は、あくまで官軍と旧幕軍との戦とすべきです」

「俺《おい》には、大村どんのご懸念の底が見えてきもさんな。つまるところ、長州やら土佐やら大垣やらにもっと功を挙げさせろということでよごわすか」

大村は大きく首を振った。まるで、子供の心得違いを正すかのような仕草だった。

「長州だ、土佐だ、大垣だというのがいかぬのです」

伊地知は思考の間隙を突かれ、声を失った。そこに、大村は己の声を滑り込ませた。

「軍は国家の意志そのものです。言い換えるなら、官軍は新政府の意志を示すもの。我らは、薩摩長州土佐といった藩の垣根を超え、官軍として戦わねばなりませぬ」

伊地知には承服できない理屈だった。官軍を名乗っているとはいえ、各藩から兵糧が持ち出されている以上、藩の意向を無視することができようはずはない。今さっき、この男の腹を満たしていた飯の出どころは、この男の出身藩である長州藩の年貢であるはずだった。

しかし、大村は恬然《てんぜん》と続けた。

「これから、この国は帝を頂点に頂いた国に変わってゆきます。そこに、薩摩がどうの、大垣がどうの、武士がどうの、町人、農民がどうのの区別はなくなる」

「突飛な話じゃ。遠い将来、そうなるやもしれもはん。じゃっどん、そいが今の戦《ゆっさ》とどう関わりがあるのでごわすか」

「もはや、負けることなどありませぬ。西国から江戸にかけては官軍が抑えています。拠って立つべき地のない敵方は、早晩枯れていくことでしょう。官軍は今や『いかに勝つか』が問われています」

大村は伊地知の顔を覗き込んだ。大村の真っ黒な瞳の奥に、伊地知の苦り切った顔が映っている。

「伊地知参謀。あなたの軍才は誰よりも買っているつもりです。しかし、このままでは、あなたは新時代の壁となる。その右目に新たな時代を捉え、心して戦っていただきたい」

ふん――、伊地知は左目の眼帯をいじり、鼻を鳴らした。

「お断りいたしもす。俺《おい》に命令できるのは、西郷どんだけでごわす。もし、俺《おい》に何かを強いたいんなら、まずは西郷どんを口説き落とすこっでごわす」

しばしの沈黙が部屋に満ちた。

ややあって、大村は小さく息をついた。

「やはり、あなたはそうした人でしたか」

淡々としていたが、その言葉に秘められた冷ややかな錐《きり》が、伊地知の胸を刺した。

それから伊地知は、しばし無言で飯を食らった。が、皿を空にすると手持ち無沙汰になった。

「では、俺《おい》は戦《ゆっさ》に戻りもす」

引き止められることもなく、伊地知は大村の部屋を後にした。

杖を突き立てながら廊下を歩く伊地知は、浮かんでは消える不快感と戦っていた。

捨て台詞《ぜりふ》のように大村が述べた言葉が、なおも耳の奥でこだましている。

『やはり、あなたはそうした人でしたか』

あの時の大村の達磨顔には、軽蔑の色が浮かんでいた。伊地知が力任せに握ると、杖の先がみしりと軋《きし》んだ。

伊地知は、己の怒りの矛先がどこに向かっているのか、ありありと理解している。

あの男の智者ぶりは、伊地知をして先行きを見通せなかった戦の落着点を見出したことにも明らかだった。その男の言うことを理解できない、それはすなわち、智者としての敗北を意味している。

苦々しい思いを抱えたまま、伊地知は戦場へ舞い戻った。


それからしばらくは、平穏な時が続いていた。

関東中央部の宣撫も順調に進み、宇都宮近辺から旧幕府軍を追い出すことに成功した。それとほぼ同時期、関東中に散らばる各隊が、次々に旧幕府軍を北へと追いやることに成功、伊地知も宇都宮から下野国《しもつけのくに》大田原に陣を移した。大田原藩は早々に官軍についており、藩を挙げて伊地知たち官軍を出迎えた。城下町の表通りは掃き清められ、馬の糞《ふん》一つ落ちていなかった。伊地知軍は大田原城の一角を借り、ここを拠点にさらなる地域の宣撫に努めることになった。

北関東の宣撫にも難儀はなかった。小競り合いはところどころで頻発していたものの、宇都宮城奪還のような大事は起こらなかった。伊地知の仕事は、弛緩し始めた軍の引き締めくらいのものだった。

とはいえ、城の奥に引きこもるのは伊地知の性に合わなかった。手勢を引き連れ、伊地知自ら周囲を見て回ることも再三あった。もちろんそこでも事件らしい事件は起こらなかった。それだけに、大田原領の現実が伊地知の右目に映った。

大田原城下町は取り繕われている。問題は、村方だった。

村は、困窮の中にあった。

ある村に宣撫に回った。村の境界に建てられている地蔵堂の軒下には、ぼろを着て、丸めた筵《むしろ》を背負った者たちが屯していた。その者たちを尻目に村に入れば、作付けされていないばかりか鍬の入っていない畑や水の張られていない田が左右に広がっていた。わずかに耕作されている畑に目を向ければ、作物の近くで骨が鋤《すき》を担いでいた。伊地知が目を擦ると、それは、骨が浮くほどに痩せた百姓の姿だった。家々もしばらく茅《かや》の葺き替えをしていないのか穴の開いた屋根も見受けられた。しかし、問題なのは、この村が特段困窮しているわけではなく、大田原の領内がどこも同じような状況だったことだ。

事は大田原だけの問題ではなかった。

関東中央部、北関東を転戦する中で、伊地知は幾度となく困窮する村の有様を目の当たりにした。今になってようやく伊地知の意識に上り始めたのは、単に宇都宮攻防戦という大きな戦とその後処理に目を奪われていたからだった。

「なしてこんなこっになっておるのか」

軍議の中、伊地知は村の惨状について意見を求めたが、諸将の反応は薄かった。そもそも自分たちは戦に来ただけで、村のことは各家中の専権事項であろう、そんな意見が出ると皆、次の議題へと移っていった。しかし伊地知は、議論の輪から取り残されたまま、なおも村の惨状に心を奪われていた。軍を支えるのは兵糧、そして、兵糧となる作物を作るのは百姓である。軍事を突き詰めると結局は農事に至る、それが伊地知の持論だった。それだけに、村に冷淡でいられる諸将の有様に侮蔑の念すら覚えていた。

閏《うるう》四月のある日、伊地知は大田原城下町の北にある那須へと足を延ばした。もちろん宣撫の一環だった。とはいえ、既に先遣隊が下均《したなら》しを行なっている。伊地知の視察は総仕上げのようなものだった。

那須に足を踏み入れるや、馬上にいた伊地知は、雷に打たれたようにその場で固まった。

「こいは」

伊地知は口をぼんやりと開き、那須野の姿を見遣っていた。

北の那珂川《なかがわ》と南の箒川《ほうきがわ》に挟まれた扇状のなだらかな丘が目の前に広がっている。低地を南北に走る街道に沿って畑や田が起こされているものの、少し高いところに目を向ければ原野が手つかずで残り、青々とした木々や草原が靄《もや》に霞んでいた。

街道沿いを行く伊地知は、脇に広がる田畑の痩せぶりに気づいた。田畑は小さな区画で仕切られ、その形も複雑で、水路は木の根のように行き当たりばったりに広がっている。そのせいで、水路の流路は全体に無駄が多く、中には併走しているところがいくつもあった。

大田原藩の代官に話を聞いて、伊地知はようやくこの地の事情を理解した。

那須の地は、この地を支配していた那須氏が転封されてからこの方、幕府領、旗本地、大田原家中などによって分割され、複雑な地割となっていた。そのような状況では、土地全体を俯《ふ》瞰《かん》した水利事業や開墾計画など立てられるはずもなかった。袋小路に入り込んでいるように見えてならなかった那須の有様は、そうした不合理極まりない天下の差配に起因するらしかった。

伊地知の脳裏に、ある天啓が閃いた。

もし徳川がいなくなり、那須が大きな行政区分の下に置かれれば、北関東の明日は明るいのではないか。この地に合理的な行政区画を敷き、その指導の下でこの地を一大農地に変えることができれば、困窮する村方の一助となる。そんな実感を胸に、伊地知はその日の那須視察を終えた。

那須の視察を終えてすぐの閏四月二十三日、大田原に大事件の報せがもたらされた。

「間違いなかど」

大田原城二の丸御殿の奥にある本陣は、混乱をきたした。

猛将兄弟の片割れである小野津が顔色を失い、横合いで話を聞いていた有馬藤太も信じられぬとばかりに口を半開きにしている。

「本当の話なのでごわそうな」

薩摩の大の男たちに囲まれ、凄まれた伝令は身を縮こまらせて怯えている。そのせいで、伝令の言葉は上ずり、今ひとつ要領を得なかった。

伊地知が激する二人を制した。

「二人とも、頭を冷やすがよか。で、伝令。お前の言うことをまとめると、こういうことになうな。一つ、奥羽の諸藩が新政府に反旗を翻して同盟を組んだ。一つ、会津が白河の城を奪った」

伝令は小さく頷いた。

想像だにしないことが起こった。

白河城が会津の手勢に占領されたのである。

大田原や那須の北方にある白河は奥州の玄関口に当たる枢要の地である。これまで官軍が接収に回っていなかったのは北関東の鎮撫で手いっぱいだったからであると同時に、奥州各藩が新政府に反旗を翻すなど慮外のことだったからでもある。

この動きがさらなる事態を出来《しゅったい》させた。

奥羽の大名は早いうちから恭順の姿勢を見せていた。だが、その情勢が一気にひっくり返った。奥羽の大名家に会津攻めを催促していた下参謀の世良修蔵が仙台藩の手勢によって暗殺されたのである。さらに、これまで新政府に恭順を決めていたはずの奥羽諸藩が朝敵と指弾されていた会津の復権を求める、一種の同盟を結んだ。

これほどまでに理に合わない事態が起こるとは、伊地知をしても見通せなかった。

伊地知は声を荒らげた。

「川村与十郎を呼んできもせ」

伝令に命じた。川村与十郎は大田原から程近い喜連川《きつれがわ》に陣を張っている。与十郎は二刻ほど後、手勢を率いて大田原城に入った。

そこで評定が持たれた。

板敷きの大広間に集う諸将を見回しつつ、伊地知は言った。

「いけんすう《どうする》」

そんな中、口を開いたのが与十郎だった。

「白河城を奪い返しもそう」

「正気でごわすか」小野津が声を張り上げた。「今の伊地知軍がどうなっておるか、川村どんは分かっておりもはんのか」

伊地知軍は今、北関東の宣撫に忙しい。

大田原城に常駐している本隊は、千に満たない。大野津や大山弥助に兵を預け、周辺地の不逞勢力の掃討に当てているためだった。各地域に守備兵を残さなくてはならない中、今の兵数では、出兵のできる情勢ではない。

しかし、与十郎は退かない。

「時が経てば経つほど、白河城は落とすのに難儀になう。逆に、向こうの兵数が少ない今、多少無理をしてでも落とすのが得策じゃ。『兵は拙速を聞く』じゃ」

伊地知は与十郎の献策に合理を見た。

「行ぐとすっか」

「伊地知先生」

小野津の声にはいつもの威勢がない。

「与十郎の言う通りじゃ」

伊地知は、江戸の状況を念頭に置いていた。

今、江戸では輪王寺宮公現法親王を擁立した徳川残党の彰義隊が上野寛永寺に集い、武器を山上に集めている。政府もこの状況を座視できず、これを叩くか否かの議論が出始めているという。

この状況下で奥羽越が決起した意味を、伊地知は思う。

彰義隊と奥羽越の動きはまったく別個の出来事である。だが、奥羽越が力を持てば持つほど、彰義隊が共鳴して気勢を上げるのは目に見えていた。彰義隊が存在する以上、江戸駐留の官軍は江戸に釘付けにならざるを得ず、奥羽越が不安定な以上、北関東にいる官軍は江戸に戻ることができない。つまり、彰義隊を沈黙させるまで、北関東、越後方面に展開する官軍でもって奥羽越諸藩に対抗しなくてはならなくなったのである。相手の戦支度が整う前に優位を確保すべき、という与十郎の案には大局的な観点からの正当性があり、『孫子』の「兵は拙速を聞く」

の真意を深く捉えているともいえた。

「俺《おい》らもついていきもす」

有馬藤太、小野津の申し出を伊地知が叱る。

「お前らの仕事は、北関東の宣撫でごわす。そいが終わらぬうちに壮言を述べもすな」

「も、申し訳ありもはん」

藤太と小野津の謝罪を聞き流しながら、伊地知は杖を突いて立ち上がった。

「与十郎、さっそく戦《ゆつさ》支度じゃ」

「先生、ちと待ってくいもせ。進軍するからには、まずは斥候を走らせなければなりもはん。それに、道案内の徴発やら何やらせねばなりもはんし、武器弾薬の運搬も」

「そんなこっ、進軍中にやればよか。行ぐぞ。こん戦《ゆつさ》、速戦が命ぞ」

与十郎の返事も聞かず、伊地知は本営を後にした。

その日のうちに薩摩小銃一隊、長州小銃一隊、大垣砲兵で構成された伊地知隊三百は大田原を出て白河へと出兵した。


弱い雨が降りしきる中、馬上の川村与十郎はくしゃみを一つした。

大丈夫かと声を掛けると、犬のようにぶるぶると体を震わせつつ与十郎は笑った。

「大丈夫でごわす。兵たちがこっを思えば、何ということはありもはん」

兵たちは、ばしゃばしゃと水溜まりを踏み潰しつつ、無言でついてくる。後ろの方では砲一門を曳《ひ》く者たちの姿もある。兵の足取りは一様に重い。

蓑《みの》を揺らす伊地知は、雨の降りしきる空を見上げた。一向に止む気配はない。伊地知の顔に雨粒がかかり、へばりついた。

「そいにしても、道案内もすぐ見つかってよかった」

「ああ。それも、かなり優秀でごわす」

伊地知たちは目の前を歩く少年、伍助《ごすけ》に目を落とした。

年の頃十二ほどだろうか。つぎはぎ野良着に身を包み、髪をひっつめている。雨の中だというのに蓑を被ることさえせず、濡れるに任せて速足で歩いている。

「おい、伍助」

与十郎が声を掛けると、伍助は与十郎の下に駆け寄り頭を下げた。

「あとどれくらいで白河に着ぐ」

「この歩みなら、あと一日と少しくらいだべ」

「難所はあっか」

「山登りもねえし、お侍様方が難儀するところはまったくねえべ」

与十郎が軽く頷くと、また伍助は元の隊伍に戻った。

伍助の背を眺めつつ、与十郎は横の伊地知に顔を近づけた。

「拾い物でごわすな」

敵地に進軍する際には、必ず現地の案内人が必要になる。道を知る者がいないと迷ったり、進軍できないような隘路《あいろ》に入って引き返すことになったりといった問題が発生するからである。そのため、出来る限り早く案内人を探すのが遠征の常套《じょうとう》なのだが、これがかなり難航する。敵地の地理を知り尽くした者の多くは地付きで、概してその地の殿様や侍への尊崇や愛着がある。裏切り行為に手を染める者はそう多くない。

だが、北関東での戦では、次から次へと協力者を得ることができた。宿所の提供、兵糧の供出はとんとん拍子で進み、中には鍬を担いで「軍の末に加えてくだされば粉骨砕身働きまする」と土下座した農民さえいるほどだった。

与十郎はこれを見て、

『これが天朝さあの威でごわすか』

と無邪気に喜んでいたが、伊地知は慎重だった。最初は奥羽越列藩同盟の間諜《かんちょう》を疑った。だが、彼らの操る言葉には北関東のだんべぇ訛りが分かち難く刻まれており、身元もしっかりしていた。

伍助は、一日前、進軍路の途上にあったある宿場で見出した。伊地知たちがその宿駅を通行中、前に伍助が立ちはだかり、土下座した。ぼろ着にひっつめ髪で顔は薄汚れている。どう見ても仕事にあぶれた町の子供といった風情だった。

『何でもします。荷物持ち、案内、飯の支度、火起こしから物の買い付けまで何でもできます。連れて行ってくだせぇ』

北関東のだんべぇ訛りだった。伍助にも間諜の疑いを持ったものの、その宿場の名主が身元を証してくれた。何でもこの少年は元々会津に住んでいたらしいのだが、八年ほど前に食い詰めて父と共にこちらに流れてきて、三年前に父が死んだ後もこの宿場の日雇い仕事を恵んでもらいながら糊口《ここう》を凌《しの》いでいるという。

会津出身であることがはっきりしている伍助を用いるべきか与十郎と論戦になったものの、奥羽越列藩同盟が成立するはるか以前に会津を出ているのなら間諜になり得ないと判断し、案内人として用いることに決めた。最初の懸念に反し、伍助はよく働いた。宿場の者たちから与えられていた仕事の多くは他の宿駅への荷物運びが多かったようで、各宿駅の有力者の名前や性格もよく熟知しており、裏道や間道にも詳しかった。与十郎がいい拾い物扱いするのは、その辺りが理由だった。

「少し休め」

伊地知が声を掛けると、滅相もねえ、と伍助は首を振った。

「お侍様方が歩いておられる中、おら一人へばるわけにはいかねえ。それに、ちっとも疲れてねえべよ。お気遣いありがとうごぜえます」

慇懃に礼を言い、また伍助は歩き始めた。

伊地知は馬の上から辺りを見渡した。

伊地知軍は宿駅から離れた道の途上にいた。この時期ならば作付けしていなければならないはずだが、土を返した様子すらなく、辺り一面大葉子《おおばこ》や蕺《どくだみ》が繁茂している。

伊地知は、ここもか、と心中で呟いた。宇都宮や大田原、那須の辺りでも村方の困窮が見受けられたが、関東と奥州の境に位置する進軍路においては輪をかけてひどいことになっていた。伊地知の実感として、北上すればするほど、より村の荒廃の度が深まっていく気がしてならなかった。

戦には関係がないことだ。そう割り切り伊地知が街道沿いの荒れ果てた畑地から目を離すと、一匹の馬が前方から水溜まりを踏みつつやってきた。

「伊地知参謀」

馬上には、放っていた斥候の姿があった。

「どうしもした」

斥候は、馬の後ろに括りつけられたものを伊地知に差し出した。

「こんなものが道の上に転がっておりました」

斥候が差し出したのは案山子《かかし》だった。伊地知は、受け取った案山子を両腕でくるくると回し、子細に眺めた。人間大に作られたその案山子は鋭利な刃物で首が斬り落とされ、着せられている白い着物には「腰抜け薩摩」と大書され、ところどころに草履の踏み跡が残っていた。

これが道の途上にいくつも転がっていると斥候は言う。

「奥羽越列藩同盟の兵どもの仕業かと」

首無し案山子を見下ろした伊地知は舌を打った。

既に白河城には相当の敵兵が入城している。でなくば、こんな稚気めいた挑発に現を抜かす余裕などない。

「よう知らせてくれた」

斥候を下がらせた後、伊地知は与十郎に向いた。

「これから、全速で白河に向かう」

「何を言っておられもすか。こん雨の中、そう進軍を速めうこっができうわけがありもはん」

「じゃっどん、急がんと、城を奪い損ねうぞ。これ以上、敵兵が膨れ上がれば、手がつけられなくなう。俺《おい》らが捨て石になってでも、白河城は抜かねばならん」

「分かりもした」

困惑混じりに与十郎が頷く横で、伊地知は伍助に問うた。

「こっから眠らず休まずで進むとしもしたら、どのくらいで白河へ着くか」

しばし顎を捻った後、伍助は快活に答えた。

「だいたい半日くらいかかるはずだべ」

「到着は払暁じゃな。――今日は徹夜じゃ」

伊地知の言葉を受けた与十郎は全軍に全速前進の進軍命令を下した。

小走りの馬、速足の兵が街道を進む。途中にあった首無し案山子を蹴散らしなおも進む。道の真ん中に差してあった薩摩を誹謗《ひぼう》する高札は豪傑の薩摩兵が引っこ抜いて二つに折り、道端に捨てた。

案山子や高札を踏みつけるごとに、薩摩兵たちの目にはぎらぎらとした炎が煌めく。敵に飛びかかる寸前の狼のような酷薄な顔をして。

速戦。伊地知の頭には、ただその二文字だけが浮かんでいた。

伊地知軍は、稲妻のように街道を駆け抜けた。


慶応四年閏四月二十五日の夜明け前、北上していた伊地知軍は白坂口へと至った。

「あと数里で白河だべ」

前を行く伍助も疲労を隠せないようで、ややぶっきらぼうに周囲の地理を説明した。

まだ明るくなり切ってはいなかった。伊地知も周囲の地勢を読み切れずにいたが、小さな山々が周囲を取り囲む小さな盆地になっていることは、闇の中でも見て取れた。街道筋の左右に何があるのか判然としない。尖兵の持つ篝火を頼りに目を凝らすと、夥しい小さな丸が光り、時折、ばしゃんと水の跳ねる音がした。

昨日から降り続く小雨の中、蛙《かえる》の暢気な鳴き声だけが辺りに満ちている。

「あと三里。皆、気を入れて事に——」

伊地知が言いかけたその時だった。

水の雫《しずく》が笠に落ちるのに似た音がした。

すぐにその音の正体に勘づいた伊地知は、馬からひらりと降りた。

「ちょしもた、身を伏せい。篝火を持っておるもんは火を消せ」

その音——、銃撃の一時雨《ひとしぐれ》はさらに強くなり、周囲の地面が幾度となく爆ぜる。

銃撃はかなり遠くから為されているらしい。

「皆、落ち着いて迎え撃て」

伊地知が叫ぶか否かのところで、男の悲鳴が響いた。後方に配していた大垣兵の一人に弾が命中したらしい。

伊地知軍全体が浮き足立ち始めた。伊地知や与十郎が号令を発してもいちいち動きが鈍い。それどころか、大垣砲兵たちは命令を受ける前から展開し、砲撃まで始める始末だった。

ついに練兵であるはずの薩摩兵にも、軍内の狼狽が伝播した。伊地知や与十郎の自重命令を聞かず、勝手に横列陣を展開し、ばらばらに撃ちかけ始めた。

杖の先を思い切り地面に打ち付け、伊地知は闇を睨んだ。射撃の度に銃口から噴き出された炎が辺りを明るくし、敵兵の姿を一瞬露わにしてはまた消える。

官軍は敵軍の正確な位置はおろか、兵数や装備すら把握していない。一方の敵兵は街道筋の近くに張り出している山肌に身を隠し、一斉に射撃している。官軍に損害を与えていることや、雨の中でも攻撃できていることなどを勘案すれば、敵軍は火縄《たねがしま》銃やゲベール銃といった旧式銃ではなく、最新鋭の銃で武装しているだろうことは容易に想像のつくところだった。

悲鳴を上げた近くの味方兵が、ミニエー銃を捨て逃げ出した。

伊地知は打ち捨てられたミニエー銃に手を伸ばした。敵方に鹵獲されればそのまま敵の兵力にもなりかねず、捨て置くわけにはいかなかった。だが、伊地知よりも早く、小さな手が銃を拾い上げた。

伍助だった。

一瞬、間諜の二文字が頭を掠め、伊地知の体中から血の気が引いた。

だが、伍助はその銃口を闇の中に紛れる敵軍へと向けた。

「お侍様、これはどう使うんだべか」

しばし虚が心中を侵食していたものの、伊地知は活を入れて気を取り直した。

「撃鉄を起こして引き金を引けばよか」

「げきてつ？　ひきがね？」

這《は》って伍助に近づいた伊地知は、ひったくるようにしてミニエー銃を奪い取り、口で言ったことをそのままやってのけた。爆発音と共に、肩に重い反動がやってきた。これを捨てた者は、弾を込めたままで逃げ出したらしい。

「見たか。ミニエー銃はこう使う」

伍助が頷いたのを見届けた伊地知は辺りを見渡した。伊地知のすぐ近くには、持ち場を離れた兵が捨てていったのであろう胴乱が泥にまみれて落ちている。拾い上げるとミニエー銃の弾丸がまるごと残っていた。伊地知は舌を打ち、伍助の頭を乱暴に撫でた。

「お前はついておるな。俺《おい》からミニエー銃の使い方を教われる人間はそうおらんぞ」

このミニエー銃は、改造の施されていない先込め式だった。弾を胴乱からつまみ出し、筒先から流し込む。発射前の弾は銃床を下に向けて何度か揺すってやれば下まで落ちるが、これは戦場に慣れた者のやり方で、本式の操作ではなかった。思うところのあった伊地知は銃身の下につけられているカルカを取ると二度ほど軽く突き入れた。

鉄炮玉の飛び交う戦場の中で、伊地知の声は弾んだ。他人に何かを教える愉悦が、伊地知の内側でじんわりと熱を持った。

「弾の尖った方を筒先側に向けて流し入れた後、このカルカで一度か二度、軽く突く。こいで、あとは撃鉄を倒して、爆帽《マスケットキャップ》を火門突《ニップル》にはめて引き金を引く。爆帽は雷管じゃ。こいがないと、火薬に火がつかん」

伊地知が言葉の通りに手順を踏むと、白煙が筒先から上がり、轟音《ごうおん》が響き渡った。

「やってみい」

ミニエー銃を差し出すと、伍助はこくりと小さく頷いた。

恐る恐る、伍助は弾丸を銃口から落とし入れ、カルカで二度ほど突いた。見様見真似で銃を構える。ミニエー銃は年端の行かぬ子供の手に余っていた。銃身を支える左手は細かく震え、銃口はしきりに上下している。そして、ややあって、伍助はかちりと音を立てて撃鉄を下げ、引き金を引いた。

轟音が辺りに響いた。

伊地知は見た。白煙の向こうで、伍助は目を輝かせていた。まるで、新たなおもちゃを与えられた子供のそれだった。

「その調子で撃ってみい」

「わかっただ」

伍助が居残る薩摩兵と共に五発程度弾を撃った頃、ようやく空が白み始めた。

戦場を見渡した伊地知は、即座に言い放った。

「撤退せえ」

これには、馬から降りて西洋刀《サーベル》を振り回し、兵を鼓舞していた与十郎が驚いた様子で伊地知を見据えた。その顔にはありありと不満の色が見て取れた。

「これからでごわす。ようやく明るくなってきた今なら、多少の劣勢も――」

「何を眠たいこっを言うておっか、しっかりこの地を見んか」

伊地知に促され、与十郎はようやく周囲を見回した。最初、不満げであった与十郎の表情は、周囲に首を巡らすなり凍り、次の瞬間には、青ざめ始めた。そしてついには唇を紫色に染め、泳がせていた目を伊地知へと向けた。

「こいは、何たるこっ……」

与十郎が絶句するのも無理はなかった。

白坂口は死地だった。

奥州街道の先にある小さな平地は左右を山に塞がれ、先にも山が控えている。盆地であろうとは想像していたが、予想よりもはるかに小さかった。山際に民家がぽつぽつ建っている他は、端から端まで五町あるかないかといったところの盆地はすべて田んぼになっていた。そろそろ田植えの時期だというのに稲は植わっておらず、水だけが張ってある泥地の中に、伊地知軍の多くが展開してしまっている。歩兵はまだしも、砲の車輪が、田にはまり込んでしまっている。

そして今、敵兵は前方の山からこちらに撃ちかけてきているが――。

「もし、俺《おい》が向こうの軍師だったなら、前方で足止めしている間に挟み撃ちにすうぞ。ぐずぐずしておっては全滅もありうっ。退くべし」

「じゃっどん、すぐに白河城を落とさねば――」

「そいなこっを言うておる場合じゃなか。ここで死にたくば、そん西洋刀《サーベル》、俺《おい》に寄越せ」

サーベルを寄越せ、とは、現場指揮官を降りろ、の謂《いい》だった。

さすがにここまで踏み込んだことで、与十郎は元の沈着を取り戻した。

「……こん西洋刀《サーベル》は天朝さあより預かりもした大事なもの。伊地知先生と雖もお譲りするわけにはいきもはん。撤兵を命じもす」

与十郎は敵兵の銃弾の嵐の中、全隊に撤退を命じた。

「怪我をしておらんもんは怪我人、あるいは砲兵を助けもせ」

与十郎はそう付け加えた。

だが、敵方の失策につけ込むのは、軍事の常道である。こちらに退却の気配があると悟ったか、盆地の縁を形作る小山に陣を張っていた敵軍が麓へと下りてきた。その一団の旗印が翻った瞬間、誰からともなく悲鳴が上がった。

赤地の錦に金糸で大きく誠の字が刺繍《ししゅう》され、朝の風にはためいている。

新選組。

味方は恐慌をきたした。怪我人を運んでいた者も捨て置いて逃げ出そうとし、田に落ちた砲を引き上げようとしていた者たちも、算を乱して逃げ出し始める。錦の御旗が諸大名を屈服させたように、かつて京の尊攘志士を震撼《しんかん》させた新選組の名は、未だに尊攘の士の心胆を寒からしめる。

伊地知は周囲を見渡した。地面に斃《たお》れた兵の握っている血染めのミニエー銃を拾い上げると、なおも銃撃を続けていた伍助の横に座り、同じ胴乱から弾丸を一つ拾い上げた。

「伍助、ちょいと、殿《しんがり》と洒落《しゃれ》込もうぞ」

「しんがりってのは何だべ」

「お味方が撤退する時、逃がすために足止めして戦う兵のこっだ。俺《おい》の故郷薩摩では、関ヶ原の折、殿様を逃がすために四人一組で捨て石の殿になったそうじゃ。捨てがまりと言うが、今は、そこまでやらんでもよか」

伊地知はミニエー銃を構えて無造作に撃ってから、弾丸を胴乱から拾い上げて白煙の未だ上がる筒先に流し入れた。

「殿のコツは、一撃必中。じゃっどん、外れても気にしないこっじゃ。とにかく、出来る限り狙って、当たらないなら数を撃てばよかど」

「やってみんべ」

頷く伍助から目を離した伊地知は銃を構え、撃つ。三町ほど向こうにいた新選組隊士が斃れた。

伊地知の横にいる伍助の銃が轟音を放つ。新選組隊士が一人、肩に手を当てた。

また伊地知が引き金を引く。白煙の向こうで新選組隊士が苦しげに呻き、倒れた。

新選組も、兵を展開し撃ちかけてくる。

敵は砲を山上から動かしていないらしい。麓の兵は持ち場から離れることなく小銃を撃ちかけている。これほどまでに官軍の形勢が不利なのに、敵軍の弾丸が当たらない。どうやら、兵の練度では官軍に軍配が上がったらしい。新選組隊士を何人か撃ち倒した頃には、ほぼ味方軍は撤退を終えていた。

「伊地知先生、撤退、何とかなりもした。早く」

「ああ。行くぞ、伍助」

かくして、伊地知たちは死地を脱した。

白坂口での戦いにおける新政府軍の損害は、死者、怪我人合わせ三十を超えた。

伊地知たちは、白河の南にある芦野《あしの》に陣を張った。

芦野の地も、田畑が荒廃していた。休耕田や破れ屋が村のそこかしこに見受けられた。心苦しく思いつつも村名主と掛け合い、名主の屋敷の部屋をいくつか、家主が逃散して空き家になっている家を数軒借り受けた。名主の屋敷は将や怪我人の、空き家は兵たちの寝所に割り振った。伊地知は借り上げた名主屋敷の客間を居室とし、今後の策を練っていた。

「ひどい戦《ゆつさ》になりもした」

伊地知の前で膝を折って座る川村与十郎は肩を落とした。与十郎はこれが初の敗戦だろう。これまで、伊地知付きの現場指揮官として常勝将軍の名を恣《ほしいまま》にしていただけに、その落胆のほどは深かった。

「そうしょげんな。士気に障う」

「じゃっどん、先生」

「戦《ゆっさ》に常勝などなか」

ぴしゃりと言ってのけた伊地知は、文机に向かって文を認めているところだった。

「先生、何を書いておりもすか」

「決まっておるじゃろ。援軍の催促じゃ」

正確には、援軍だけではない。弾薬、兵糧、医薬、足りないものを数え出したらきりがない。

「まだ、戦うつもりでおられもすか」

「当たり前じゃ。負け戦《ゆっさ》にこそ、次の勝ちの糸口が見つかるもんぞ」

白坂口での戦いで、伊地知は得たものがあった。

あの地勢であったなら、伊地知軍を挟み撃ちにもできたはずだった。にも拘らず、敵軍はひたすらに伊地知軍に立ちはだかるばかりで、積極的攻勢には出なかった。

なぜ？

考えられる理由は二つしかない。そのそれぞれについて伊地知は心中で検討した。

敵総大将が愚であったという想定はどうか。何事につけ家格がものを言う当代の武家にあっては、将才のない上士を指揮官や現場指揮官に当てる場合が多い。兵に「良きにはからえ」と丸投げし、作戦らしい作戦が取れていない可能性だった。

そしてもう一つは、敵軍が寄せ集めという想定である。指揮系統を一本化できておらぬゆえに「甲軍はこの陣地を、乙軍はこの陣地を守る」と取り決めるだけとなっており、軍を大きく動かすことができないとすれば。

伊地知は後者を疑った。新選組があの場にいたことが敵軍の構成を探る糸口となり得ないだろうか。新選組は最盛期ですら三百人ほどの勢力であり、戊辰戦争によって離合集散を繰り返し、旧幕府の人士を迎え入れているとはいえ百から二百人くらいの勢力に過ぎない。あの場には二百を超える兵力が置かれていた。敵は混成軍だったと見ていい。

奥羽越列藩同盟自体が反新政府の旗印を紡《もやい》にした寄せ集め集団に過ぎない。奥羽越列藩同盟の中には、朝敵と名指しされた藩から、大藩と境を接しており我が身を守るために加わった藩、これまでの付き合いを重視して加わった藩まで、盟に参じた動機にもムラがある。その不協和音がもし、軍事にまで至っているとするならば、楔《くさび》を打ち込むことはできる。

伊地知は物資の催促文を書き終えると、文机から立ち上がり、与十郎の顔を覗き込んだ。正座し、膝の辺りに両手をやり、なおも青い顔のまま下を向く与十郎を見下ろし、口角を上げてみせた。

「そんな暗い顔をすっな。俺《おい》の読みが正しければ、すぐにあの城は落ちる」

そうして伊地知は、文を持って縁側へと至った。伝令兵たちの居所は近くの空き家にある。そこまで届けに行くつもりだった。

縁側の沓脱石《くつぬぎいし》にあるつっかけを履き、杖を突いて下り立ったとき、庭先に一人の影があることに気づいた。

名主の屋敷とは思えぬほど、庭先は荒れるに任されていた。あまりに伸びすぎた松の枝は途中で折れ、庭にある小さな池はすっかり濁りきっていた。その畔で膝を折り、池の水面を覗き込んでいたのは――ぼろに身を包む伍助だった。

「おう、伍助」

伊地知が声を掛けると、伍助はびくりと肩を震わせ、伊地知を見上げた。

「そう怖がらんでもよか」

不思議なほどに、穏やかな声が出たことに伊地知自身が一番驚いていた。

「お前、会津の間諜じゃったな」

そう口にした瞬間、伍助の顔から表情が消えた。

「だとしたら、お侍様は、わしのことを殺すんだべか」

伍助の顔は、まるで手負いの狼のように強《こわ》ばっていた。

「否まんか」

「何で、分かったんだべか」

ゆっくりと立ち上がった伍助は、まったく抗弁しようともしない。そこに不気味さを覚えながらも、伊地知は答えた。

「お前はよう会津にも足を延ばしておると宿駅の名主が言うておった。お前は白坂口の地勢をよく知っておったはず。じゃっどん、お前は俺《おい》らに白坂口の説明をせなんだ。何かあるとは思うておったんじゃ」

「まあ、そうだべなあ」

他人事《ひとごと》のように伍助は言い、池の水面に目を落とした。まるでそこに答えがあると信じているかのような目つきだった。だが、水面は真っ黒で、答えはおろか魚一匹見つからない。

「お侍様の言う通りだんべ。わしは、会津の息が掛かっとります。わしには姉がいるんだべ。四歳年上で、あるお武家さんのところに御奉公に上がらせていただいておるんだ。その姉に頼まれたんだ。これから、白河にやってくる官軍に嘘をついて欲しい、そうすれば、お前も武士に取り立てられるって」

「二本差しになりたかったのか」

「うんにゃ。なりたくなんぞねえ。そもそも、わしは、親父ともども、畑を捨てて逃げたんだ。会津の武士になんか、絶対に願い下げだべ」

「じゃあ、なぜ」

「姉ちゃんのためだあ。姉ちゃんは小さい時分に奉公に出されて今でも会津に残っているんだべ。もし、頼みを断ったら、姉ちゃんが困ることになる。だから」

合点《がてん》はいったが、疑問はなおも伊地知の胸に残った。

「解せん。お前は会津の間諜じゃち言う。なのにどうして、白坂口の戦いの時、俺《おい》らのために、ミニエー銃を手に取った。俺《おい》の首を持参すやあ、会津の連中は喜んだはずじゃ。じゃっどん、お前はそれをせなんだ」

しばし濁りきった池の水面を睨んでいた伍助は、ややあって、答えた。

「もういい、そう思ったんだべ」

池から目を離した伍助はその顔を伊地知に向けた。驚くほどに透明で、晴れやかな顔をしていた。

「姉ちゃんには、白坂口に官軍のお侍様方を誘い入れればええと言われたんだべ。で、わしはその約束を果たした。ってことは、もう姉ちゃんに迷惑がかかることはない。そう思ったんだべ。しかも、わしがいるのに、会津の連中は容赦なく撃ってきた。それを見た時、何だか腹立たしくなったんだべ。それで」

「戦った、と」

「へえ」

伊地知は伍助の肩を軽く叩いた。伍助はびくりと肩を震わせ、伊地知を見上げた。伍助は、これからどんな責め苦が待っているのかと言わんばかりの表情を浮かべていた。

伊地知は言った。

「のう伍助、ミニエー銃を持たんか。この軍で」

伍助は虚を突かれたような顔をしている。伊地知は続ける。

「お前は銃の筋がええ。何より、肝が据わっておる。薩摩隼人たち顔負けの肝、何ならこの伊地知の軍で使わんか」

「で、でも、わしは会津の間諜……」

「あの戦《ゆっさ》まではそうじゃったろう。じゃっどん、俺《おい》からミニエー銃を受け取ったそん時は、会津の間諜ではなくなっていたんではなかか」

白坂口での殿の際、伍助は実際に敵方に撃ちかけ、新選組隊士に当てている。

新兵は人殺しを躊躇い、命令されても弾丸を外したり引き金から指を外す。なのに、伍助は逡巡《しゅんじゅん》の間なく、新選組隊士に撃ちかけた。言葉は当たり前のように嘘を紡ぐ。だが、銃は害意を持てる者と持てない者とを峻別《しゅんべつ》する。伍助には兵卒としての才があった。それを捨て置くことは、伊地知にはできなかった。

「俺《おい》は――、自分の迷いのなさを信じる。会津人に敵愾心《てきがいしん》を持つお前のことをな。姉ちゃんを、お前の手で救ってみんか」

「お、お侍様」

「もし、伊地知軍に入りたいなら、お侍様ではなく、伊地知先生と呼んでみぃ」

しばし唇をわななかせていた伍助は、やがて両の手を強く握り、大声を発した。

「伊地知先生！　軍に入れてけろ」

目に涙を溜めながら口にした伍助を前に、伊地知は不敵に笑いかけた。

「決まりじゃ。よう来もしたな、官軍へ」

伊地知は力を込めて伍助の肩を叩いた。伍助は子供そのままの、あどけない笑みを伊地知に向けた。

手入れの行き届いていない庭に、緩やかな風が吹いた。

数日後、伊地知の下に援軍がやってきた。

「伊地知先生、参りもしたぞ」

砲を五門曳いた兵を連れ、大山弥助、一小銃隊を率いた大野津が合流した。

「伊地知先生がお困りちゅうこつは、相当敵は堅いということでごわすな」

弥助は皮肉げに顔をしかめ、大野津は憎々しげに北を睨んだ。

強力な援軍がやってきた。しかし、弥助たちが連れてきたのは二百名ほどに過ぎなかった。増員としては心もとない。伊地知は弥助の後ろに控える兵を眺めつつ、言った。

「援軍はこいですべてか」

弥助は苦々しげに頷いた。

「左様でごわす。今、関東の情勢が安定しておりもはんで、これが限度でごわす」

「分かった。兵の内訳は」

「薩摩もんが三十、あとは長州、大垣やら、忍《おし》やら」

江戸への催促状には、薩摩の兵を白河方面に回せと書いた。白坂口での戦いでは大垣や長州兵がまったく役に立たなかった。そんな戦訓から、これからの白河城攻めのために精兵である薩摩兵を欲したのだが、江戸の総督府の答えは、これだった。薩摩人だけを用いるな、と釘を刺した大村益次郎の顔が伊地知の脳裏に浮かび、しばらく消えることがなかった。

弥助は胸を叩いた。

「ご安心めしもせ。俺《おい》の率いる百は混成軍と雖も、薩摩の精兵百の働きをいたしもす」

「言うたな。ならば、働いてもらうぞ」

「喜んで」

意気軒昂な弥助と大野津を迎え、その日、軍議を開いた。

芦野の名主屋敷の部屋で開かれた軍議は、挨拶もそこそこに伊地知の独壇場となった。伊地知は並み居る将に意見を求めることをせず、己の策を開陳した。

「――こいが次の攻撃計画じゃ」

決定事項であるかのように、伊地知は説明した。

これには弥助、大野津はおろか、与十郎からも疑問の声が出た。

「ちょ、ちょ待ってくれもせ。先生、こん策、本当に上手くいきもそうか。こん前みたいに、もし進軍路に伏兵が仕掛けられていたらひとたまりもありもはんど」

伊地知はにべもなく部下の意見を却下した。

「斥候の持ち帰った話をまとめれば、敵は城の周囲に配していた兵を白河城近くに集めておる。伏兵はなかと見てええ」

与十郎の顔色は優れない。

「じゃっどん、ないごて敵は展《ひろ》げていた兵を城に集めもしておるのでごわそう。そいが分かりもはん限り、兵が伏せてる虞《おそ》れが消えもはん」

「理由は分からん。じゃっどん、そいが斥候が命がけで持ち帰った話じゃ。信じずしてどうすっか」

先の敗戦で、伊地知は敵軍の特徴を摑んだ。敵部隊は様々な藩や小部隊による混成軍であり、全軍を一元的に指揮できる指揮官が不在である。このことから、敵軍には有機的な作戦を取る能力がないと伊地知は判断した。全面に散開させていた各部隊を白河城近くに集めたのもその表れと伊地知は読んだ。

与十郎が押し黙ったのをしおに、弥助が巨軀を曲げ、文字通り軍議に割り込んだ。

「伊地知どんの策は、危ない橋を渡るがごたるもんにもお見受けいたしもす。図に当たれば大当たり、外れれば大きな傷を負うこっは免れ得もはん」

「戦《ゆっさ》は往々にしてそいなもんじゃろうが」

「じゃっどん、こん戦《ゆっさ》は博打の色が強すぎもす。俺《おい》は承服できもはん」

薩摩きっての俊才、弥助の舌鋒《ぜっぽう》は鋭かった。

伊地知は目の前の机を叩いた。

「議を申すな。何が何でも、次の攻撃で白河城を落とさねばならんのじゃ。そんために、四の五の言わず力を尽くせ」

薩摩において『議を申すな』は文字通りの切り札だった。薩摩の強兵ぶりは、早いうちから西洋軍学を取り入れた結果でもあるし、早くから西洋軍備を揃えたことにも理由を求めることができようが、何よりも、上の者の言うことには絶対服従という風土が存在するからだった。

先ほどまで懸念を口にしていた与十郎も、明らかに不満げであった弥助も、結局は口をつぐんだ。

場が凪《な》いだのを見遣った伊地知は、一方的に言い放った。

「明日ん朝、手筈通り、敵の城を攻めっぞ。地図は昼までに配る。皆、目を通して、作戦を噛み砕いておけ」

それだけ言い放つと、伊地知は杖を突いて席を立った。

痛いほどの沈黙が満ちる部屋から縁側に出た伊地知は、望む山地のはるか向こう、白河の方角を庭先から睨んだ。

「明日は、大博打じゃのう」

伊地知は知らず、手を強く握っていた。


次の日の早朝、伊地知隊は白坂口を通過した。

まだ白んですらいない空の下、伊地知隊は街道をひた走る。味方の中には先の敗戦を思い出して顔を青くしている者の姿もあったが、馬上の伊地知はそれを笑い飛ばした。

「敵はもっと先におるぞ。こん戦《ゆっさ》が終わった頃には、怖いもんはなくなるから安心せえ」

軽口を叩いても、兵の顔は浮かなかった。

城攻めの過酷さは、講釈でも格好の題材になっている。殊《こと》に、今回攻める白河城は、徳川家が奥州の雄である伊達家を抑え込むための拠点として設けたという逸話すらある、天下に名高い堅城だった。難しい戦いなのは、目に見えていた。

それでも、伊地知は勝機を見出している。昨日の昼、斥候の作った敵陣図を目の当たりにした時、伊地知の確信は深まった。敵は白河城南の左右の高台に、鳳凰が翼を広げるように陣を構築している。なぜ敵がこんな陣を構えているのかは、白河城の縄張り図からも想像がついた。白河城は北からやってくる敵兵を迎撃する目的で築かれた城である。北面は石垣によって文字通り壁をなしている。この城が仙台の伊達を仮想敵にしていることの証左でもあるのだが、そのおかげか、南の防護にやや不安がある。その弱点を埋めるために南面に兵を配しているのだろう。

伊地知の馬の手綱を取る伍助が、伊地知の顔を覗き込んできた。伍助はかつてのようなぼろ姿ではなく、薩摩の兵の軍服を着、ミニエー銃を担いでいる。金釦の黒服を着せて半首笠を被せると、あどけない表情が覆い隠され、個性の奪われた「兵士」となる。毎度のことながら、そのことに伊地知は軽く己の足場が揺るがされたような心地に陥る。

「伊地知先生、どうしたんだべか」

「いや、何でもなかど」

「それならよかったべ、先生が怖気づかれているのかと思って心配だったたべ」

伍助は首を竦めた。口に出してから、自分の無礼に気づいたのだろう。

伊地知は口の端に笑みを溜めた。

「構わん。ここだけの話じゃっどん、将帥は怯えるのが仕事でごわす」

「先生も怯えることがあるんだべか」

「毎日のことぞ」

伊地知は、本音に軽口をまぶした。

数百の命を預かる重圧。己の采配一つで作戦の屋台骨が崩れるかもしれない恐怖。己の失策により時代の流れすら変えてしまいかねない疑心暗鬼。伊地知の双肩にのし掛かるものは、一人の人間で背負い切れるものではない。あまりにも重すぎる荷を、肩書きという背負い紐を用いて無理矢理に運ぶのが将帥の役割であると、伊地知は己を鼓舞してここにいる。

そこまで話すつもりにはなれなかった。伊地知は鼻を鳴らし、顎をしゃくる。

「じゃっどん、俺《おい》には仲間がおる。ゆえに怖くはなか」

そうこうするうちに白坂口を抜け、白河の盆地に至った。

闇に沈む町は、なおもまどろみの中にある。

伊地知は手筈通り、城の南にある小丸山を目指した。白河城から一里ほど南に位置する小丘である。また、そこから数町ほど先には奥州街道を塞ぐように立ちはだかる稲荷山があり、その頂上では敵の旗指物が風にたなびき、奥州街道を攻め上らんとする官軍を待ち構えている。

もし伊地知が敵将だったなら小丸山にも兵を配し防禦《ぼうぎょ》線とするところだが、完全に無人だった。亀のような敵方の消極ぶりに驚きながらも、伊地知は味方兵を次々に小丸山の北面に配してゆく。

「用意できもした」

弥助が兵の配置の終了を告げた。

「攻撃、いつでもできもす」

「ああ、よか頃合いじゃ。景気よく、やれ」

「分かりもした」

弥助は薄く笑うと、己の持ち場へと戻っていった。そうしてしばらくすると、地面を揺るがすような轟音が辺りに響いた。

大砲の炸裂音、風切り音、そして地面の爆ぜる大音声が辺りの空気を揺らす。遅れて、半鐘の音、人々の悲鳴が遠くから聞こえた。

次々に放たれる砲が、辺りの木々の枝葉をざわつかせた。

真っ暗で、周囲の様子は分からない。小丸山頂上の本陣に設えた床几に座る伊地知は、腕を組んで杖を抱き、夜明けを待っていた。

しばらくして辺りが白み始めるとともに、白河城が闇の中からその偉容を現した。東西に縄張りを延ばすその姿は、鳳凰が翼を広げるようにも、巨人が腕を広げて伊地知たち官軍を待ち構えているようにも見えた。

稲荷山から黒煙が上がり始めた。砲撃を繰り返すうちに、山肌は削れ、山に植わる木々も爆ぜ火がつく。

町の奥、城の目前に敷かれていた陣から、敵兵がわらわらと現れた。目を凝らして眺めるに、様々な藩の陣幕が張られており、そこから兵士たちが飛び出している。やはり混成軍だったと確信を深めた伊地知は、横にいる伍助に命じた。

「全軍に連隊旗を掲げさせい」

こくりと頷き、伍助はこの場から離れた。しばらくすると、小丸山の北面に配していた伊地知軍が連隊旗を高々と掲げた。その数、十四。連隊旗は五十名ごとに一本と定められている。高々と掲げられた十四の赤旗は戦場の軟風にはためき、林立している。

敵兵はこちらの進軍に気づいたらしい。数百人もの一団が横列隊となって稲荷山の南面に展開し、小銃を撃ちかけてきた。遅れて砲を引っ張り出し、轟音を響かせる。

伊地知は床几から立ち上がった。

「全軍、ミニエー銃に弾込め、とにかく撃って撃って撃ちまくれ」

伊地知の檄に押されるように、最前線の改造ミニエー銃が火を噴いた。射程内にいるとはいえ、敵兵たちは次々と斃れていく。そこに砲撃が加わり、稲荷山の敵陣は攻撃の度に火に晒された雪だるまの如く解け始める。だが、それでも敵陣を崩し切るには至らない。

「撃ちかけい」

杖を振るい命じたその時、伊地知の耳のすぐ傍を銃弾が掠めていった。怖《お》じることなく指揮するうちに、足下に激震が走り、伊地知は地面に突っ伏した。敵砲弾が本陣の小丸山に命中したのだろう。

「心配すっな。敵の砲弾は炸裂せんぞ」

戦場に動の膠着が起こりつつあった。

官軍が撃ちかけ、敵兵が犠牲を払いながらも数で抑え込む。気づけば稲荷山の麓には千五百ほどの敵兵が集い始めている。敵兵の数が膨らむほど、勝ちは遠のく。いくら改造ミニエー銃が速射可能とはいえ、物量差で押し切られてしまえば負けは見えている。

味方から悲痛な声が上がり始める。

「弾薬が足りもはん」

「味方の怪我が増え、隊として活動できませぬ」

「これ以上支うっことはできもはんぞ」

伊地知は悲鳴のすべてを黙殺した。

顎に溜まる汗も拭かずに空を見上げた。太陽はまだ南中に達さない。

あともう少し、もう少し――。

伊地知は声を嗄《か》らしながら、弾を撃ちかけ続けるよう命じた。

敵兵はじりじりと陣を前進させつつあった。少しずつ、味方の士気が下がり始めているのを伊地知は肌で感じる。

伊地知はその時を待っていた。すべてが裏返る瞬間を。

太陽が南中した。その瞬間、天佑の号砲が高らかに鳴り響いた。

砲声だった。一ヶ所からではない。伊地知のいる小丸山のはるか東、そして西からほぼ同時に響いた雷声が、白河城に降り注いだ。

東の雷神山、西の立石山の麓に、無傷の官軍別動隊が現れた。伊地知が遠眼鏡で見遣ると、雷神山、立石山の敵陣は大騒ぎになっていた。右往左往する兵、采配を振り回して部下を叱りつける将、茫然とする前線の指揮官の姿が、硝煙の向こうにも窺えた。

これこそが伊地知の策だった。

手勢七百を三つに分けた。その上で、伊地知隊二百が中央の小丸山に布陣し、官軍全軍が小丸山に集結しているかのような偽装工作を行ない、稲荷山に猛撃を仕掛けたのである。これには二つの意味がある。一つは銃や砲撃の硝煙で辺りを見えづらくすることで煙幕とし、実際の兵数を敵に気取らせないこと。もう一つは、激戦を演じることで、敵をできるだけ多く稲荷山方面に釣り出すことだった。

白河城のすぐ近くにある雷神山、西の立石山には、ほとんど兵が残っていない。別動隊がそこを占領するのに大した時間はかからなかった。雷神山も立石山も、城南防衛の要となる出城のような存在である。今、稲荷山にいる兵たちからすれば、背後を取られた格好になる。

稲荷山近くの敵陣は、途端に崩れた。

策は成った。

こうなれば、もはや敵ではない。

伊地知は全軍に命じた。

「掃討せえ」

伊地知は声を張り上げ、命じた。先ほどまで士気の下がりかけていた小丸山の官軍は息を吹き返し、咆哮を上げつつ、銃撃、砲撃を繰り返した。

しばらくすると敵方から組織的な反抗は止み、統御の利かない退却が始まった。一度起こった僅かな崩れは他の者を巻き込み、最後には取り返しのつかぬ大崩れとなる。それはまるで、砂山が雨で洗い流されているのを目の当たりにするかのようだった。

その頃には、伊地知軍は小丸山から下り、稲荷山近くにまで前進していた。

「撃て撃て」

伊地知自身もミニエー銃を構え、撃ちまくった。横には、何かに取りつかれたように銃を操り、逃げる敵兵、なおも戦線を支えようという敵兵の区別なく弾丸を撃ち込む伍助の姿もある。

大崩れはついに白河城をも呑み込んだ。立石山、雷神山、稲荷山の官軍に囲まれた敵軍はこのままでは支えきれぬと判断したのか、ついに城からの脱出を始めた。敵兵の大河が、南から北に延びてゆく。

白河城の奪取、接収は夕方までに完了した。

接収作業を川村与十郎に任せた伊地知は本丸の縁に立ち、南の城下を見下ろした。

白河の町のところどころで、煙が上がっている。逃げる際に敵兵が町に火をつけたらしい。手分けして鎮火に当たらせているが、既にかなり焼け広がっている。

傷ついた町を無言で見下ろす伊地知の横で、伍助がぽつりと言った。

「あんなに綺麗だった白河の町が、こんなことに」

そいが戦《ゆっさ》じゃ、と言おうとして、伊地知はやめた。伊地知を押し留めたのは、あまりにも沈み込んだ伍助の声だった。

「伊地知先生」

促すと、伍助は戦の傷跡の残る町を見下ろしたまま、述べた。

「新しいお上《かみ》は、この町の人々を幸せにしてくださるんだべか」

しばし、伊地知は考えた。答えは出なかった。だが、

「ああ。きっと」

伊地知はそう答えた。いや、そう答えざるを得なかった。

夕日が沈みつつある。迫りくる山影が、白河の町を少しずつ覆い隠していった。

明治十五年　鹿児島　3

「何しておっか。今日の野良仕事、やうぞ」

外から苛立ちの混じった源之丞の声が届いた。

庵の中で湯を飲んでいた七之助は「今行ぐっ」と大声で返した。

穏やかな時が庵に流れていた。明るい縁側から読経が聞こえる。大智の声だった。伊地知はいない。秋の東京行である。例年はひと月ほどの出張だが、今年は関係各省との打ち合わせが山積していて、二ヶ月留守にすると伊地知は言った。伊地知がいたなら、城山へと連れて行け、戦国の時代の山城を見に行く、今日は薩英戦争の舞台になった台場へ行くぞ、と輿を担がされる羽目になる。そうした役目がなくなるだけでも随分楽なのに、今は秋の初め、農作業とて干からびた雑草を取り去ったり、ぽつぽつ実り始めた秋野菜を収穫する程度で済む。一日はこんなにも穏やかでゆったりと流れゆくものなのだ、そんな当たり前の事実に気づかされつつ、七之助は湯を啜った。

庵の中には光が満ち、秋風が通り抜けていく。

久々に、雨戸を開いた。

伊地知は暗室を好んでいる。弟子になってすぐ、庵の雨戸を開けようとして伊地知に怒られた。本人の弁では、光の具合が変わると本が読みづらい、とのことだった。おかげで伊地知の庵は四六時中雨戸を閉じ切っている。

七之助は茶碗を傾けた。思いのほか熱く、唇が焼けた。

動揺している己に、七之助は気づいた。

すべては伊地知のせいだった。

伊地知は東京出立直前に、こんなことを七之助たちに述べた。

『お前たち、来年から、県庁で働きもせ』

働きぶりのいい男子を県庁が探していると県令から相談を受け、伊地知は、自分の下にいる弟子三人を推挙したのだという。先方もあの先生の弟子ならと喜んでいる、と伊地知は得意満面に言った。

だがこれが、弟子の反撥《はんぱつ》を生んだ。

源之丞も、大智も、はっきりと否を叫んだ。

『まだ先生のところで学びたく思ってごわす』

源之丞がそう言えば、

『俺《おい》は役人には向きもはん』

大智も首を振った。

伊地知は烈火の如くに怒った。いつものように杖を振り回し、二人に殴りかかった。だが、源之丞も大智も、どんなに杖で頭を叩かれても、怒鳴りつけられても己の意志を翻すことはなかった。

二人の頑固さに、伊地知は苛立ちの貌《かお》を見せていた。やがて伊地知は、二人の横で俯《うつむ》く七之助を睨めつけた。

『お前もまさか、役人になりたくなかと言うつもりか』

七之助は言葉の接ぎ穂を失った。だが、それが何よりも七之助の答えを物語っていた。

伊地知は折らんばかりに両手で杖を撓《たわ》ませ、脇に置かれていた長持やつづらを蹴飛ばした。

庵の中にけたたましい音が響く中、しばらく伊地知は言葉にならない言葉を吼え続けていたものの、ややあって、

『今日は外で眠れ』

と弟子たちを外につまみ出した。さすがに野宿は三日で許されたものの、結局わだかまりが解けないまま、伊地知は東京へ出立した。

意外だったのは、源之丞や大智が役人になりたくないと明言したことだった。二人は生まれも育ちも薩摩で、役人になることに何の屈託もなさそうだった。それに、いつまでも伊地知の下で働きたいと思っている風にも見えなかった。

伊地知の態度も気になった。伊地知はこれまで、ほとんど弟子の就職の面倒を見てこなかった。それは、弟子歴の長い大智がそう言っていたし、七之助が門を叩いた時、ぎょろりとした右目を七之助に向け、「俺《おい》は維新の元勲というても仕事の口利きはできんぞ」と釘を刺したの

が、他ならぬ伊地知だったことからも明らかだった。

なぜ今更、官吏への道を斡旋《あっせん》したのだ？　そんな疑問は止まない。

「おい、七之助、大智。遅いぞ」

いつしか物思いに沈んでいた七之助は何度も首を振って湯飲みを囲炉裏端に置いた。表で騒ぐ源之丞の声に追い立てられるようにして、七之助は立ち上がり、三和土《たたき》の方へ向かった。

そうして上り框でほっかむりをし、草鞋の紐を結んだその時、柱がぎしぎしと悲鳴を上げ、ややあって瀬戸物が音を立て始めた。どんどんそれらの音が高なり、地鳴りすらし始めた頃、七之助はようやく何が起こっているのかを正しく理解した。

地面が揺れている。

地震だった。鹿児島の地は桜島があるからか、たまに地が揺れる。

庵の奥に積み上げられていた長持類が音を立てて崩れ落ち、けたたましい音の洪水に包み込まれた。

やがて、揺れが収まった。

埃が部屋の中いっぱいに立ち上っている。七之助がむせんでいると、外にいた源之丞と、縁側にいた大智が庵の座敷に飛び込んできた。

「大丈夫か」

「大きい音が……って、ちょしもた。ひどいこっになったな」

大智は庵を見回して言った。崩れた長持から道具類がこぼれ落ち、床に散らばっている。これでは眠る場所もない。

「片付けるしか、なか」

誰からともなくそんな声が上がり、三人はそれぞれ口元に手ぬぐいを宛がい、結った。

崩れ、中身が飛び出した長持を一旦三和土に引っ張り出し、散乱したものを整理し直して収めた。長持の中にはがらくたばかりが入っていた。ぼろぼろの衣、穴だらけの麻袴、虫食いだらけの古地図、本の貸し借りに関する数年前の手紙類……、持ち主である伊地知にとっても、とうの昔に価値を失ったもののように思えてならなかった。ごみにしか見えないが、勝手に処分しようものなら伊地知にどやされることになるのは目に見えていた。七之助は、何のために残しているのか分からない道具類を黙々と長持に収め直した。

そんな中、庵の奥で散乱した長持を黙々と拾い上げていた源之丞が声を上げた。

「こいつは何でごわそう」

手を止めた七之助たちが向かうと、源之丞はある荷物を指した。

黒塗りの長持の山の奥に、白木の長持が現れた。いや、長持と言っていいのかも分からない。他の長持よりも一回り小さく、蓋も蝶番式だった。

大智が声を上げた。

「先生が〝絶対に開けるな〟って言ってもした箱じゃ」

大智が言うには、伊地知がこの庵を求めた際に、元の屋敷から運んできたものだという。一番古株の大智がそう言うのだから、間違いなかった。

源之丞は大きな体をしきりに揺らし、白木の長持に爛々とした目を向けた。

「開けてみんか」

「待て」七之助は源之丞を肘で打った。「先生にこんこっが知られたら、怒られうぞ」

「少し見るくらいなら、何もまずいことはなか」

源之丞は七之助の制止を無視して、白木の蓋を開いた。

「こいは……」

源之丞は、長持の中にあるものを取り上げた。杖だった。伊地知が普段使いにしている太樫の杖とよく似ているが、持ち手の少し下にぐるりと細い切れ込みが走っている。察するものがあったのか源之丞が力を入れて上に引っ張ると、その切れ込みから鈍色《にびいろ》の中身が現れた。源之丞がさらに引き抜くと、反りのない鋭利な刀身が露わになった。

仕込み杖だった。

「先生は武家じゃ、刀の一振りや二振りお持ちじゃろう。――じゃっどん、ないごて仕込み杖が」

困惑する源之丞からその仕込み杖を受け取った七之助は、刀身を見遣った。ずしりと重く身幅もある、護身用のちゃちなものとは比べものにならない実用向きの刀だった。不気味にも、刃の物打ちに赤黒い錆が浮いている。

仕込み杖が明治前になかったわけではないが、そもそも仕込み杖というのは、刀を持ち歩きたいが、刀を帯びて行けない場所に隠して持っていくための拵である。徳川時代においては、武士ならば大手を振って大小を差すこともできたのだから、薩摩藩士だった伊地知の差料と考えるのには無理があった。

明治になって拵えたものなのかもしれないと考え直した七之助は、白木の箱の中に目を落とした。

杖の他、何振りかあった刀を取り去ってなお、箱の底には麻布に包まれた長い何かが横たわっていた。その一つを手に取った時、やはりずしりとした重みを感じる。先の刀以上に重い。

訝しみながら麻布を払ったその時、七之助の口から変な声が出た。

銃だった。薄汚れた木の銃床、黒光りする銃身、そしてカルカ。最初は火縄銃《たねがしま》かと思った。だが、よくよく見れば、火挟に相当する部分は金槌のような形をしている。七之助は実物を目にしたことはない。だが、頭を掠めるものがあった。

「もしかして、こいは、ミニエー銃……」

大智が、左腕に掛けている数珠に手を当て、ぽつりと言った。

「こいが？」

「ああ。連発機構もなか上、シャスポー銃ならあうはずの、手元側のコッキングも見当たらん。カルカもついているちゅうこつは……。戊辰戦争ん時によく使われた、ミニエー銃の一つ、エンフィールド銃のはずじゃ」

銃口が不気味に光る。背中に冷たい汗がじわりと浮かんだ七之助は、困惑の声を上げた。

「じゃっどん、ないごてこんなもんが」

「不思議はなか。伊地知先生は戊辰戦争の英雄じゃぞ。私品をこうして死蔵しておるっちゅうことも考えられう」

大智の声は僅かに震えている。

まるでそれを見越したように、源之丞は顎をしゃくった。

「のう七之助、奥のもん、全部出すとすっか。そうすやあ、はっきりすう」

源之丞は、崩れずに残った白木の長持を指した。そのすべてを引き出し、蓋を開いて中を検める。すると、どの長持からもミニエー銃が姿を現した。結局、四丁、見つかった。

「こいは……。一体どういうこっ」

「分からん。分からんが……出てきてしもうたもんを、なかったこっにはできなか」

四丁のミニエー銃は、銃身を黒光りさせながら、そこにあった。


その日の夜はまんじりともできぬまま、朝を迎えた。

野良仕事に出る心持ちにはなれなかった。七之助は庵の中で、隈の浮いた顔を大智や源之丞と突き合わせる。

源之丞も大智も随分疲れた顔をしていた。大智は目をこすり、源之丞も大きなあくびを何度もしている。つられてあくびをした七之助は目を揉んだ。だが、庵の奥、長持の山の麓に置かれたミニエー銃は異様な存在感を持ってそこにあった。

源之丞は肩を落とし、後ろ頭を掻いた。

「どうなっとるんじゃ」

「気味が悪いのう」

ミニエー銃を見つけた後、三人で手分けして家探しをした結果、庭先の納屋から剣呑《けんのん》なものが次々に発見された。

黒い羊毛製の軍服、ミニエー銃用の銃剣、革の胴乱に入ったままの銃弾といったものが、普段使いの鍬や鎌、笊などに埋もれる形で、納屋奥の木箱の中から姿を現したのである。

「鉄炮《テツポ》だけなら、戦場での鹵獲品と言えるかもしれん。じゃっどん、銃弾まで出てきたとなると……。どう考えたらええもんか」

首を振る源之丞の前で、大智は声を沈ませた。

「官憲に申し出た方がよかど」

「何を言う。そんなことをしてみい。伊地知先生の家にそんなものがあるなんてこっになったら、先生のお名前に泥を塗ることになうぞ」

西南戦争終結後、政府は薩摩市中に溢《あふ》れていた武器を取り上げた。武器弾薬の類《たぐい》を市井の者が隠し持つことを厳に禁じたのである。あの通達は明治十年のものだが、明治十五年の今でも通用している。

大智が、七之助の心中にわだかまっているその疑問を代弁した。

「じゃっどん、あまりに綺麗すぎではなかか。戊辰戦争の鹵獲品を腐らせていたにしては」

ミニエー銃の銃床は木製である。何もせずにしまっておけばすぐに虫や鼠に齧られる。戊辰戦争の頃のものだとしたら、銃身に錆が浮いていても不思議はなかった。だというのに、出てきたミニエー銃は今にも撃つことができそうなほどに状態が良かった。

「たまたま綺麗に残ったこっも」

「忘れたか、源之丞。こん庵は、伊地知先生が西南戦争の後にお求めになられたもんなんじゃぞ」

そうだった。七之助は後ろ頭を殴られるような感覚に襲われた。

伊地知の元の屋敷は千石馬場町にあった。もっとも、伊地知の家族は明治初期に東京に移り空き家同然だったというが、西南戦争の際に千石馬場町屋敷が焼け、明治十一年になって田上村の空き家を求めて薩摩での拠点としたのである。その引っ越しに立ち会った大智によれば、伊地知はこの箱の中身を見るなと周囲の者に厳命していたという。つまり、伊地知は、剣呑なものと理解した上で、この長持の中身をここまで運ばせたことになる。

無言が庵に満ちる中、源之丞が身を乗り出した。

「では、こうせんか。俺《おい》が責任を持って、こん銃と弾丸を官憲に手渡すんじゃ。もちろん、伊地知先生のこつは一切言わんでな。知り合いの蔵から出てきたものでごわして、恐ろしくなったものじゃとお上に差し出し申し上げもすとでも言やあ、官憲も納得すうじゃろ」

「ならば、俺《おい》も行ぐっ」

七之助はそう申し出たものの、大きな体を揺らし、源之丞は首を振った。

「いや、場合によると、お縄につくこっもあり得る。──俺《おい》一人ならまだしも、七之助も一緒に捕まれば、伊地知先生のこっを嗅ぎつけられるかもしれん。そいはまずか。ここは、俺《おい》一人で行くのが一番よか」

七之助は結局、源之丞の言葉に頷いた。

だが、後に、七之助は自分の決断を後悔することになる。

次の日、銃剣四、ミニエー銃四、胴乱を抱えて町へと向かった源之丞が、消息を絶った。

三章　会津戦争

「伊地知殿、そろそろ、次の戦の気配がするにゃあ」

　板垣退助は、椅子を傾けつつ、けらけらと伊地知に笑いかけた。ぴったりとした黒の軍服を着ている板垣は、ふと思い起こしたかのように北側の窓に立って白河城の北崖を楽しげに見下ろし、また思い出したように言葉を重ねる。

「ようやく、ここらの戦も終わりぜよ。ええことじゃ」

　この男の特質なのか、それとも土佐の言葉がそうさせるのかは伊地知には分からなかったが、板垣の口ぶりは陽の気に満ち溢れている。戦場に似つかわしくなく、不謹慎さすら覚えるその声は、伊地知の神経を悪い方向に刺激する。伊地知は机に向かい戦の報告に目を通すことで、ふつふつと湧き上がる怒りを堪えていた。

「聞いておられるがか」

　伊地知は音を立てて煙管の吸い口を噛んだ。

「お前《はん》の戦《ゆっさ》の報告を読んでおりもす。少し静かにしてもらえもはんか」

「おお、怖い人ぜよ。小魚を食った方がええがよ」

何が楽しいのか、くつくつと板垣は笑う。

伊地知は読んでいた報告から目を上げた。本営の代わりに建てた小屋の中には、静謐《せいひつ》な空気が満ちていた。ここ数ヶ月、ずっと殺伐とした陣幕の中で過ごしていた伊地知は、のんびりとした今の白河城の気配に一抹の居心地の悪さを感じていた。

白河を奪取してから、伊地知軍は幾度となく奥羽越列藩同盟の攻撃に晒された。大規模な戦は七度も起こったが、諸隊の中でも、真っ黒な揃いの羽織に身を包み、忍びのように闇夜を跳梁《ちょうりょう》する切り込み隊——鴉組《からすぐみ》にはほとほと手を焼いた。被害は白河城だけに留まらなかった。五月、奥羽越列藩同盟軍は、白河城の背後に当たる大田原城を夜討ちし、炎上させた。北関東の奥羽越列藩同盟との戦いは一進一退の様相を呈していたが、援軍は期待できず、自力で持ちこたえなければならなかった。だからこそ、伊地知は総督府に無断である手を打った。

白河城を奪った際、焼け残った城の蔵から大量の生糸が見つかった。これを横浜まで運んで売却し、武器商人から新たな武器を買い求めた。スペンサー銃である。銃弾を溜め置き、薬室へと送る機構である弾倉を銃床にはめ込むことで連続射撃が可能になったもので、改造ミニエー銃と同等の有効射撃距離と威力を誇りつつも連発性能は上回るという、夢のような最新鋭の銃だった。これを前線の熟練兵に配り、鴉組の撃退に当たった。

白河口攻防戦の決着は、関東最大の脅威だった江戸の彰義隊が大村益次郎率いる官軍に駆逐され、板垣退助率いる土佐兵が日光方面の制圧を終えて白河の増援に入った七月を待たねばならなかった。

そして今、官軍は奥羽越列藩同盟軍への反転攻勢を仕掛けている。白河の安全を確保するために、奥羽越の近隣諸藩を沈黙させる必要があった。差し当たり、これらの攻勢が計画、実行された。

伊地知は白河の留守居だったため、直に戦には参加していない。だが、その凄惨ぶりには部下の報告を通じて触れている。

敵方が徹底抗戦を唱えた棚倉と二本松の二城での戦が特に猖獗《しょうけつ》を極めた。味方の増援を望めぬ中、二城は女子供や老人までも動員し、絶望の籠城戦へ突入したのだった。

ある土佐兵の報告が、伊地知の胸を突いた。

二本松での籠城戦の最中、城から一里ほど手前の陣地で一人の敵兵を鹵獲した。前髪すら取れていない少年兵だった。体つきも小さく、肩も細い。まだ十と少しの少年が火縄銃《たねがしま》を担いで戦っていたのである。その少年兵は、虜囚《りょしゅう》に甘んじるは家の恥、そう叫ぶや小刀を引き抜き、己の首に刃を突き立て、そのまま果てた。

棚倉と二本松の戦は、数日で終わった。だが、参加した将兵は、これまで経験してきた戦とはまったく違うと口を揃えた。

『孫子』説くところの交地と重地の違いであろうというのが、伊地知の洞察だった。白河城攻防戦は、敵味方双方にとって白河という地縁のない遠征地である交地での城の取り合いだった。良くも悪くも、そこに兵士たちの生活は存在しない。だが、これからの戦は違う。敵兵の故郷である重地に足を踏み入れ戦うことになる。『孫子』においては略奪すべしと説いているが、棚倉や二本松での重地戦は、その地に住む人々の基盤を打ち砕き、粉々に磨《す》り潰す鏖殺《おうさつ》の様相を呈していた。

煙管に煙草を詰めて火を灯した伊地知の顔を、板垣が覗き込んだ。

「伊地知殿、何ともしゃっきりしない顔をしておられるがよ、どうなさった」

「何でもごわはん」

ばつが悪くなって、伊地知はそれまで読んでいた報告を左手で伏せた。

「それならええが。これは天朝様の戦ぜよ。尊攘の士なら、喜び勇む戦じゃ」

伊地知は顔をしかめた。

天朝とは畏《おそ》れ敬うものであったはずだった。なのに昨今では、陰惨なもの、不都合なものを覆い隠すための便利な蓋に成り下がっている。

伊地知は溜息の混じった煙を吐き出した。

「いかがなすった。怖い顔をしておるが」

「何でもありもはん。ちと、息抜きに出もす」

煙草の灰を火鉢に落とした伊地知は、杖を突いて小屋の戸を開いた。

天守台に建てられたこの小屋は、白河城攻撃で長屋や御殿がほとんど焼け、参謀の詰め所を作る必要に追われたがゆえの、急拵えのものだった。

表に出ると、強い日差しが伊地知の頭に降り注いだ。遠くから蟬の鳴く声が聞こえる。だが、日差しにも蟬の声にも盛夏の頃の勢いはない。秋の気配を孕んだ風を受けつつ白河城で最も高い北の絶壁沿いにある石垣の上を歩いていると、曲輪《くるわ》に広がる空き地で練兵に勤しむ川村与十郎や大野津、小野津や大山弥助の姿が目に入った。

最新鋭のスペンサー銃を携え最前線に立つ兵士二十名は十間ほどの距離を取って散開し、その半町ほど後ろで兵士二十名が密集してミニエー銃を構え、後詰めをなしている。

若手指揮官が研究するこの陣立てに、伊地知は反撥した。密集陣形でなければ突破力がなくなり、命中精度も落ちる、と。だが、川村与十郎や大山たちは首を振った。連発性能、命中精度の高いスペンサー銃なら相手の一斉射撃に翻弄されないためにも密集しない方がよごわす、そう言って聞かなかった。

勝手にやれと伊地知は言い捨て、今に至っている。

兵士一人一人が距離を置いて銃を構える陣形を前に、伊地知はその実効性を訝しんだ。薩摩人と雖も、戦場では尻込みする。だからこそ、一人一人がなけなしの勇気を繋ぎ合わせ、一丸となって敵に挑みかからねばならない。伊地知の——合伝流の採る密集戦術には、そうした意味合いもあった。

伊地知は見慣れぬ陣を前に、顎を撫でた。しばらくひげを剃りそびれている。そのせいで、伊地知の手に、ざらざらとした感触が残った。

曲輪の練兵から目を外した伊地知は石垣の縁に座り、北を睨んでいた。しばらくそうしていると、声を掛けてくる者があった。振り返ると、伍助が伊地知の後ろに立っていた。伍助はだぼだぼの軍服を着て鉄炮を担いでいる。まだまだ堂に入っていないが、それでもふとした折に見せる鋭い目には、他の兵士を圧倒する力があった。

「おお、やっておっか」

「伊地知先生」

黙礼した伍助は、厳しい目を石垣の下に向けた。切り立った崖のようになっている石垣の下には血染めの銃や刀、胴乱が散乱し、山をなしていた。

「精勤、ご苦労じゃな」

「お安い御用だべ」

崖下でちらりと影が動いた。

立ち上がった伍助は銃を構え、引き金を引いた。石垣の下に、新たな朱の花が咲いた。

白河城奪取から防衛までの間、伍助は誰よりも働いた。わずかの間だけ眠り、芋がらを齧りながら北石垣の縁に座り、石垣を登ろうと試みる敵に銃を撃ちかける。闇夜に紛れてやってくる鴉組隊士をもっとも撃ち殺したのは伍助だろう。戦場においては殊勲者が可愛がられ、愛される。だが、その鬼神の如き活躍ゆえか、兵たちは伍助を避けるようになった。いつしか伍助からは純朴な笑みが失われ、表情なく敵を撃つ優秀な兵士となった。

戦場が伍助を苛み、その心を捻じ曲げている。それを察することのできない伊地知ではなかったが、一軍を率いる将が兵一人に気を払い続けることはできなかったし、兵士として有能である以上、文句を言う立場にもなかった。

伍助は石垣の下に目を落としたまま、歌うように口を開いた。誰かに向けたものというよりは、独り言のようだった。

「ああ、もっと会津兵が来ないもんだべか」

伊地知は白河城の石垣を見下ろした。伍助の撃った敵兵は、ぴくりとも動かない。

「――もう、こん城には会津兵は来んじゃろ。周囲の平定が終わったからな」

「え」

「じゃっどん、そろそろ、会津攻めの話が出るはずじゃ。お前《はん》には期待しておっぞ」

嬉しそうに頷いた伍助の目に、昏《くら》い愉悦の色が滲んだ。

粘り気の強い伍助の視線を躱すように、なだらかな下り坂になっている城の南面を見下ろした伊地知は、その暗澹《あんたん》たる町の姿に小さく首を振った。

長い戦のために、白河城下は疲弊しきっている。

度重なる戦禍に巻き込まれた白河の町はその機能を失い、沈黙している。僅かに焼け残った町には着の身着のままの者たちが屯する一角がある。本来ならば施しをすべきであったが、敵兵を抑え込むだけで精いっぱいで、八月になった今も、救いの手を差し伸べることができずにいる。何度も総督府には陳情を出している。だが、江戸改め東京の総督府は戦の算段を打つばかりで町方や村方の暮らしには知らぬ存ぜぬを決め込んでいる。

「また、陳情書を書くか」

独り言が口をついて出た。

伊地知は先月、西洋の進んだ機械や技術を導入して那須高原を開墾するべしという建白を政府に送りつけた。これが伊地知なりの民生の策であったが、政府からは何の音沙汰もなく、代わりにやってきたのは次なる戦への命令書だった。

会津、庄内を攻めるべし。

後ろ髪を引かれるような思いに襲われつつも、会津攻めが始まった。


伊地知と板垣は奥羽攻めについて意見交換を進めた。

総督府——大村益次郎は、奥羽越列藩同盟に参加した藩の悉くを攻め無力化させた後、大藩会津を攻めるという計画を立てた。命令書に「周りの草を刈った後、大木を切り倒すべし」と記されたこの作戦計画を目にした伊地知は公然と反対した。会津、庄内といった大藩を屈服させれば、小藩を相手せずとも自《おの》ずと奥羽越列藩同盟は瓦解すると伊地知は踏んでいた。冬になって奥羽が雪に閉ざされれば来年まで戦が長引きかねず、戦の費えも天井知らずとなる。そうなれば天下の損失と考え、「大木を伐れば下草も枯れる」という見解を板垣との連名で送った。何度か書面でのやり取りがあったが、最終的には大村が折れる形で会津攻めがまとまった。

だが、次なる意見対立が起こった。

出撃直前の評定で、板垣と伊地知の意見が割れたのである。

板垣は卓を挟み、伊地知を睨みつけた。

「伊地知殿の案には承服できんぜよ」

伊地知もまた、開いている右目で板垣を睨み返す。

「奇遇じゃ。俺《おい》もお前の案には承服できん」

板垣と伊地知の対立を前に、諸将は右往左往するばかりだった。

進軍路が、対立の種だった。

会津は街道を封鎖し、各所で防衛線を敷いていた。愚策である。だが、敵の失策は味方の利である。どこかの防衛線を突破し、一気に会津若松城を攻める方向で板垣と伊地知の意見は一致したのだが、板垣は御霊櫃《ごれいびつ》峠の進軍を、伊地知はその北にある母成《ぼなり》峠の進軍を主張して互いに譲らず、評定が二人の怒声によって真っ二つに割れたのであった。

「御霊櫃峠は東からの進軍路として一等短いぜよ。ここを一気に抜けば、会津城下まではすぐぜよ」

伊地知も譲らない。

「最短じゃち雖も、御霊櫃峠には敵兵が揃っておる。そこで何日も足止めを食らうよかは、多少の遠回りをしてでも母成峠を攻めるべきじゃ」

「母成峠にはかの伝習隊がいる。そう簡単に抜ける相手ではないがよ」

伝習隊。この三文字《ことば》が飛び出した途端、評定の場が静まり返った。

北関東を転戦した者なら、伝習隊の強さは肌で知っている。火縄銃《たねがしま》で武装する者すらある旧幕軍の中で、最新鋭のシャスポー銃を携え、西洋式の操兵術を取り入れているこの隊は、周りの隊が総崩れとなってもなお涼しげに戦い続け、碌《ろく》に打撃を受けることのないまま退いていく。その鮮やかなことこの上ない伝習隊の戦いぶりは、隊長の大鳥圭介の名と共に天下に轟く一方だった。

「母成峠には新選組もおるのじゃろ」

駄目押しのように板垣は言った。

新選組は伝習隊ほどではないにせよ西洋式の装備や操兵術を身につけ、必要とあらば躊躇《ちゅうちょ》なく切り込みを仕掛けてくる。伝習隊とは性質の異なる強さを持つ新選組は、なおも官軍の中で強敵と認識されている。

最短距離ながら敵兵の数の多い御霊櫃峠か。

寡兵ながら精鋭、かつ進軍路の長い母成峠か。

板垣と伊地知の対立の論点はそこにあった。

少しずつ板垣案に傾きつつある評定の場の中で、伊地知は気炎を吐いた。

「母成峠攻めは相当の骨折りになるとは俺《おい》も考えておる。じゃっどん、意味のある骨折りじゃ」

立ち上がり、杖を強く突いた伊地知は続ける。

「伝習隊に新選組。官軍すらも二の足を踏む二隊は、秘蔵の虎の子のごたるもんじゃろう。こん連中を母成峠で打ち倒せば、敵軍の士気を挫《くじ》くことができう。じゃっどん、伝習隊と新選組を迂回して進軍しもして、仮に会津城攻めが長引いたら、伝習隊、新選組を背後に戦うことになう。二隊を後ろに回しての城攻めは少々辛くなかか」

「伊地知殿は前提を忘れておるぜよ。会津攻めは、国境の封鎖なんちゅう愚策を取っておる会津の裏をかいて速戦で会津若松城を落とす計画だったはずぜよ。そもそも、戦が長引くなんて算盤勘定をするべきではないがよ」

正論である。だが――。伊地知は唾を飛ばし、杖を振り回した。

「伝習隊と新選組は、早めに叩いておくべきじゃ。奴らを野放しにすうこっは、戦の火種《ゆっさ》をいつまでも残すのと同じこっじゃ。奴ら、それこそ大樹が枯れても、小さな草から滋養を吸い上げて俺《おい》らを苛み続けうぞ」

伊地知が言葉を尽くしても、板垣は首を縦に振らなかった。いつまで経っても議論は平行線を辿《たど》り、ついには板垣と伊地知で隊を二つに分け、それぞれに進軍するという折衷案が通る寸前にまで話がこじれた。だが、敵前での兵の分割は兵法の常道に反するという意見が軍内から出、仲裁を試みる者が現れた。その者の尽力により、板垣も最後には、渋々と言った体で母成峠の進軍を了承した。

かくして、全軍による母成峠方面からの進軍が決定した。


八月二十一日の朝、母成峠近辺には霧が立ち込めていた。

進軍する中、伊地知は放っていた斥候の報告を馬上で聞いていた。

要塞化している――。それが、伊地知の結論だった。

母成峠の岩肌には藩境防備のための砲台がいくつも設置されている。もっとも、砲自体は旧式のものであり、中には丸太をくり貫いて作る木砲を据えた砲台もあるという。

何よりの障壁は、母成峠に布陣する伝習隊の構えである。

伝習隊は峠道の途中に土嚢《どのう》や楯を置いて障壁とし、即席の小さな台場をいくつも造営して側面防禦、援護としていると、斥候から報告があった。

斥候の提出した即席図を見下ろしながら、伊地知は感嘆した。敵ながら、理に適っていると。会津を守るならば、国内へ足を踏み入れさせなければよい。いや、一日持ちこたえればそれでよい。なぜなら、会津若松城の本陣に母成峠の危機が伝わったところで、即座に国境にいる兵を編制し直し、援軍を急行させればそれで事足りるからである。当初は愚策に思えた国境での防衛策にそれなりの理があることを伊地知も認めざるを得なかった。

だが――。横を行く板垣が、斥候の言葉に耳を傾けつつ、曰くありげに伊地知に声を掛ける。

「伊地知殿、母成峠攻めはかなり厳しくなるんじゃないがか」

「じゃっどん、一日で抜く」

「抜けるがか」

「抜ける抜けないではなか。抜く。そいだけじゃ」

「薩摩隼人は勇猛だのう」

皮肉とも揶揄ともつかぬことを言い、板垣が前を向いたその時、砲音が辺りに響き渡った。

進軍を察知したか、敵方からの砲撃が始まったようだ。だが、濃霧のゆえに敵の姿はなおも見えない。

「まずいぜよ。敵は地の利でこちらを叩きっぱなしというに、こちらは目隠しで戦う羽目になっておるがよ」

「安心せえ」

伊地知が馬上で杖を高々と掲げると、この戦のために曳いてきた二十門の砲が一斉に火を噴いた。官軍の甲高い砲撃音は当初会津軍の低い砲撃音と同等に響いていたが、しばらくすると低い音が少なくなり、最後には沈黙した。

「目隠しでも当てられるほどには、薩摩の砲兵は鍛えられておるでな」

「嫌味なお人ぜよ」

吐き捨てる板垣は、濃霧の先を見遣り、顔をしかめた。

「むしろ問題は――」

板垣も同じことに思い至ったらしい、と伊地知は見た。

伊地知たちの不安は的中した。

深い谷に日が差し、霧が薄くなり始めたその時、小銃の発射音が突如として響き渡った。命令も何もなく、突然始まった撃ち合いにより、俄《にわ》かに官軍は浮き足立った。

前を見れば、官軍と会津軍が一町すらない近距離で撃ち合いを始めている。坂道に幾重にも土嚢を敷いて構えている敵軍はさておき、味方は進軍の際の隊列から変化せぬままに、なし崩しに戦いが始まっていた。

濃霧の際の危険は、意図しない接近戦に突入することである。敵が遠くにいる時には鴨撃ちに興じるかのように銃を構える兵たちも、敵の表情を双眸に焼き付けた途端、引き金に添える指が動かなくなり、人の情を取り戻す。精兵が、精兵でなくなる。

さらに、薩摩兵は川村与十郎たち若手指揮官が模索していた散開戦術を採るべく動こうとしていた。だが、母成峠は狭隘《きょうあい》で、散開できるほどの土地がない。かえってこれが兵にぎこちない動作を強い、結果的に軍としての統制を奪っていた。

板垣は舌を打った。

「こいつは困ったことに――」

そんな板垣のぼやきをかき消すように、一発の銃声が戦場に鳴り響いた。少し遅れて、土塁の上でシャスポー銃を撃ち放っていた伝習隊の兵士が胸を押さえて前に倒れ込んだ。響いた銃声の方に向くと、白煙を上げたミニエー銃を構える伍助の姿があった。

何も言わず、伍助は弾を再装塡し、引き金を引く。そうして、土塁の上で鶴瓶《つるべ》撃ちに撃ちかけていた伝習隊士の額に赤い花を咲かせた。

敵方の攻撃が緩む。

その機に、伊地知は声を上げた。

「密集！　一丸となって戦え！」

伊地知の命を受けた官軍は態勢を立て直し、組織的な反攻を始めた。

「ようやりもした、伍助」

伊地知が声を掛けたものの、伍助は伊地知を一瞥すらせず、坂の上にいる伝習隊士を一人、また一人と撃ち殺していた。だが、その合間に、硝煙を身に纏いつつ小さく応じた。

「敵を撃っているだけだべ」

「伍助――」

　刹那、目の前の戦の変化に気を取られ、伊地知は口を結んだ。

　目の前の土嚢から、十名ほどの一団が飛び出した。黒い軍服姿で小銃を背負う一団は、手に刀を持ち、接近していた官軍に切り込みを仕掛けてきた。まさかの白兵戦を強いられた前線の官軍は陣形を崩され、土嚢の陰に隠れていた敵兵に撃ちかかられて後退を余儀なくされた。

　稲妻のような白兵戦を挑んできたのは、新選組だった。

　伝習隊は白兵戦に弱く、新選組がその弱点を埋める形で動いている。戦場において伝習隊は戦の理を、新選組は狂を担っている。

　だが、狂ならば薩摩も負けてはいない。

「斬り合いで薩摩に勝てっとか」

　伊地知が命じるまでもなかった。前線の兵は腰の刀を抜き払い、切っ先を右斜め上に突き上げる姿勢――薬丸自顕流の代名詞である蜻蛉《とんぼ》――を取った。戦場の最前に突如として白刃の林が生じた。

　かくして、最前線では斬り合い、その後ろでは撃ち合いの混戦模様が繰り広げられた。

　膠着はいつまでも続かない。

　戦乱の中、伊地知は開いている右目で戦況を睨み続けた。

　砲兵の戦いも奏功しつつあった。

早いうちから敵の台場を攻撃していた砲兵は、間道を迂回して側面攻撃を仕掛けた長州藩兵の協力もあり敵の台場を奪い取り、そこから母成峠の敵陣に砲撃を加え始めた。これによって敵陣は少しずつ崩れ始め、じりじりと後退を始めた。

敵の小銃が耳の横を掠め、後ろの兵がもんどり打って斃れる。そんな中、伊地知は全面攻撃を命じ続ける。

「薩摩隼人の魂、見せつけい」

合伝流得意の密集陣形による一点集中突破の構えだった。

持てる力をすべて吐き出して一つの楔となし、敵を穿《うが》つ。伊地知の得意戦略がここでも敵を蹂躙《じゆうりん》していった。

戦全体を眺めていた伊地知は、敵軍の中に一人の男を見つけた。

黒い西洋割羽織《フロックコート》に身を包み、杖のような棒を振り回して前線から一町ほどの土嚢の近くで督戦している。周囲の者たちが髷を結う中、その男の蓬髪《ほうはつ》姿は殊更に目立った。

直感した。

「あいが大鳥圭介か」

伊地知は、天下に横たわる巨大な将棋盤の姿を脳裏に描いた。

戦は持ち駒のない将棋である。終盤に近づくほど、駒一つ一つの存在感が高まる。そんな中、大鳥圭介ほどの大駒を敵方に残すことは、後々の大きな禍根になる、伊地知はそう算盤を弾いた。今、かの男はどこかの大藩の全権を握るような地位にはなく、どこにも属さぬ伝習隊を率い彷徨《さまよ》っている。あの男が何かの間違いで大権を握るようなことになれば、必ずや官軍の大きな障りになる。

ここで殺すべきだ――、そんな考えが、伊地知の頭の中を稲妻のように駆け巡った。

伊地知は杖の先を一町ほど先の大鳥らしき男に向け、兵に狙撃を命じた。

一斉に銃が火を噴いた。

しかし、そのどれもが当たらなかった。

横にいる、それまで百発百中であったはずの伍助までも小首をかしげ、

「くそ、銃身が焼けたんだべか」

と苦々しげに吐き捨て、銃身を拳で叩いた。

狙撃の標的とされたことに気づいたのだろう。散切り頭を揺らし、伊地知に向いた西洋割羽織《フロックコート》の男は薄く笑った。口角を上げ、目を輝かせてこちらを見据えてくる様は、古い碁仇《ごがたき》に相対しているかのような無邪気さがあった。

銃弾の雨が横殴りに吹き付ける嵐の中、大鳥らしき男はいつまでも指揮を執っていた。だが、流れ弾で周囲の伝習隊士たちが斃れるに従い、土嚢を何度も拳で叩き、こちらに向けて大声で何事かを吼えた後、伝習隊と共に背を向け、退却を始めた。

結局、母成峠の戦いは一日で官軍の勝ちと決した。

これで終わりではない。この戦は速戦がものを言う。川村与十郎指揮下の三百に道々の地均しを命じ、先発させた。

伊地知は母成峠に残り、戦の検分を行なった。

夕暮れ迫る峠道で、伊地知は一人馬を進める。

伝習隊士の死体の数を数える。土嚢に寄り掛かり絶命する者、仰向けに斃れる者、前のめりに崩れ落ちる者、踏みつけられた跡のある死体もあった。だが、途中で数えるのをやめた。伝習隊の死者多数。それを知れただけで十分だった。

伝習隊の半壊が意味するもの、それはすなわち、宇都宮城を奪い取った知将、大鳥圭介の翼に大きな傷をつけたということだった。これからどこかの藩の軍事顧問に迎え入れられでもしない限り、大鳥は存在感を示すことはない。伊地知が溜飲を下げるに十分な戦果だった。

本来なら慶事であるはずだった。大駒を追い詰めた昏い喜びは無論ある。だが、墨汁が一滴落ちたような違和感が、胸中に漂っている。

伊地知は複雑な安堵を抱いていた。

若手将官の進めていた散開戦術が、効力を発揮しなかった。結局この戦いは、合伝流式の密集戦術によって勝ちを拾う形になった。ほれ見たことか――。そんな思いが伊地知の心中で渦巻いている。

「熱心じゃの。戦の検分がか」

振り返ると、馬に跨がる板垣の姿があった。

「お前こそ」

「論功行賞は将の務めじゃからのう」

血の海に沈む峠道を苦々しげに見下ろしていた板垣は、知っておるがか、と伊地知に声を掛けてきた。

「伝習隊の隊士どもは、関八州のやくざやら食い詰めた農民やらの徴集部隊らしいぜよ。武士もおるにはおるみたいじゃけんど、ほとんどは武家ではないって話じゃ」

「そん話、本当か」

「わしも又聞きじゃき、確証はない」

薩摩隼人の武勇をその用兵術に組み込んでいる伊地知にとっては、武士以外の身分の者で構成された軍など、異国の昔話を聞くような白々しさを感じてならなかった。

その旨を伊地知が言い放つと、板垣は小さく笑った。

「ああ、わしも同意見じゃき。ここまで戦ってこれたんは、わしを信じ、ついてきた土佐藩兵のおかげぜよ。しかし伊地知殿、西欧では、兵を国民から募る徴兵なる制度があるそうぜよ」

「そいがどうした。西欧は西欧、日本は日本じゃろう。徴兵とやらは、本邦の国ぶりに合わん」

「そう言い切れるがか。こん国は、数年前まで尊攘尊攘と騒いでおきながら、今はもう、こうして洋服に身を包んで、西洋の鉄炮を担いで戦をしておるぜよ」

板垣は馬上で、軍服の襟を広げてみせた。

伊地知は自分の体を見下ろした。伊地知自身、今は薩摩の制式軍服――洋服に身を包んでいる。

板垣はあらぬ方を向いて、口を開いた。

「あの伍助とかいう小僧、あれは薩摩の武士がか。どうも言葉が薩摩とは違うように思えて首をかしげておったが、あの言葉は北関東のだんべぇ訛りではないがか。けど、あいつ、他の薩摩兵にも負けないほどの活躍をしておるぜよ。武士だからといって戦働きが上手いとは限らないっちゅうことを、他ならぬあいつが示しておるぜよ」

伊地知は口では否み続けた。

「あれは、会津を憎んでおる。その憎しみが、武士の魂を凌駕《りょうが》しておるという、ただそいだけの話じゃろうが」

わずかにもつれる伊地知の口調から察するものがあったのか、板垣は僅かに目を伏せ、首を振った。

「そうお考えなら、もう何も言わんぜよ」

板垣から目を離し、伊地知は夕焼けすらも落ち、ひたひたと闇の広がっていく母成峠を見下ろしていた。死者たちの黒い軍服も、赤黒い血も、黒く輝く銃身も、漆黒の闇が覆い隠していく。

伊地知はくしゃみを一つした。朝晩が冷えるようになってきた。血なまぐさい臭いに顔をしかめながら、伊地知は口を結んだ。

会津城下に至るまでの進軍路で伊地知が見たものは、荒れ果てた町村の姿だった。

街道沿いの畑は多くが打ち捨てられ、山沿いに建ち並ぶ家にも破れ屋が目立った。僅かに耕作されている畑も、肥料が少ないのか作物が上手く実っておらず、鍬を重そうに担ぐ農民の胸にはあばらが浮いていた。町は町で死んだように静まり返り、街道には砂が撒かれることもないまま大きな水溜まりが点在している有様、中には焼けてそのまま捨て置かれた本陣や脇本陣の姿もあった。話を聞けば、会津軍が官軍に拠点に使われないよう、事前に焼いて回っているらしい。よくよく見ると、ぼろを着た者たちが橋の下で身を寄せ合い、怯えたような目で官軍を見上げている。

「ないごてこんなこっに……」

伊地知は道々で悲憤慷慨《ひふんこうがい》の声を上げた。

行く先々で、官軍はやんやの大喝采を浴びた。これから戦を起こそうという敵への態度ではない。敵の奸計《かんけい》を疑う向きもあった。だが、町名主や村長から話を聞くにつれ、会津の実情が見えてきた。

会津藩は領民から憎まれていた。村も町も弱っているというのに、会津は碌な施策を採らなかった。それどころか、数年前からは良民を嘲笑《あざわら》うように年貢の率を上げた。水呑み百姓は田畑を捨てて逃散し、本百姓も生活が苦しくなって家財道具や田畑を抵当に入れて質流れ、ついには多くの者が小作農に落ちた。町方の道端には、年頃の娘を女衒《ぜげん》に連れていかれた悲哀譚が犬の糞のように転がっていた。

官軍の将兵の多くは、当地の窮状に無関心で通した。己は戦に来たのであって、会津の失政を糺しに来たわけではない、と言いたげに、官軍将兵は目の前の地獄から目を逸らし続けていた。

そんな中、板垣退助は顔を強ばらせ、

『会津はこんな苛政を敷いておったがか。何という』

と怒りを発していたが、伊地知は板垣の言葉にも引っかかりを覚えていた。

この困窮は、会津だけのものではない。

関東中央部に足を踏み入れた辺りから荒廃の気配が漂い始めていた。宇都宮、大田原、白河、二本松、会津……、そこかしこで打ち捨てられた田畑や困窮し道端に転がる人々の姿があった。これを会津一藩の失政とするには無理がある。

伊地知はようやく、困窮の原因に思いが至った。天保の大飢饉である。北国で特に猖獗を極めたこの大飢饉は、村方をひどく疲弊させたという。西国薩摩に住んでいた伊地知がその猛威を肌で感じることはなかったが、市中から米が払底し、町人たちが難儀する様子を江戸在番の薩摩藩士はしきりに本国に伝えていたと当時を知る者は言う。

奥羽諸藩は天保の大飢饉から立ち直れていないのではないか、というのが伊地知の見方だった。

もちろん、会津の場合はそればかりが理由ではないだろう。領内の立て直しができないまま京都守護職を拝命することになり、重責のつけが重税の形で村方に回った。ただでさえ貧窮していた村方が、重税で止《とど》めを刺されたのだろう。

敵ながら、会津には同情めいた思いが湧かぬではなかった。

会津藩は徳川家を支える親藩大名家であるゆえに、京都守護職といった重い役目を任され、負担を強いられた。一方、薩摩もまた、異国の襲来という国難に際し、時には個人が、時には徒党が、そして時には藩が様々な形で関わり、藩全体で負担を受け持った。会津と薩摩の間には大した違いはない。ただ、会津は貧窮の坂を転げ落ち、薩摩は耐え忍ぶことが叶った。その差はただ、領国が寒冷な陸奥《むつ》なのか、温かな西国なのかの違いでしかなかった。

そう考える者は少数だった。

会津の領民の窮状を目にした板垣は義憤に燃えた。

『民を虐げる会津を滅ぼすべし』

敢然と言い放つ板垣に、兵たちはどこか白けた声でもって応えた。

そんな軍にあって、伊地知は一人、氷室に閉じ込められているかのような心地の中にあった。


伊地知率いる官軍はついに会津若松城下に達した。

会津攻めは、最初から不吉な気配に満ちていた。本格的な攻城戦が始まる前から大山弥助が負傷したのは、その象徴めいた出来事だった。弥助は斥候として城近くを巡検していた際、敵に銃撃された。命に別状はないようだったが、それでも太腿を撃ち抜かれる大怪我で、弥助は戦線離脱を余儀なくされた。

官軍が攻撃を始める前から、武家屋敷のいくつかが火を上げていた。もしも焦土戦術ならば町ごと燃えていないとおかしい。やがて斥候から報告があった。燃えている屋敷は、戦に出て留守にしている夫に代わり家を守る武家の妻が、官軍の蹂躙や籠城戦の足枷《あしかせ》となることを恐れ、自死して自宅に火をかけたものであるという。

官軍諸将は戦慄した。

「そこまでずっか。敵ながら天晴《あつぱれ》と褒めるべきところでごわすな」

川村与十郎の声は上ずっていた。

火の粉を振りまき、次々に焼け落ちる武家屋敷の姿に、伊地知は狂気をも孕む武門の意地を見た。伊地知も武士の端くれだからこそ、武家の論理を知悉《ちしつ》している。武家という〝村〟は、武勇と恥でがんじがらめになっている。この煙の下には、建前に押し潰され、守るべき家を焼くに至った者もあるだろうことは、伊地知にも想像のつくところだった。

「国ぶりは違えど、武士とは、不器用なもんじゃな」

伊地知は一人、誰にも聞こえないよう、小声で呟いた。

だからといって、手心を加えるつもりは伊地知にはなかった。味方に命じ、即座に兵を展開、城を遠巻きに囲んだ後、城に砲口を向けた。

時雨のような砲撃を浴び、会津の城は少しずつ崩れていく。

会津の城も反撃を始めた。

夥しい銃撃の雨が官軍めがけて放たれる。

「怯むな。前に進め」

伊地知は小銃部隊を前に押し出す。砲兵の援護の下、スペンサー銃を持った散開兵たち、ミニエー銃を構えた密集陣形の兵士たちが徐々に城との距離を詰めていく。だが、城の白壁から飛び出す銃口から放たれる弾丸の雨は、容易に前進を許さない。

初日の激戦は一進一退の様相を見せた。

果敢に攻める官軍、必死で守る会津兵の勢いがかち合い、危うい均衡を作り上げた。

官軍にも相当の被害が出た。

「速戦は難しいかもしれんぜよ」

猛将板垣退助をして、そう言わしめるほどの激戦ぶりだった。

初日の攻防戦を終えた官軍は作戦を変更した。無理攻めではなく、敵が干上がるのを待つ兵糧攻めに入ったのである。

城中に蓄えはあるまいというのが官軍諸将の一致した見解だった。斥候の報告によれば、敵方は城下町にいた武家の女子供や老人までも城に受け入れたという。口の数が多いということは、それだけ兵糧の払底も早かろうと判断し、全軍を敵方の射程ぎりぎりのところまで下がらせ、土塁を築き、陣を構えた。

持ってひと月、そこまで耐えれば戦は終わる。

もはや、敵はいない。

母成峠で激戦を繰り広げた大鳥圭介と伝習隊は既に仙台方面へ脱している。新選組の分派も籠城しているが、白兵戦を得意とする者たちが籠城しているのでは、活躍の場面などあり得ない。すなわち、もう会津に脅威はない。

伊地知は焼け広がる城下町の姿をその双眸に収めながら、官軍の勝ちを確信していた。

会津攻め開始から十五日ほど経ったある日のこと、馬に跨がる伊地知は会津若松城を望む小丘にあった。

執拗な砲撃によって会津若松城はその姿を大きく変えていた。かつては池に佇む白鷺《しらさぎ》のような気品を誇っていた白亜の天守は破風《はふ》が破れ、瓦が落ちて骨組みが露出していた。砲弾の格好の的となり、命中する度、官軍の陣から歓声が上がった。そんな天守の姿はまるで会津の今を鏡映しにしているかのようだった。

そんな天守に寄り添うように、凧《たこ》がいくつも揚がっている。その四角いその凧には子供らしい筆致の戯《ざ》れ絵が描いてある。大きく舌を出し、目を剝く達磨様の姿だった。これしきのことで我らは斃れぬ、そう言いたげな、会津の挑発だった。

初日の大激戦以降は敵の動きを掣肘《せいちゅう》する程度の攻撃を命じているが、日に日に敵方の抵抗は勢いを弱めている。伊地知軍は十五日を経過して怪我人なし、あるいはごくごく少数がかすり傷を負う程度の被害で収まっていた。城中にあった武器弾薬の備蓄が目減りしているだろうことは、手に取るように分かった。

敵方の狙いは伊地知も看破している。官軍を激高させて攻めさせ、乾坤一擲の決戦を望んでいるのだろう。もっとも伊地知ら官軍は会津の挑発を袖にし続けている。もう、会津は詰んでいる。決戦を挑む理由などなかった。

現在、次々に奥羽越列藩同盟は切り崩されている。会津の近隣藩が次々に単独降伏に応じ、列藩同盟は瓦解の道をひた走っている。一度勢いのついた流れはそうそうひっくり返ることはない。会津は降伏を決めない限り、孤立無援のまま座して死を待つか、あるいは銃を構える官軍に突貫して死屍累々の山を築くか、どちらかの道を選ぶことになる。

ただ、待てばよかった。

しかし伊地知には一点、気になることがあった。それゆえに、伊地知は今、小丘の上にいる。横に伴う伍助が、会津若松城に銃口を向け、照星を覗き込んだ。

「伊地知先生、前線に立って会津の連中をもっと血祭りに上げたいんだども、まったく戦ってくれないのはどうしたことだんべ」

会津に来てからの伍助は赫々《かくかく》たる戦果を挙げている。城に拠る兵を一日に何人も撃ち殺している。時には、城の鉄炮狭間に銃弾を撃ち込み、その向こうにいる相手を絶命せしめたことすらある。この働きのおかげもあって、伊地知軍と対峙する敵軍は特に動きが鈍い。

「あちらにはあちらの事情があうんじゃ」

「ふうん、じゃあ、今日、こうして見回りをしておられるのも、伊地知先生の事情だんべか」

「そういうこった」

伊地知が引っかかりを覚えているのは、板垣軍の損耗率の高さだった。

板垣軍は伊地知軍と同じように自重して、遠巻きに砲撃、銃撃を繰り返している。なのに、伊地知軍がほぼ死傷者なしの現在でも、日に十人ほどの怪我人がある。しかも、その多くは兵ではなく、部隊長に当たる者たちだという。

板垣から相談を受け、伊地知は興味を持った。

敵の中に、優れた射手がいる。

火縄銃《たねがしま》やゲベール銃はその構造上、命中率が悪い。ミニエー銃以降の新式小銃の命中率が段違いに高いのは、団栗のような形をしたプリチェット弾を用い、銃身に施条《ライフリング》を施して弾丸の精度を高めているからである。

こうした変化は、銃の射手の役割をさらに広げつつある。

かつての射手は仲間と一緒に煙幕を張り周囲の見通しを悪くし、全面的に戦場を制圧し、火力を一点に集めて突破するといった運用が主だった。だが、「遠くから狙う」ことが容易になったことで、優れた射手が敵将や敵兵を狙い撃つ「狙撃」という運用が可能になった。

会津にもそうした戦法を確立した者がいるのではないか。

伊地知をしても興味を持たざるを得なかった。

かくして今、伊地知は伍助と共に板垣軍の近くまで足を運んだのであった。

「伍助、お前の目が要る。敵兵の中におる優れた射手を見つけ出して、見つけ次第撃ち殺せ」

「ああ、先生、そういうことだったんだべか。お人が悪い。そういうことなら、喜んでやらせていただくべ」

背のミニエー銃を手元に引き寄せ、胴乱を開いて弾丸の包みを口で噛み千切った伍助は、にやにやと白い歯を見せ、狂の滲む目を戦場に向けた。

時折しも、密集陣形を取る板垣軍が前進し始め、この日の攻撃を始めるところだった。伊地知軍よりも城と距離を置いているのは、まだ見ぬ射手への警戒ゆえだろうか。

遠巻きに攻撃の様子を眺めているうちに、土佐藩兵の中から悲鳴が上がった。

部隊長と思しき獅子兜《ししかぶと》の男が戸板に乗せられ運ばれていく。右肩を押さえ、鮮血を流して呻いている。

「どこで撃たれた」

伊地知がそう口にしたその瞬間だった。

言葉よりも早く、轟音が鳴り響いた。伍助がミニエー銃の引き金を引いたのだった。

白煙に霞む中、伍助は忌々しげに舌を打った。

「外したべ」

敵はこの地点から二町ほど先にある城内の土塁から撃っていたと伍助は言った。伊地知は開いている右目を眇《すが》めたものの、そこに人がいることすら判然としなかった。

風切り音が辺りに響く。

伊地知の頬に鋭い痛みが走り、辺りの地面が爆ぜ、埃が舞った。

銃弾が掠めた。馬から飛び降り、地面に這いつくばる。

「そこだべ」

伍助は弾薬を装塡し直し、撃ち返す。

城中の土塁の陰から反撃があった。

伍助もまた撃ち返す。

小銃同士の応酬がしばし繰り返されるうちに、ほぼ互角に見えた撃ち合いに、差が生じた。

伍助の発射回数が敵方に追いついていない。こちらが二発撃つ間に向こうは三発返してくる。

そしてついには――。

伍助のミニエー銃が敵弾に弾かれ、次なる弾丸が伍助の左肩を貫いた。

「伍助」

伊地知はあおむけに倒れた伍助に這い寄った。伍助は生きている。血量も多くない。口をぽかんと開け、茫然自失としているだけだった。伊地知が肩を揺すると、伍助は大の字になってぼやくように口を開く。

「何で、俺の弾が当たらないんだべか」

違う。伍助の弾傷を手ぬぐいで押さえながら、伊地知は目の前で起こったことを冷静に分析していた。

射手の実力はほぼ互角。違うのは、銃の性能だった。

ミニエー銃は弾丸を筒先から流し入れた後カルカで突く手間がある。もちろん火縄銃と比べればはるかに速射が利く。伍助ほどの腕前ともなれば火縄銃一発の間に四発は撃ちかけることができる。

敵方の発射頻度は伍助と比しても多い。一発目を撃った数秒後に二発目を発射している。シャスポー銃の可能性を疑ったが、すぐに伊地知はその見方を訂正した。これまで、伝習隊とは何度も戦ってきただけに、彼らの制式銃であるシャスポー銃の速射のほどは肌で知っている。明らかに別の銃だった。

見たい。

強烈な興味に駆られ、伊地知は顔を上げた。

一瞬だけ、銃を操る射手の姿が見えた。

既にこちらを打ち倒したと判断したのだろう、土佐兵に銃口を向けている。地味な色の小袖に伊賀袴姿、どっしりとした体つきは遠目には男にも見えたが、島田髷を結っている。

女――？

伊地知は混乱の極みにあった。だが、もう一人の伊地知は目の前の現実を受け入れつつあった。

種類にもよるが、銃を使うにおいて筋力は必要としない。銃の重さと火薬の反動に耐えうるだけの壮健ささえあれば事足りる。古来、武士が戦の主体であったのは、弓や槍や刀を用いた戦ではその業前《わざまえ》を鍛えるために厳しい修業を経なければならず、また敵の刃をくぐり相手の首を刈る勇も必要不可欠だったからだ。

当世の戦において、武士の技量や勇は必要なのか。

否、だった。

これからの戦には、小銃を扱う能力が求められる。だが、これが武士の専売特許でないことは、やくざ者や農民の寄せ集めである伝習隊や子供の伍助、伍助を撃った女が証し立てている。時代が変わろうとしている。他ならぬ伊地知が熱心に取り入れた新式銃によって。伊地知の首筋を弾丸が掠めた。会津若松城で銃を握る女の弾丸だった。

いつの間にか女はこちらを睨みつけている。何を驚く、そう言いたげに。

武士の時代はとうの昔に終わっていた。

「敵わんな」

首を振った伊地知は、怪我をして動けずにいる伍助を引きずり、敵の射程から逃れた。そして馬を呼び伍助を馬に押し上げるとその場を離れた。

ずっと伍助は呻いていた。

「会津人を殺す、殺す。絶対に」

伍助のうわごとを聞きながら、伊地知はひたすらに自陣を目指した。


会津若松城包囲からひと月近く経った九月二十二日、ついに会津は降伏した。

城では開城の儀礼が行なわれている。薩摩の中村半次郎が全権を任されたという。伊地知は俺にやらせろとごねたが、「一軍の将に過ぎない貴殿には任せられない」とにべもなく却下された。結局それ以上我を通すことはしなかったものの、伊地知は儀礼をすっぽかし、城外薩摩軍の陣幕の奥で床几に腰を下ろし、脇に置かれた卓に頬杖を突いていた。屯する兵の顔は皆一様に晴れやかで、長かった戦が終わる喜びを共に戦い抜いた友垣と分かち合っていた。

会津が降《くだ》ったことで、奥羽越列藩同盟の核が失われた。なおも抵抗する庄内が降るのも時間の問題という。列藩同盟の残党が蝦夷地《えぞち》に逃げるやもしれないという風聞もあるが、少なくとも本州での戦火はほぼ収まったといってよかった。

新時代がやってくる。

伊地知は頰杖したまま空を見上げた。真っ黒な雲が垂れ込めていた。

ややあって、ふわりと白いものが空から降りてきた。雪だった。薩摩では見ることの叶わぬ綿毛のようなそれは、風に吹き誘われ、やがて視界から消えた。

開城の儀礼が終わった後、伊地知軍を訪ねる者があった。

「伊地知殿にはお世話になったがよ。礼を言いに来たぜよ」

板垣退助だった。伊地知が床几を勧めると、板垣は晴れやかな笑みを浮かべつつ、どっかりと腰を下ろした。

「そうそう、今、総督府から命令書が来たぜよ。わしが伊地知殿の分も受け取っておいた」

差し出してきた文を受け取り、その場で開いた。

総督府の名で出された文には、軍参謀の任務を解くこと、兵を連れ東京へと帰還するようにとのこと、以後の身の振りは各藩の上の者に諮《はか》ること、と箇条書きの命令が書き連ねられていた。

「これで、わしらの戦は終わりのようぜよ。伊地知殿はこれからどうするがか」

問われ、何も考えていなかったことに伊地知は気づいた。だが、僅かな間に考えたことを口にした。

「薩摩に帰る」

「本当がか。伊地知殿ほどのお人が、お国に？　天朝様がお許しになられるがか」

「天朝さあんこっは俺《おい》には分からん」

思いのほか強い響きとなったことに、伊地知は狼狽した。

くしゃりと顔をしかめた板垣は、ばつ悪げに話の方向を変えた。

「そういえば、伊地知殿のお耳に入れた方がええ話を」

促すと、板垣は後ろ頭を掻いた。

「ほれ、伊地知殿にもご迷惑をおかけした、城内の女射手がおったじゃろ。あの女の正体が分かったぜよ。山本八重ちいうらしい。会津鉄炮方の家の娘じゃ」

「鉄炮方の。道理でよか鉄炮を持っていたわけじゃ。そん銃、名前を知っておっか」

「うんにゃ。でも、鹵獲したぜよ。もしよかったら、後で届けさせるぜよ。その射手の件では、ご迷惑をおかけしたからのう。伊地知殿秘蔵っ子の射手も怪我したとか。その者、大事ないがか」

「そいが、逃げてしもた」

「は？」板垣は目を何度もしばたたかせた。「撃たれた人間が、逃げた？」

「ああ、逃げた」

山本八重に撃たれてから二日後、伍助は傷病兵を収容していた小屋から姿を消した。看護兵

が目を放した僅かな隙を突いた逃走劇だった。武器弾薬を持ち去ったわけでもなく、白の長襦《なが じゅ》
袢《ばん》一つでの逃亡であったから、官軍は逃散兵として処理し、それ以上の深追いはしなかった。

板垣は伍助の話に興味を持たなかった。逃散兵など、戦場にはいくらでもいる。板垣の態度はむしろ当然のことだった。それから二つ三つ世間話をした後、板垣は陣から去っていった。

それからしばらくして、伊地知宛に一丁の銃が届けられた。山本八重から接収した銃だという。薩摩の諸将と共に、銃の筐《はこ》を開いた。

伊地知は声を上げて笑った。

箱の中から現れたそれは、スペンサー銃だった。

薩摩軍のみがスペンサー銃を独占しているものと早合点して――高を括っていた。だが、既に会津すらもこの銃を持っていた。

若手指揮官の研究していた散開戦術は間違いではなかった。散開戦術を容《い》れた薩摩兵に被害が少なく、密集戦術のままで会津城攻めを戦った土佐兵の被害が甚大だったのも、それを物語っていた。密集陣形は、新式銃の登場と共に棺桶に蹴り込まれた。少なくとも、戊辰戦争が戦訓となるだろうこれから先の戦では、確実に。

だとすれば――。

新式銃を導入してきた伊地知は、武士を無用のものとするのに一役買っていたことになる。

伊地知の手の中で、スペンサー銃が光っていた。まるで、伊地知のことを嗤《わら》うかのように。

明治十五年　鹿児島　4

源之丞が姿を消して、ひと月が経った。

七之助は大智と手分けして田上村から鹿児島城下まで捜し回ったものの、源之丞の行き先はおろか、足どりすらはっきりしなかった。源之丞は体が大きい。船や乗合馬車で鹿児島から離れたとすればその乗員や切符切りが姿を見ているはずだし、街道筋を通ってどこかに向かったなら、茶屋の人間が覚えていないはずはなかった。である以上、鹿児島城下に留まっているはずなのだが――。

この日も一日源之丞を捜し回っていた七之助は、とっぷりと日が暮れた後、伊地知の庵に戻った。囲炉裏の火を起こして火箸で炭をかき回しつつ七之助が息をついた丁度そんな時分に大智も戻ってきた。七之助が目を向けると、大智は暗い顔でかぶりを振り、肩を落としつつ、板の間に上がり込んだ。

囲炉裏を挟んで対座した大智は、火に照らされているゆえか、七之助からは顔色が悪く見えた。刻々とその姿を変える火を覗き込み、口を結んでいる。

七之助は薪を炎に投げ込む。しけっていたのか、炎の中から白煙が上がり、薪の爆ぜる音がした。

「今、何日じゃったか」

七之助が問うと、大智はぽつりと言った。

「十月の十五日でごわす」

伊地知は二月あまり鹿児島を留守にすると言っていた。伊地知が東京に向かったのが九月の頭だったから、あと半月の間に、源之丞を見つけ出さねばならなかった。

「明日も、捜すとすっか」

「――おう」

結局、結論が出ないまま、寝ることにした。二人で布団を敷き、寝床に入った。

まんじりともできぬまま火の消えかかった囲炉裏の炭を眺めていた七之助は、湧き上がっては消えるあぶくのような疑問と戦っていた。一体、源之丞は何をするつもりなのだろう。銃を持ち出し消えたということは、良からぬことを考えていると容易に想像がつく。もっとも、たった四丁だった。それだけで何ができるとも思えなかった。

囲炉裏の火がぷすりと音を立てて消え、辺りが闇に包まれた。

布団を被って目を閉じたその時、闇の中、衣擦れの音がして、七之助は目を開いた。音の主は大智だった。まるで暗くなったのを見計らうかのように、囲炉裏を挟んで横になっていた大智が、闇の中でむくりと身を起こしていたのだった。厠《かわや》にでも行くのだろうか。床から離れた大智の動きを眺めているうちに、何となしに違和感を覚えた。大智は三和土に下りた後、竈の前に立ち、しきりに手を動かしていた。そして、きょろきょろと庵を見回した後、外に出て行った。

大智の気配が庵からなくなった後、七之助は布団を跳ね上げ、竈に向かった。竈の上には、夕飯の際に使った飯釜が掛かったままになっている。蓋を開くと明らかに中身が目減りしていた。ここのところ、妙に飯の減りが速かった。まるで、三人で暮らしているかのように——。

七之助はつっかけから草履に履き替え、表に出た。

月明かりの下、人影が道の上を歩いている。背格好からいっても大智だった。辺りをきょろきょろと窺いながら、鹿児島城下へと続く小道を歩いている。

物陰から物陰へと移るようにして大智の跡を追いかけるうち、七之助は鹿児島城下へと至った。

夜の帳《とばり》の下りる城下町には人っ子一人いなかった。皓々と輝く月明かりが、並ぶ板葺き屋根を照らし出し、少し離れたところにある甲突川《こうつきがわ》のせせらぎが七之助の耳朶を撫でた。道の左右に立つ板塀の影に紛れて歩く大智は、やがて大路を右に折れ、小さな路地が続く一帯に入っていった。

加治屋町だった。この辺りは今なお下士であった士族が暮らしている一角だった。西郷隆盛や大久保利通といった維新の元勲が出た町でもあるが、往年の姿は見る影もない。西南戦争の際に焼け、困窮した士族たちが小屋にも似た小さな家を建て、身を寄せ合うようにして暮らしている。闇の中に沈む加治屋町には、貧乏の臭いが漂っている。

加治屋町界隈をこそこそ歩く大智は、ある屋敷の茅門《ぼうもん》をくぐっていった。

大智の後を追った七之助は、茅門から屋敷の中を覗いた。古い武家屋敷だった。西南戦争の戦禍を免れたものなのか、江戸の昔の雰囲気を多分に遺した下士の屋敷だった。入り口近くにある井戸の釣瓶の縄はすっかり毛羽立ち、桶の底が抜けていた。井戸の向こうにある屋敷の庭も、月明かりの下でも分かるほどに荒廃が進んでいる。雑草の生い茂る庭は、野の原に還ろうとしていた。

七之助は門をくぐり、屋敷の玄関に体を滑り込ませた。

中は真っ暗だった。空き家はすぐに荒れる。草履を履いたまま上がり込んだが、空き家の割にはかなり綺麗だった。とはいえ、玄関や廊下の隅には綿のような埃が溜まり、層をなしている。漂う空気も埃っぽかった。

淀んだ空気に咳き込みそうになりながら、少しずつ奥へと歩を進める。

しばらく行くと、声が聞こえた。男二人のものだった。

やがて、七之助は気づいた。どちらの声にも聞き覚えがあった。

七之助は駆け出し、部屋の戸を思い切り開いた。

部屋の中には、銃を手元に引き寄せた源之丞と、差し向かいに座って顔を引きつらせる大智の姿があった。この部屋はかつて家の主人のものであったらしい。書院造の八畳間で、風炉を持ち込み明かり代わりにしているらしかった。掃除でもしたのか、この部屋だけは埃っぽさが薄い。

風炉の光に照らされた源之丞の目が、不気味に輝いている。ややあって七之助が絶句しているうちに、源之丞は皮肉げに口角を上げた。

「おう、七之助か。よう来た」

不思議と、七之助は腹が据わった。立ったまま、源之丞に話しかけた。

「捜したぞ、源之丞。何をしておっか、こんなところで。先生の物を持ち出して逃げたなんてこつが露見《ば》れたら、怒られるだけではすまんぞ。今なら間に合う。早く帰ろう」

源之丞はかぶりを振った。まるで諦めるようなしぐさだった。

いつの間にか立ち上がっていた大智は、この部屋唯一の出入り口である戸の前に立ちはだかるように体を滑り込ませた。

鉄炮や弾薬を持ち出した源之丞、そしてそんな源之丞を手助けしていた大智。この二人が何をしようとしているのか、想像するのはそう難しいことではなかった。

「まさか、二人は」

「堪忍してくれ、七之助」

絞り出すような声で、大智は謝った。それが、大智の答えだった。

「すまん。手を縛らせてもらう」

大智の言葉は慇懃だったが、有無を言わさぬ強さを持っていた。結局言われるがまま、後ろ手に縛られた。

源之丞はようやく銃から手を放し、風炉の近くに置かれていた握り飯を手に取った。見ればその顎の辺りにはひげが伸び、真っ黒になっていた。顎を動かし、旨そうに握り飯を噛み締めた後、ようやく源之丞は口を開いた。

「なあ、七之助」

源之丞の言葉は不思議なほどに穏やかだった。普段、軽口を飛ばし合っている時の声よりも、はるかに。だからこそ、目の前の男が本当に源之丞なのかと疑った。ここにいるのは源之丞の皮を被った別の人間なのではないか、そんな空想めいた考えが七之助の脳裏を巡った。思えば、七之助は源之丞のことを何も知らなかった。どんな過去があるのか。家族は。そして、今どんな思いでいるのか――。そのすべてが、霧の向こうに隠されていた。

「俺《おい》は、死に損ねた人間なんじゃ」源之丞は天井を見上げ、一言一言、口にした。「かの兵乱の前、俺《おい》は私学校に通っておった」

私学校は、後に下野した西郷隆盛を奉じ、西南戦争を起こすに至った学校だった。

「俺《おい》も他の私学校生と同じく、西郷どんと共に戦うはずだった。じゃっどん、父上と兄上に止められてしまってな。戦いたいと願っても、二人は聞いてくれなんだ。結局、父上と兄上は西南戦争で死に、母上は二人を追うように病で死んでしもうた。そして西南戦争の後、俺《おい》の居場所だった私学校は潰された」

西南戦争において西郷軍の主力となったのは、私学校の生徒や明治六年の政変で下野した元軍人だった。戦後、叛乱の母体となった私学校が存続を許されるはずもなく、即座に解体された。

「政府のなさりようがいいのか悪いのか俺《おい》には分からん。俺《おい》は、政に興味などなか」

「じゃあ、なぜこんなこっを」

「決まっておるじゃろ。父上、兄上のように、戦って死にたいんじゃ」

気持ちは分からぬではなかった。その思いは、七之助の心中にもなくはないものだった。

七之助が無言でいると、源之丞はなおもまくし立てた。

「いや、心残りと言ってよか。俺《おい》は父上と兄上に置いていかれたような気がしておる。なぜ連れて行ってくれなかったのかと叫びたくもなる。もし西南戦争で心ゆくまで鉄炮《テッポ》を撃っていたら、もしかしたら今、こうして苦しむこともなかったのかもしれんな。そいで、鉄炮を前にした途端、そん思いに火がついた」

いつからか、源之丞の声は湿っていた。

「俺《おい》は、俺《おい》が生きた証を遺したか。父上や兄上のように、戦って死にたか」

痛いほどに、七之助は源之丞の鬱屈を理解できてしまった。

七之助は後ろの大智に顔を向けた。大智は肩を落とし、首を幾度となく振った。

「俺《おい》は、ちょいと事情が違う。七之助は、廃仏毀釈は知っておっか」

「もちろん」

「薩摩の廃仏毀釈が慶応二年に行なわれたっちゅうこつは」

小さく頷いたが、知識として知るのみだった。その頃、七之助は江戸にいた。お国の状況《ありさま》は耳に入ってこなかったし、そもそも、その頃の七之助は頑是ない子供に過ぎなかった。

「薩摩の廃仏毀釈は、半ば費えの削減《くちべらし》じゃった。寺がなくなれば余計な費えが減る。そうすりゃあ、藩や武士も余計な金遣いが減って、その分他のことに金が回せる。そんな即物極まりないものだったんじゃ。じゃっどん、そんあおりを受けて、俺《おい》は寺を追い出された」

大智は諦めたように首を振った。

「俺《おい》が世話になっておったんは、村はずれの小さなお寺さんでな、そこの住職どんは本当に人のよか人じゃった。村の人々の話をよう聞いて、時には相談に乗って一緒に悩みを解いておられたそうじゃ。じゃっどん、廃仏毀釈と相まって、村人たちは掌を返したんじゃ。お前のような穀潰しはいらん。早《はよ》う去ねと追い立てられて、寺には火をかけられた。住職どんは、茫然とそん炎を見上げるしかなかった。俺《おい》はなんにも覚えちょらん。が、よう住職どんからあん頃の話を聞いたから、まるで自分んごっのように思うとる」

「で、そん後は」

「住職どんと、旅暮らしじゃった。あれはあれで楽しかったけども、西南戦争の折、住職どんが病になられてなあ、呆気なく死んだ。末期まで、かつていた寺が懐かしいと泣いておられた」

大智は遠い目をした。その双眸に何が映っているのか、七之助には分からない。だが、大智の目は紙燭の炎を跳ね返し、煌々と光を放っていた。

「そいから、俺《おい》は、何もかもがどうでもよくなってしまったんじゃ。薩摩では、寺に預けられていたちゅう過去があるだけで弾かれてしまう。天涯孤独の身で、薩摩の外で暮らしていけるはずもなか。結局、日に日に勢いをなくしていく薩摩で、日雇いの仕事をこなしながら糊口を凌いでおった。そいで、今、日雇いの仕事のごたる、伊地知先生の弟子になったんじゃ」

二人の思いにようやく触れることが叶った。

「お前らは何をすうつもりじゃ」

七之助の問いに答えたのは、源之丞だった。

「兵乱をまた起こす」

「本気か。じゃっどん……」

「今、士族に不満が高まっておるのを知っておろう。そもそも、私学校の後釜のごたる三州義塾が開かれたのも、そん表れじゃ」

城山で出会った一団の姿を思い出す。軍事教練の如く整然と山を登る三州義塾の塾生たち、そして子供たちを指導する大人の姿が頭を掠めたその時、七之助の背に怖気が走った。

「どげんしてやっ《どうやって》気か。まさか」

「まずは、三州義塾を味方につける。あん連中は私学校と近か。きっと俺《おい》らの計画に乗るはずじゃ。奴らと鹿児島県の警察署から武器を奪って、そん足で県知事の公邸を占拠すう。今の県知事は薩摩とは何の縁《ゆかり》もなか。協力なんぞあり得ん。死んでもらう。そうして鹿児島の警察、政治を奪いもした後、各地の不平士族を焚《た》きつけて九州を押さえる。そいでそん後、不平士族やら自由民権運動やらを呑み込んで、東京に雪崩れ込む」

実現できるとは到底思えなかった。そもそも、この策は西南戦争において西郷たちが行なったものの焼き直しでしかない。

源之丞は吼えた。まるで、心の懸念を振り払うかのように。

「できん、ちゅう顔をしているな。俺《おい》だって、上手くいくとは思っておらん。じゃっどん、上手くいかんからと言って何もしもさんとすやあ、俺《おい》のこん思いはどうなる。俺《おい》は、こん思いを抱えたまま、生きていかなくてはならん、そう言うか」

大智も瞑目し、絞り出すように言葉を放った。

「俺《おい》もそうじゃ。蜂起したところで何も変わらないのは分かっておる。そんでも――。変わらないからと拳を振り上げんでは、俺《おい》のこん思いはどこに行く」

目の前が暗くなった。二人は深い絶望に囚われ、捨て鉢になっている。

だが、なおも分からないことがあった。

「なしてそんな二人が、伊地知先生の下におったのでごわすか」

七之助の問いに答えたのは、大智だった。

「伊地知先生は、西郷どんに近い人ぞ。西南戦争が終わった後、薩摩にお戻りになって、薩摩の殖産興業に努めておられる。伊地知先生は、もしかしたら、西郷どんと同じく、俺《おい》らの旗頭になってくれるんじゃなかか、そんな期待を持っておった。俺《おい》も源之丞も、伊地知先生に師事した時期は違えど、考えることは同じじゃった」

首を振って、源之丞がこの続きを引き取った。

「じゃっどん、伊地知先生は俺《おい》らに役人になれと言うた。伊地知先生は西郷どんにはなれん。

そう考えて、俺《おい》は伊地知先生のおらぬ今を狙って、挙を起こすんじゃ。武器も手に入れたしのう」

銃を掲げて笑う源之丞に、七之助は訊いた。

「誰を祭り上げるつもりじゃ。挙を起こすには、旗頭が必要じゃろ」

「三州義塾の河野主一郎先生じゃ。河野先生と三州義塾がお味方についてくれさえすれば、この挙、騒ぎにはなう」

さて――。そう前置きした源之丞は、七之助に鋭い目を向けた。

「お前はどうすっか。こん挙に、加わうか」

「俺《おい》は――」

七之助は言い淀む。

「加わると言うてくれ。そうすやあ、今すぐ、そん縄を解く」

有り体に言って、腹が立った。

七之助の心中に秘されていた本音が転がり出した。

「知らん。お前らの挙になぞ付き合えるか」

その瞬間だった。死角から飛んできた重いものが、七之助の左頬を捕えた。頭がぐわんと揺れ、途端に喉の奥から不快感がせり上がる。口の中に錆びた釘のような臭いも広がる。どろりとしたそれを口中に感じ吐き出すと、赤い血が古畳の上に広がった。

ミニエー銃の銃床で頬を張られたらしい。意識の薄れかけた頭で、七之助は察した。

目の前の源之丞の顔すらも歪んで見える。

「もう一度聞く。仲間に加わってくれ」

目の前の光景が歪み、過去と現在の壁が薄くなった。今、己が明治十五年に生きているということさえあやふやになり、過去に浴びせられた言葉が次々と耳に蘇る。

『お前は江戸もんじゃろ』

『間者かもしれんぞ』

『早う江戸に帰れ』

——久しく忘れていた。七之助は、口の端で独り言を述べた。

七之助の心の中にどす黒い怒りが溜まっていく。

薩摩言葉ではない、己の本当の言葉が腹の内に満ち、口からこぼれ落ちた。

「お前たちは——。薩摩者はいつだってそうだ。普段は俺を仲間の輪から弾くくせに、こんな時ばかり、同郷扱いしやがって。ふざけるんじゃねえ」

無理して覚えた薩摩訛りが剝がれ落ち、江戸言葉が口をついて出た。

「黙れ」

またミニエー銃の銃床が頰めがけて繰り出された。だが、覚悟できていただけに、先の一撃よりはましだった。とはいえ、左頰には激痛が走り、視界の端に星が浮かんでいる。気が付けば畳の上に身体を投げ出す格好になっていた。

「黙るか馬鹿野郎。お前たち薩摩者に、元江戸勤番の思いが分かるか。慣れない郷里とやらに戻って、必死で薩摩言葉を覚えて、溶け込もうとしてできなかった、俺の思いが」

七之助の脳裏に、懐かしい男の姿が思い浮かんだ。黒の着流しに大小二本差し。両国橋の芝居小屋をふらふら歩く男が、くるりと振り返り、七之助に微笑みかけた。どれを観る？　そう七之助に問うている。

七之助の目の前には現れなかった光景、だが、世が変わらなかったなら、あり得たかもしれない幻が、七之助の脳裏に浮かび、すぐに消えた。

「おい大智。こいつをあそこに押し込んでこい」

途轍もない剣幕で源之丞は吼えた。だが、大智はおろおろと目を泳がせている。

「あそこに？　じゃっどん、あそこは」

「こいつはもしかしたら政府の間者かもしれん。江戸言葉が何よりの証じゃ」

腹が立った。朦朧《もうろう》とした頭を何度も振って、七之助は言葉を絞り出した。

「……お前らはいつだってそうだ。ふざけるな。俺だって本当は――」続く言葉が脳裏を走った瞬間、目の前の光景が歪んだ。「薩摩の人間になりたかったよ」

「――連れて行け」

源之丞の冷たい声が、七之助の背に刺さった。

大智に連れてゆかれたのは、屋敷の奥にある一間だった。

座敷牢だった。八畳ほどの部屋を二つに分かつように五寸角の格子が立ちはだかり、その格子の向こうにある畳敷きの奥には、径七寸ほどの穴がぽっかり開いた板の間がある。厠だろう。

昔、ここに住んでいた者の一族に狐憑《きつねつ》きでも出たのだろう、そんなことをぼんやりと七之助は考えた。

「悪く思うな、七之助」

小さな出入り口を開き、七之助を座敷牢に押し込めた後、大智は大きな閂《かんぬき》を出入り口にはめた。

「何か入用になったら声を掛けてくれ」

門の音がいつまでも鳴り響いているように聞こえたのは、未だに殴られた衝撃が抜けないせいだろうか。痛みや暑さ、寒さを忘れ、己がどこにいるのか、なぜこうしているのかもあやふやになり始めた。そして、過ぎ去ったはずの過去が、目の前を通り過ぎてゆく。

七之助は幻から目を逸らすために、目を固く閉じた。

七之助は、座敷牢に留め置かれた。

何日経ったのか、七之助には分からない。何夜となく寝ても体が治る様子はなく、熱に浮かされているような感覚に襲われている。あるいは骨が折れているのかもしれないが、確かめる術《すべ》はない。日の光のほとんど届かぬ座敷牢に閉じ込められているうちに手足は萎え、己が一個の人であったことすらも忘れそうになる。

きいきいと声がする。鼠だろうか、それとも蝙蝠《こうもり》だろうか。天井の方から聞こえている気がするが、どちらも天井に住まうものだし、そもそも七之助は、上下左右の感覚すら失われ始めていた。

そんな生活の中でも、人としての理性を保っていられたのは、大智のおかげだった。

「大丈夫か」

大智は一日に一度、飯を差し入れてくれる。笹に包まれた握り飯に沢庵、水筒の水。それが七之助の命をかろうじて繋ぐものだった。

「不足はありもはんか」

毎日そう聞かれ、首を振る。極力口を開きたくなかった。

「――源之丞が、もし、仲間になるならここから出すと言っておる」

七之助は首を振った。なぜか、言うことを聞く気になれなかった。

「そうか」

痛ましげな顔をして首を振る大智が、ごみや空の水筒を取り上げ去っていく。そんなことを繰り返していた。

蝶番の悲鳴を聞いたと思ったら大智が来て、その会話を終えたら寝て、そしてまた目を覚ました頃に大智がやってくる。それが、牢の中での七之助の一日だった。

「大丈夫か」

「不足はなかか」

「もし仲間になるならここから出す」

この三つが、七之助の耳に入る言葉のすべてになっていた。

そんな日々は、突如終わりを告げた。

ある日、いつも通りの問答の後に、大智の口から普段にない言葉が差し挟まれた。最初、何と言われたか分からなかった。いや、右の耳朶を言葉が打ったはずなのに、上手く頭の中で形をなさなかった。

顔を上げた。七之助は、牢に入ってからというもの相手の顔すら見ていなかったことに気づかされる。

格子の向こうで膝を突く大智は、憔悴《しょうすい》しきっている。なぜか肩を震わせ、格子を両手で握る様は、さながら四人のようだった。

「――何て？」

久々に七之助が発した声は、掠れ切っていた。言葉になっていたかもわからない。だが、意味を察したのだろう。大智は小声を発した。

「逃げろ」

頭がまったく回らず、何を言われているのかも判然としない。

大智は格子に顔を近づけた。

「門は外してあう。今なら源之丞もおらん」

「なんで」

「俺《おい》は何もかもが憎い。じゃっどん、お前のことは嫌いではなか。お前を巻き込むつもりはなかど、もう、俺《おい》も止まれん。お前だけでも、この泥船から逃げてくれ」

錆びついた頭の歯車が少しずつ回り始めている。ぎちぎちと音を立て、ぎこちなく動き始めた思考が、少しずつ置かれていた状況を浮かび上がらせてくる。

立ち上がろうと足に力を込めた。だが、かつては無意識にできていたことに難儀する。手を突いて起き上がることすら、意識してようやく果たせたくらいだった。そうしてようやく重い格子の扉を開いて歩き出すと、背中から大智の声がした。

「右に行けば勝手口があう。あそこから出入りするもんはなか。ここを出たら、すぐに屋敷から離れるんじゃ」

言われるがままに曲がった先に、破れた木戸が見えた。七之助が無造作にその戸を開くと、その少し先に裏門が立っている。

外は真っ暗だった。

どこに行ったらよい？

ふっと意識が遠ざかる。

少し歩いただけでも息切れを起こす。

目眩までしてくる。

顎を上げ、辺りを彷徨《ほうこう》するうち、頭の中で場違いな問いがあぶくのように浮かび、弾けた。

なぜ、伊地知先生は、ミニエー銃や弾丸を隠し持っていたのだろう。いや、そもそも、伊地知先生はなぜ薩摩に帰ってきたのだろう。本人は閑職と笑うが、天皇侍講、修史館総裁は相当な重職で、本来なら東京在府を求められるはずのところ、伊地知は薩摩に住んでいる。維新の元勲の地位をちらつかせて、無理矢理帰郷しているのであろうことは、容易に想像のつくところだった。

何のために？

しばし考えていくうちに、ある可能性が脳裏を掠めた。

先生も、薩摩で乱を起こすつもりなのではないか、と。

伊地知は西郷隆盛の懐刀だった。本来なら、明治六年の政変で下野しても不思議ではない立場だったにも拘らず、政府の顕職を離れることはなかった。西南戦争の際にも動かなかった。だが、西郷たちがいなくなった薩摩に帰ってくるや、私費を投じて桑畑を開き士族に生計の道を与え、戦国期や西南戦争時の城や古戦場を調査して回っている。

桑畑を開いて士族を助けているのは、国力を取り戻すため。

古戦場を見て回っているのは、来《きた》るべき戦の下調べ。

ミニエー銃を隠し持っていたのは、来るべき日のための備蓄。

すべて、つじつまが合う。そうすると、弟子三人に鹿児島県庁の仕事を斡旋しようとしたのにも別の意味が見出せる。県庁に己の息のかかった者を置いておき、いざというときに県庁を掌握するつもりだとすれば、一種の埋伏の計と言える。実は、大智や源之丞が思いを汲めていないだけで、伊地知正治もまた、深謀遠慮を抱えて薩摩に根を張っているのかもしれなかった。

頭の中で思いを巡らすうち、気づけば七之助は、田上村に戻ってきていた。

町から離れた畑の風景が朝日に照らされている。

しばらく道なりに歩くと、見慣れた伊地知の庵の姿が、暁光に照らし出されていた。

ふらふらと近づき、いつもの習いで戸を叩いた後、ふいに頭の歯車が勢いよく回り始めた。

もしかしたらここは既に源之丞のものになっているかもしれない。そうだとしたら、せっかく逃げてきたのに何にもならないではないか。そう気づいたが、俄かに動けない。すっかり足が萎えていた。

庵の中から足音がした。その足音は表戸に近づいてくる。

戸が開いた瞬間、思わず七之助は目を閉じた。

だが――。覚悟していたことは起こらなかった。

「む? 七之助、七之助か。なんちゅう格好をしておるか。顔色も悪か。何があった」

いつもは腹の中の五臓六腑がすべて縮み上がってしまうほどに恐ろしい響きのする声を放つ人であったはずなのに、この時ばかりは妙な温かさすら感じた。

「い、伊地知先生……」

目の前には、杖を突く伊地知が立っていた。その五尺足らずの伊地知の身体が、この時ばかりは巨人のように見えてならなかった。

四章　明治　1

「困ったこっばかり起こりもすなあ、伊地知先生」

伊地知の前に座る三島通庸《みちつね》は、間延びした声でそう言った。

鶴丸城二の丸の伊地知の仕事部屋には、東向きの縁側から燦々《さんさん》と日が差していた。三島は腕をぐっと上に伸ばすと、洋服の襟をくつろげた。

文机を挟んで三島と対座する伊地知は、紺色の羽織と袴に身を包んでいる。会津戦争終結後の解兵命令からこのかた、洋服に袖を通していない。ここ鹿児島の鶴丸城では、西洋式の机や椅子を並べる部下を尻目に畳に座って文机に向かい、仕事始めには墨を磨っている。着物の方がいっそのこと楽だった。

書類に目を通したまま、伊地知は声を発した。

「今に始まったことではなか。維新からこの方、困ったこっばかりじゃ。武士の俸禄、村方施策に民政。やうことはたくさんあう」

伊地知は腹の辺りを着物の中でさすった。ここのところ、鈍い痛みが胃の腑に居座っている。

戊辰戦争後、伊地知はかつてない重責を抱えることになった。郷里薩摩に凱旋《がいせん》するや薩摩の藩政を担うことになり、明治三年には鹿児島藩権大参事に任命されるに至ったのである。
戊辰の戦は、薩摩の内政にも深刻な傷跡を残していた。ただでさえ薩摩は西洋式兵制への切り替えのために多額の費えを投じていた。その上、戊辰戦争の際に新兵器を惜しみなく投入し使い捨てにしたつけが国庫に回り、薩摩は財政不如意に陥っていた。藩政を担ってみると、気づかされることが多い。特に武士の俸禄の重さには、目が回りそうになった。無為徒食の武士のために、家中全体の費えの半分が消えている。不合理極まりないが、かといって彼らは戊辰戦争の際に命を懸けて戦った者たちだった。無下にはできない。

三島は皮肉っぽく笑い、腹を切る動作をした。

「先生、政に待ったはありもはん。命がけでやうしかありもはん」

「お前は本当に俺《おい》の弟子か。無礼な奴じゃ」

三島通庸は、伊地知の合伝流の弟子である。戊辰戦争の際には長岡方面の戦線に加わっていたため伊地知とは行動を共にしなかったが、それなりに功を上げたらしい。戦争が終わってからは鹿児島に戻り、今は日向都城《ひゆうがみやこのじよう》の地頭を務めている。苛烈な采配ぶりには大きな将器が窺えるものの功名心の強さに起因する軋轢《あつれき》が絶えず、伊地知としては将来が心配な弟子の一人だった。この前も先立つものも考えずに都城で大きな都市改造計画を立て、伊地知が慌てて止めた一幕もあった。

伊地知の一瞥を受け、三島は肩を竦めた。しかし、その顔に反省の色はまるでない。

「今勘助の伊地知先生が、随分と弱っておいでごわすな」

「いつ俺《おい》が弱っておるか」

「戦場の方が、先生は輝いておられもす」

「お前は俺《おい》の戦場での姿をほとんど見ておらんじゃろが」

「お手紙からでも、戊辰の戦《ゆっさ》ん時の先生のはしゃぎぶりは分かりもしたよ」

伊地知はむせた。

戦場においては己の首を質草に、どんな無茶もやれた。だが、平時に戻ると、国庫の都合や殿様の思惑、部下たちの苦衷や今年の作柄といった細々とした物事が己の手足を縛る。政とはそうしたものなのかもしれないが、独断専行で進められた分、戦場に身を置いていた方が気が楽だった。

にやにやと伊地知の顔を覗き込んでいた三島は、文机の上に伏せられた和書に目を向けた。その団栗眼で本の題名を追い、ほう、と唸って見せた。

「伊地知先生が農書に水利書に漢訳洋書の絡繰書でごわすか。変な取り合わせでごわすな」

「こいからは、こいつが俺《おい》の武器じゃ」

伊地知は戊辰戦争の最中、奥羽の疲弊を思い知り、政府宛に建白書を書いた。那須高原に西洋の農作機械を多数導入して開墾し、近隣の飢民を救うべしと唱えたこの建白が取り上げられることはなかったが、伊地知はずっとこの着想にこだわりを持ち続けている。今は藩財政の立て直しが急務ゆえ俄かに果たすことはできないが、全国に先駆けて見本となるような殖産事業を薩摩で立ち上げることで国力浮揚の梃子《てこ》にできるのではないか、伊地知はそう考えた。ゆえに、関連書籍を読み、知識を蓄えている。

「で、今日は何の用じゃ、三島」

伊地知が書類を置いて睨めつけると、三島は辺りの様子を窺い、伊地知の前で胡座を組んだ。

「ついに、あの件が動きもす」

「そうか」

三島をして口を憚《はばか》らせる一件といえば、廃藩置県構想の他になかった。

話に出た廃藩置県は、藩を廃して県を置く地方行政構想である。

戊辰戦争を終えた中央政府は、各大名領を「藩」という行政区分に改めた。大名を知藩事に任命し、中央政府の支配下に旧大名領を置いた形だったが、その実態は江戸期とほとんど変わらなかった。今回の廃藩置県は旧態依然とした土地政策からの脱却を企図していた。今の政府内での構想では、その後、罷免された知藩事には東京への移住と諸侯会議への参加が命じられる予定だが、その権限はほとんどないに等しい。その上で、旧大名家と切り離された県では、中央の息のかかった役人が県令として赴き、中央の強い指導の下、地方政治が進められることになる。

廃藩置県は、知藩事——旧大名——の既得権益を奪うことになる。反撥は免れ得ない。そこで中央政府は、ある計を採った。

三島はしみじみと言った。

「それにしても、西郷どん、大久保どんの御親兵計画は見事な策でごわした」

御親兵計画は、明治三年、中央政府で取り決められたもので、薩長土の雄藩から兵を召し出させ、官軍近衛兵とする軍事政策だった。精兵を近衛兵としたいという名目の下行なわれたこの計画は、軍事費が藩費を圧迫している三藩からすれば渡りに船、とんとん拍子に事が運んだ。薩摩藩も、明治四年二月、西郷隆盛を隊長にした五千名が東京に向かった。

「これで、もっともうるさい薩長土の兵を奪いもした。仮にこれから知藩事が反対しようとしても、戦《ゆっさ》にはなりもはん。いや、この三島、痺れもした」

御親兵計画は廃藩置県のための布石だった。先に手足をもいでおけば、達磨など如何様にも転がすことができる。伊地知もまた西郷や大久保と共にこの謀《はかりごと》に参加している。だからこそ、伊地知も廃藩置県の難儀を知っている。

「面倒なことになろう。島津久光公が何とおっしゃるやら」

「あんお人に何ができもすか」

三島は鼻を鳴らした。最初からものの数に入っていないような口ぶりだった。

島津久光は、先代薩摩家中の当主、島津斉彬《なりあきら》の弟君である。斉彬の死後、その養嗣子であった茂久の後見人となり薩摩家中を掌握、支配した。幕末期には中央政局にも多大な影響を及ぼした久光だったが、明治に入るや一気にその権威は失墜することになる。戊辰戦争帰りの薩摩家中家臣との権力闘争に負け、今では屋敷に逼塞《ひっそく》、悠々自適の生活を送りつつ、怪気炎を吐いている。

三島の言いぶりにも頷けるところはある。だが――。

「島津の名は、神輿にはなう。押し留めなくちゃならんのは、何も久光公だけではなか。都城に戻ったら、心して政に当たうべし」

「分かりもした。先生こそ」

「俺《おい》を誰と思うておる。伊地知正治ぞ」

そう凄むと、三島はからからと笑った。

「そうでごわした」

しかし、ここからが大変だった。

伊地知は中央政府から提示された廃藩置県構想について、薩摩の関係各所を回り、説明に奔走した。ほとんどの者たちは賛意を示した。各藩の財政を中央政府が肩代わりするという廃藩置県の一面を殊更に力説した結果だった。今財政不如意に陥っている薩摩藩の現状を知る者ほど、廃藩置県を歓迎した。もっとも、廃藩置県の何たるかを理解しないまま、漠然と賛意を示した者も多かった。

そんな中、島津久光は反対の立場を露わにした。

『斯様《かよう》な騙し討ちがあるか』

久光は御親兵の差し出しと廃藩置県の関係、そして、それらの意味するものについて即座に理解し、激怒した。そして廃藩置県反対のための策動を始めた。

これを察知した伊地知は東京にいる西郷吉之助改め隆盛、大久保一蔵改め利通に手紙を書いた。薩摩藩に廃藩置県についてきな臭い気配があり、その釈明のために、西郷、大久保いずれかの来薩を願いたい、と。しかし、やってきたのは、中央政府に出仕していた西郷信吾改め従道《つぐみち》だった。

薩摩にやってきた従道は、以前よりも少し貫禄が出ていた。胴回りのきつそうな黒の軍服を身に纏い、髷を落とした髪を後ろに撫でつけ、かつてはなかったひげを蓄え始めている。

顔をまじまじと眺める伊地知に気づいたか、

「西欧では今、ひげを生やすのが流行っておりもして」

ひげを撫でつつ、従道はしどろもどろに説明した。

「随分久しぶりじゃ」

「まこと。じゃっどん、昔の信吾ではありもはん」

鳥羽伏見の戦いの際、軍監として参戦しながら負傷し、一時は命も危ぶまれたもののすぐに戦線に復帰し、その後も各地を転戦して回った。戊辰戦争後は中央政府の役人となり、西欧の兵制調査のため渡欧、今は陸軍の責任ある立場に就いている。

しかし従道は、次の瞬間には不安げに肩を落とした。昔の信吾そのままの仕草だった。

「俺《おい》には自信があいもはん。兄上や大久保さあならいざ知らず、俺《おい》如きが殿様に何を申し上げたところでどうにかなるとは思えもはん」

「大丈夫じゃ。お前なら、久光公を丸め込むっ《める》」

伊地知はなおも狼狽する従道の肩を強く叩き、小さく縮んだ背を見送った。

その甲斐あったか、薩摩藩の反撥はほとんどなかった。藩父島津久光公が自邸で花火を上げさせ怒りを表明するという示威行動に出たが、結局鬱憤《うっぷん》晴らし程度の意味しか持ち得なかった。全国に目を向ければ、数藩の知藩事が抗議するに留まり、残りは諾々とこの決定に従った。伊地知が後で知った話だが、各藩は二百六十年に亘る政、そして戊辰戦争による出費で借金苦に喘《あえ》いでいた。中央政府がその負債をすべて肩代わりしたことで反対の声は塞がれた。

藩に代わり新たに置かれた県には、地縁のない官僚が県令として送り込まれた。薩長土肥といった雄藩は例外とされたようで、出身者が県令に就いたらしい。薩摩にはやはり薩摩藩出身の大山綱良《つなよし》が遣わされた。

伊地知はといえば、鹿児島藩権大参事の職を解かれ待命扱いとなったが、すぐに中央政府から辞令が下りた。

『御用有之東京へ可罷出事』

東京――。

今、中央政府は官僚として各藩から秀才を引き抜いている。今は維新で功あった薩長土肥出身者が多くを占めているが、最近では徳川家家臣の吸い上げも始まっているという。伊地知もまた、その流れの上にいた。

伊地知は受けた。否、受けざるを得なかった。

明治四年、伊地知は妻子を引き連れ上京、辞令に従って中央政府の一員として働くこととなった。

中央政府は奇々怪々の場だった。

先の戦で接収し、皇城と名を改めた江戸城では、空理空論が飛び交っていた。平安の御代からそのまま抜け出してきたような束帯姿に身を包む公家、二本差しと髷を捨てて洋装に身を包む元尊攘の下士が同席して、上辺だけ取り繕った粗野な言葉で吼え合い、机の下で足を踏み合っていた。これが天朝様の朝議の内実かと思うと伊地知の気は滅入った。建武の中興以来、尊皇の志士が焦がれ、実現を心待ちにしていた帝による親政といえば聞こえはいい。だが、実際のところ、その朝議は公家と薩長土肥の利益を代弁するだけの場に成り下がっていた。

上京してひと月で早くも東京に嫌気が差し始めたある日、袴の裾を揺らしつつ杖を突く伊地知は御親兵の兵営を訪ねた。

皇城の桜田門の奥にある白い平屋の建物が、御親兵の兵営だった。その玄関前に、軍服姿の男二人が立っていた。二人は伊地知に気づくと、頭を下げて駆け寄ってきた。

「先生、ようこそお越しくださいもした」

大野津と小野津だった。二人は既に侍の佇まいを捨てていた。軍帽を取った二人はざんばら髪で、腰には薩摩拵の武骨な二刀ではなく、軍指揮官用の細身の西洋刀《サーベル》を佩《は》いていた。

「おお、お前たちか。しっかりやっておるようじゃな」

「それはそうでごわそう」大野津ははにかみつつ胸を張った。「何せ、今、俺《おい》はこの御親兵の大隊長でごわす」

「出世したな。で、小野津は」

「俺《おい》も御親兵でごわす」

大野津は、伊地知を兵営の中に誘った。通されたのは、毛足の長い赤じゅうたんが敷かれ、洋卓《テーブル》と椅子の置かれた、十二畳ほどの広間だった。

「西洋で言う、応接間でごわんど」

ここのところ、暮らしのそこかしこに西洋風の文物が侵食してきている。伊地知は椅子にどかりと腰を下ろした。

伊地知の左手、部屋に設えられた窓からは、調練の様子がよく見えた。兵士たちが陣形を組み、声を張り上げ、的に銃の筒先を向けている。兵士たちは当たり前のように散開陣形を取っていた。

卓を挟んで伊地知と差し向かいに座った大野津は窓に目を向け、鼻の下のひげを撫でた。

「軍のやるこっは、薩摩でも東京でも変わりもはん。演習演習、とにかく演習でごわす」

「薩摩よりは涼しくて助かりもす」

大野津の横に座った小野津は椅子の背もたれに寄りかかり、肩を揺すって笑った。

「羨ましか話じゃ」

伊地知は眼帯の奥に指を差し入れ、掻いた。

伊地知はてっきり御親兵周りの役目を拝命するものと思っていたが、用意されたのは新たに置かれた左院中議官の席だった。おかげで、伊地知は実のない会議場で地蔵のように佇んでいるばかりだった。今の伊地知は慣れぬ議会の席で、交わされる激論を前にむっつり黙り込む日々を送っている。

「ところで」伊地知は話を変えた。「川村与十郎と、大山弥助の消息は知っとるか」

戊辰戦争を一緒に戦った元部下たちだ。この二人は戊辰戦争が終わってもなお中央に残っている。

「ああ、与十郎は今、軍艦の上で油まみれになりながらロープを捌《さば》いているところでごわす。弥助は視察のために洋行しておりもす。こっちに戻れば出世しもそう」

「二人とも、活躍しておるようじゃな」

大野津が頷いたその時、応接間のドアが音を立てて開いた。

廊下には、懐かしい顔があった。

「伊地知先生、廃藩置県の時以来でごわす」

西郷従道だった。廃藩置県と前後して、従道は陸軍少将に登っている。

応接間に入った従道は、伊地知の横に座った。

「信吾、聞いてもよかかど」

「何なりと」

「今、陸軍は人が足りておっか」

「正直なところを言いもせば、足りておりもはん。将兵共に」

「ならば、俺《おい》を陸軍に推挙してくれんか」

伊地知が御親兵兵営に足を運んだのは、これを言いたいがためだった。

大野津、小野津は顔を見合わせている。だが、従道は穏やかに微笑んだまま、兄の西郷隆盛に似た大きな目をしばたたかせ、諄々《じゆんじゆん》と述べた。

「先生は議会の一員でごわす。先生はそこでしかできぬことをなさってくいもせ。先生ほどのお方は、小戦の小間遣いとなるのではなく、大戦を俯瞰するお立場で俺《おい》らを導いていただきとうごわす」

「議会が、そん役目になるか」

「なりもす」

結局その後、何度も異口同音に同じやり取りが為されたものの、従道の言葉が決定打となった。

「明治二年に大村益次郎どんがお亡くなりになられてからというもの、軍全体を見渡すことのできるお方がおられなくなってしまいもした。先生には、議会からそん役目を負っていただけもはんか」

戊辰戦争後、中央政府に参画した大村益次郎は、兵制会議で大論争を繰り広げた後、軍事を一手に総攬《そうらん》する兵部大輔《ひようぶたゆう》の地位に就いた。雄藩から兵を供出させるべしと主張した大久保利通の意向を無視して徴兵制を推し進めた大村は、明治二年十一月、暴漢に襲われた傷がもとで、帰らぬ人となった。

大村は優れた男だった。意見の不一致こそ多々あったが、伊地知も大村という不世出の軍略家への賛辞を厭《いと》うつもりはない。そして、大村亡き後、あの大村と同等に働けるのは己だけだという自負もまた、伊地知の心中にある。それだけに、大村のように働いて欲しい、という言葉に伊地知の心は摑まれてしまった。

そんな従道の言葉に罠が含まれていることに、伊地知は気づかなかった。

「信吾、また、合伝流の奥義を教えうぞ」

「楽しみにしておりもす、先生」

従道は、ぎこちない笑みを顔に貼り付け、頭を下げた。

結局上機嫌で伊地知は兵営を後にした。

別れ際、大野津、小野津が小さく息をついたことの意味について、伊地知は深く考えることをしなかった。


御親兵兵営を訪問して少し経った頃、伊地知はある男に呼ばれ、皇城の一角にある執務室の戸《ドア》を開いた。

この部屋は城の一室を洋風に改装してあった。畳の上に赤いじゅうたんを敷き、そこに足の長い洋卓《テーブル》や椅子を置いて、ランプをぶら下げて明かりとしているだけのものだった。そして、その椅子の一つに、既にこの部屋の主が座っていた。その男は、立ち上がって頭を下げた。

「久方ぶりじゃな、伊地知どん」

「薩摩の田舎侍が見違えもしたな」

「結構似合うじゃろ」

目の前の男――大久保一蔵改め利通には、皮肉が通じなかった。

大久保は髷を切り、黒の西洋割羽織《フロックコート》を着ていた。髷を結うのに使っていた椿油の香りに代わり、別種の甘い香りを大久保は纏っていた。散切りにした髪の毛に獣の脂を塗り付け、固めているようだった。

椅子を伊地知に勧めて自らも座ると、大久保は薄く笑った。

「伊地知どんは、洋服に代えんのか」

「戊辰の戦《ゆっさ》ん時、洋服は一生分着たんでな」

「そいは困った。十年以内に、朝議の服飾を洋服一本に揃えるつもりじゃ。伊地知どんも、早めに洋服に慣れてくれ」

伊地知は大久保の口ぶりが気になった。己が朝議の内規を決めると言っているように聞こえてならなかった。伊地知がさらなる皮肉を口にするより前に、大久保が矢継ぎ早に声を発した。

「さて、伊地知どんを呼んだのは他でもなか。頼みたいことがあう」

大久保は、氷のような無表情でもって伊地知を見据えた。

「廃藩置県を受け、国内が混乱する虞れがあう。伊地知どんには、政治の大局に立ってもらいたい。――これから、海外に使節を送ることになってな」

幕末期に徳川家が異国と結んだ条約は、後継政権である明治政府にも引き継がれた。条約である以上、政権が変わったからといって破棄はできなかった。だが、この条約が曲者だった。関税の決定は異国に委ねられ、異邦人が日本国内で起こした事件は異邦人の所属する国の領事が裁く取り決めとなっていた。計画されている外遊は、これらの条約の改正を各国に要請するためのものと大久保は語った。

「政府首脳の半分を外遊に向かわせる手筈じゃ。伊地知どんには東京に残って、こん国の政を担ってもらいたか」

伊地知は、自分が中央政府に呼ばれた理由に思いが至った。大久保としては、政府に設けた己の権勢を外遊中にも維持したかった。そのために、旧知の人間を母国から呼び寄せたのだろう、と。大久保には昔からこうした小ずるさがあったことを伊地知は思い出していた。

「伊地知どんには、期待しておっぞ」

諾を述べ、伊地知は席を立とうとした。しかし、大久保が、そういえば、と口にしたことで、上げかけていた腰をまた下ろした。

「戊辰の頃、伊地知どんが上げていた建白の件、まだ話しておらんかったな。那須高原を開墾しようというもんじゃ」

「ああ、あれでごわすか。動くんか」

伊地知は声を弾ませた。伊地知からすれば、那須高原の開墾計画は、困窮する北関東の人々を救う起死回生の策であると同時に、疲弊した全国各地を救う規範、希望ともなり得る。

しかし大久保の口から飛び出した言葉は、伊地知の気負いを粉々に打ち砕いた。

「あの計画はいけん」

まず――。大久保は指を一本立てた。

「西洋機械の導入、これがいけん。確かに西洋機械を導入すやあ開墾は楽になるかもしれんが、どうやって那須まで運ぶ。それに資金はどこにあう」

大久保は二つ目の指を立てた。

「次に地勢。伊地知どんは那須について水が多いとお書きじゃったが、実際には高原ゆえ、使える水が限られうそうじゃ」

「那珂川から水を引けば」

「あの辺りは急峻で、もし水を引こうと思えば大がかりなもんになろう」

あの建白は戊辰戦争の最中、行軍中に急いで書いたものだった。論旨の穴は素直に認めざるを得ない。

「なら、他の地でやろう。もっと交通の便が良く、水はけのよか地で」

大久保はさらに割って入った。

「最後の一点。伊地知どん、思いつきの建白ではいかん」

信じられない一言だった。口元を震わせる伊地知をよそに、大久保は続けた。

「政府には金がなか。ちゅうこっは、きちんと策を練って、効果のあうところに丁寧に金を使う必要があう。伊地知流の拙速はならん」

「今の北関東、奥羽の現状を見て言っておろうな」

戊辰の戦の時に嫌というほど見た村方や町方の荒廃が、伊地知の脳裏を掠めていく。明治の御代となった。だが、荒廃した地に手が差し伸べられたという話は聞こえてこないばかりか、薩摩にいた時分、戊辰戦争の陣中で知り合った町方や村方の名主が伊地知の下に陳情の手紙を送ってくるほどだった。だが、何度中央政府に建白を書いても復興政策が改善されることはなく、そうした文が途切れることは終《つい》ぞなかった。

「今こん時にも、村は飢えておるんじゃぞ」

伊地知の反論に、大久保はこれ見よがしな溜息で返した。

「だからこそ、金を溝《どぶ》に捨てることはできんと言うておるんじゃ。今、俺《おい》も伊地知どんも、一藩を治めておるわけではなか。今、俺《おい》らは日本という大きか国の舵取りを務めておる。藩を治めておるなら、伊地知どんの言うこっには一定の理があるかもしれん。じゃっどん、日本を相手に政を行なう以上、一藩を治める程度の見識で物事を見下ろしていては、大事なもんを見失う。日本のために動いてくれ、伊地知どん」

伊地知は椅子を蹴って立ち上がると、制止を振り切って部屋を出た。戸を閉じる直前、いつの間にか椅子から立ち上がっていた大久保は、こう言った。

「お前の智慧には期待しておるんじゃ。よか建白、待っとるぞ」

大久保の口ぶりには、まったく邪気がなかった。

廊下を一人歩く伊地知は、杖を床に強く突き立てた。

それからしばらくして、岩倉具視を首班とする使節団が結成され、異国へと旅立った。薩摩の大久保利通、長州の木戸孝允といった錚々《そうそう》たる元勲が一挙に外遊に出た形だった。

伊地知は留守居として、外遊組を見送った。

その二年後、大きな外交問題が火を噴いた。

「まさか、またこうして一緒に働くことになるとは、嬉しいぜよ」

土佐の板垣退助は、言葉の割に苦々しげな表情を浮かべていた。かつて結っていた髷は既になく、口には西洋で流行しているカイゼルひげを蓄えている。数年前は着慣れていない風であった茶の西洋割羽織《フロックコート》も、今となってはすっかり堂に入っている。

板垣は戊辰戦争での戦功によって土佐の重鎮の地位に躍り出、後藤象二郎などと共に土佐派を形成している。外遊組には選ばれず、伊地知などと同じく留守居政府に残って政務に当たっている。

渋面の理由を聞くと、板垣は下を向いた。

「戦を起こすのは本意でないからぜよ。伊地知殿も、先の戦のことは覚えておるがよ。戦をやるっちゅうことは、貧民を生むことになる。もちろん、そんなことを言うておったら何もできなくなるがよ。それでも、気の乗らんもんは乗らん」

明治六年、朝鮮問題が国内を沸騰させた。

幕末期から日朝関係は緊張していた。日本が渋々世界に門戸を開いた中、李氏朝鮮では国王の父である興宣大院君《こうせんだいいんくん》主導による海禁政策が維持されていた。李氏朝鮮と国交を結びたい日本、どこの国とも国交を結ぼうとしない李氏朝鮮の思惑はすれ違ったまま、日本は明治維新を迎えた。

中央政府も当初は徳川幕府の外交方針を踏襲し、朝鮮に外交官を送り交渉を繰り返していた。しかし開国は遅々として進まぬばかりか、朝鮮側は「日本人と交際した者を重罪に処す」と布告を出し、排日の炎に薪をくべた。

日本国内では今、朝鮮討つべしの合唱が巻き起こっている。市井で勇ましいことを口にしているのは、戊辰戦争に従軍しながら中央政府に参画できなかった士族たちだった。そして板垣退助は、市中で燃え広がる士族の征韓論に賛意を示し、朝議で彼らの意見を代弁した。

そんな板垣の要請に従い、伊地知は朝鮮の進軍計画を練っていた。

皇城に置かれた参議板垣退助の執務室で背の低い卓を挟み、朝鮮の地図を広げて議論を戦わせていると、ふと伊地知は、戊辰戦争の頃、作戦上の議論をし、時には掴み合いの喧嘩にもなったことを思い出した。そもそも、戦は忌事だった。だが、その忌事の持つ愉悦が、伊地知の心中には確かに脈づいていた。

地図を眺めつつ、

「ここは俺《おい》が落とす」

「ならわしはこっちぜよ」

と口角泡を飛ばし、

「この城はどう抜こうか」

と頭を悩ますのには、碁を打つにも似た楽しさがあった。

伊地知は朝議の一員としての自覚の下に建白をいくつも起草し、他の議官に己の構想を話した。だが、誰も彼も、腫れ物に触るように伊地知に接し、結局、ほとんどの建白が形になることはなかった。

己の居場所は政にないのではないか。そんな迷いが、伊地知を軍事に走らせた。

白熱した議論を板垣と繰り広げるうちに、砲音が鳴った。十二時の時を告げる鎮台の空砲、昼ドンだった。

板垣は卓の上の地図をどけ、革張椅子《ソファ》の背もたれに寄り掛かった。

「飯時ぜよ」

板垣が人を呼ぶと、秘書官が部屋に膳を二つ持ってきた。板垣の膳からは脂の甘ったるい匂いがする。見れば、大皿の上には焼き目のついた豚の肉塊が載っていた。

「よくぞまあ、そんな臭いものを食えうな」

伊地知が鼻をつまんで呆れ半分に言い放つと、板垣はからからと笑った。

「おや、獣肉を食わんがか。旨いぜよ」

「薬食いは好みでなか」

御一新以降、西洋文明の摂取が国是となった。特に分かりやすい変化が食文化だった。江戸の頃には敬遠されていた牛乳や獣肉といった食物がしきりに奨励されるようになったのである。

戊辰戦争の折、伊地知が西洋兵器を取り入れて戦に臨んだのはそれらが優れているからであって、西洋由来のものをのべつ幕なしに崇め奉ったからでは断じてなかった。口をへの字に曲げる伊地知の前で、板垣は銀のナイフとフォークで豚肉を切り取って口に含んだ。

「ちっと臭いのは事実じゃが、滋養のある食い物だそうだぜよ」

「ふん、滋養なら、こちらの方があう」

不機嫌に言い放ち箸を持った伊地知の眼前には、豆腐一丁が副菜となった膳が置かれている。少しだけ上にすりおろし生姜と刻み葱が散らされているだけの豆腐を、まるで珍しいものを見るような目で眺める板垣は、ふーん、と間延びした声を発した。揶揄とも呆れともつかない態度だった。

「毎日のように豆腐を食べて、飽きないがか」

「飽きん。そもそも豆腐は淡白な味わいじゃ、醬油に飽きたらもろみやら唐辛子やらをかけて味を変えられうし、薬味を変えるだけでも新しか気分になう。そして何より、豆腐の滋養は折紙付きじゃ」

「誰の折紙がか」

「憎たらしいことでごわすが、大村どんじゃ」

戊辰の年、大村益次郎と飯を食い一席ぶたれてからというもの、伊地知も豆腐をよく食膳に上げるようになった。戦場から帰ってくるなり朝昼晩毎食のように豆腐を所望する夫を前に、伊地知の妻は人が変わったと思ったらしい。山海の珍味を集め帰還を祝おうとしていたのに、ひたすら豆腐を平らげ、旨い旨いと言う夫を見た妻の驚きはひとしおであったろう。魚の代わりに豆腐を食うようになってから風邪をひかなくなり、寝込むことはおろか鼻声になることさえなくなった。今では、「豆腐は百薬の長」と会う者会う者に吹聴して回っている。

豚肉を口に運んだ後、飯をかき込んだ板垣は、呆れ顔を急に真面目なそれに変えた。

「伊地知殿、もしかしてそれは、心を病んでおられるのではないがか」

「な、何を――」

「戦帰りが生臭を食べられなくなったっちゅう話はよく耳にするぜよ。もしかして」

「そんなわけなか」

伊地知は強く返したが、内心では唸っていた。

板垣の指摘は、当たらずと雖も遠からずだった。

伊地知の脳裏には、戊辰戦争の際に目の当たりにした、関東、奥羽の村々の姿が今も焼き付いている。荒廃した村の光景が食事の度に浮かび、豪勢な料理に箸が伸びなくなったのだった。

一人唸る伊地知をよそに、板垣は話を変えた。

「ときに、伊地知殿は今、どんなおつもりで今のお役目に就いておられるがか」

「どんなつもり、とは」

「政を司る人間として、信念とか、思いがあるのかってことぜよ」

板垣の言葉には、なんの衒《てら》いもなかった。

伊地知は箸を止め、答えた。

「俺《おい》は、村方や町方を立て直したいと思っておる」

「ああ。先の戦に出たお人は、皆そう言うておるち聞いているぜよ。確か、佐賀の江藤殿もそんなことを言っておったち聞いてる」

話に出た江藤新平は、留守居政府で司法卿を務める、至誠を絵に描いたような男だった。司法制度の整備と不正の摘発に熱心なあまり周囲との軋轢は絶えないが、江藤の公正な態度は政府の中でも一目置かれていた。特に、政商に巨額の政府予算をつぎ込み回収不可能になった空前の疑獄事件、山城屋事件の責任者である山縣有朋《やまがたありとも》を下野させたのは、伊地知でさえ欣快《きんかい》の思いに駆られたものだった。

では、板垣どんは。そう水を向けると、板垣は答えた。

「士族の扱いじゃなあ」

伊地知が頷いたのを見て、板垣はさらに続ける。

「戊辰戦争で活躍した将兵が困窮しちゅう。おかしかろう」

士族の扱いは薩摩においても頭の痛い問題となっていた。戊辰戦争に参陣した将兵の多くが碌に論功行賞もされないまま徴兵制が敷かれ、武士たちは困窮の中、古い時代の産物として捨て置かれている。

「伊地知殿は知っておろうが、今、政府内では秩禄処分の話が出ておるき」

廃藩置県で藩が消滅してもなお、武士の俸禄は支給され続けている。中央政府は近年中にこの無駄な出費の整理を画策しているという。もし実現すれば、多くの武士は収入の道を閉ざされ路頭に迷う。その中には戊辰戦争に従軍した者も多い。もし、彼らが徒党を組み、政府に楯突けばどうなるか。

板垣はナイフを振り回した。刃先が不気味に光る。

「武器の使い方を知るもんが市井に紛れておるちゅうことは」

伊地知はその続きを引き取った。

「戦《ゆっさ》が起こるな」

伊地知の言葉に肯《がえ》んじた後、板垣は卓を叩いた。

「朝鮮情勢を逆手に取ればええがよ。朝鮮に出兵することになれば、徴兵では間違いなく回らなくなるぜよ。各地の武士を参集すれば、この問題も一挙に解決って寸法よ」

戦で武士に食い扶持を与えようというのが板垣の発想だった。

伊地知も似たようなことを考えていた。だが、板垣とは少し考えに違いがある。伊地知が狙っていたのは、徴兵制の骨抜きである。

明治六年の一月、今は亡き大村益次郎肝煎りの徴兵制が始まった。集められた者の多くはこの前まで畑を耕していた農民ばかりで体も細く、銃の使い方一つ知らぬ若造たちだった。一度教練の現場を視察した伊地知は、徴兵制は日本では馴染まないと見た。そこで、征韓論を口実に武士を動員し、徴兵制を事実上葬る、というのが伊地知の算盤勘定だった。

豆腐を口に含んだ後、伊地知は小さく頷いた。

「しっかりやうべし、板垣どん」

「承知したぜよ」

板垣は口角を上げて笑う。

その時、部屋の戸が呼びかけもなしにがらりと開いた。

「誰じゃ。取り込み中ぞ」

怒鳴るように言い、戸の方に向いた瞬間、板垣は口を結んだ。戸に背を向ける格好になっていた伊地知は、何事があったかと振り返る。

後ろには、西郷隆盛が立っていた。

「会議中のところ、申し訳ありもはんな」

逆光の西郷は、大きな目だけが爛々と輝いている。普段からその顔を見慣れている伊地知すらも、なぜか上手く言葉が出てこない。その理由が西郷の放つ圧にあることに気づいた時には、西郷は伊地知の横にどかりと座っていた。

「おお、昼餉の時間でごわしたか。俺《おい》も何か食いとうごわす。板垣どん、何か、持ってこさせてはくれもはんか」

「あ、ああ」

板垣は秘書官を呼び、昼餉の膳をもう一つ持ってこさせた。焼き魚が主菜の膳だった。江戸前の焼き魚を箸でほぐした西郷は、一口だけ身を口に運んだ後、顔をしかめた。

「うーむ、やはり魚は南海の方が脂が乗っていて乙なものでごわしたな。それはさておき——。板垣どん、すまんが、そん派兵計画、すべて白紙に戻してくいもせ」

西郷の団栗眼は、卓の端に寄せられた朝鮮の地図に向けられていた。

板垣はナイフとフォークを置き、烈火の如くに声を張り上げた。

「何を言うがよ。朝鮮には今、海禁を快く思わん者も多いはずぜよ。興宣大院君を捕まえさえすれば、朝鮮は必ずや開国に応じるはず」

「じゃっどん、そいなこっをしたら、日本はいたずらに恨みを買うばかりでごわす。それに、清や西欧諸国がこれをどう見るか」

「異国の目が怖くて派兵できんいうなら、日本人の排斥を声高に叫んでおる朝鮮はどうなるぜよ」

「落ち着かれもせ。日本人の排斥を唱えておるのは朝鮮ではありもはん。興宣大院君殿でごわす」

西郷は慎重だった。言葉にも論理にも、一片の浮つきもなかった。そこに熱狂はなく、ただ、冷徹な視線が存在するだけだった。

なおも板垣は吼えた。

「揚げ足取りというものぜよ。朝鮮に対し弱腰になりゆうことが、諸外国から舐められるきっかけにもなるとわしは考えておるがよ」

「至誠を欠いた行ないで出師《すいし》しようものなら、それこそ異国から蔑まれもす。今、まだ朝鮮は海禁政策の継続を言い、日本を排斥すると脅しておるだけでごわす。一滴の血も流れておりもはん今、兵を動かしては侵略を疑われもす。つまるところ、大義名分がありもはん」

ついに板垣は黙った。

豆腐を口に運んで飲み込んだ伊地知が、話を引き取った。

「ちゅうこっは、釣り野伏せを仕掛けるべし、ということでごわすか」

我が意を得たりとばかりに西郷は口角を上げ、板垣は小首をかしげている。

第一隊が敵と適当に戦った後に退くふりをして深追いさせ死地へと導き、伏せていた兵で包囲殲滅《せんめつ》するのが釣り野伏せである。これは戦場で有効であるばかりではなく、子供の喧嘩や、政争にまで応用が利く。

すなわち——。

朝鮮出兵に足る理由を拵え派兵すれば、日本の面目は立ち、諸外国は日本の味方につく。

伊地知は湧いた疑問をそのまま口にした。

「あいもすか。釣るための餌が」

「うむ」

満を持して西郷が語った計画は、伊地知を驚嘆させるに十分なものだった。

日本側は宸翰《しんかん》を携えた全権大使を送る。その宸翰には朝鮮との友誼の復活と海禁の解除を願い、平和な両国の発展を願うと書き添える。これを朝鮮側が受け取ればそれを足がかりに海禁解除を協議してゆけばよいし、破談したなら国際社会で朝鮮の行ないを宣伝すればよい。もし朝鮮が全権大使に危害を加えれば——。日本は朝鮮出兵の大義名分が手に入る。どう転んでも、日本に利が転がり込む。

「そして」西郷は胸を叩いた。「俺《おい》が、その全権大使にないもす」

「正気がか」

板垣は信じられぬと言いたげに目を剝いている。

西郷は魚をまずそうに平らげた後、うむ、と頷き、口元を手ぬぐいで拭った。

「こん役目は小役人にはできもはん。それこそ一国の宰相ほどの格が必要でごわそう。留守居政府をまとめう宰相は、不肖、この西郷隆盛でごわす」

天皇の文である宸翰を無下にすれば日本そのものを否定することになる。だが、朝鮮の非を印象づけるためには、宸翰を反故《ほご》にしただけではまだ弱い。宸翰を携えやってきた一国の宰相を斬り捨てる――。出師のためには、それくらいの名分が要る。

西郷が矢面に立つという一点を除いて、策そのものに隙はない。むしろ伊地知は、西郷という人の変化にこそ興味をかき立てられた。

かつて、西郷という男は薩摩の尊攘派を率いる大将として、同志から広く愛された男だった。国事に奔走するということは様々な物事の表裏に通じ、いくつもの顔を使い分けることと同義である。しかし西郷はそれらの役目を大久保や伊地知に任せ、『俺《おい》らの西郷どん』としてまるで御本尊のように鎮座していた。だが、今の西郷は違う。『俺《おい》らの西郷どん』の像を保ったまま、物事の表裏を見極め、自ら手を汚そうとしている。

西郷の変化に戸惑う伊地知を尻目に、当の西郷は板垣に頭を下げた。

「そういった次第でごわす。板垣どん。申し訳なかこったが、今練っておられもす策、しばらく封じておいてくれもはんか。もしも俺《おい》が生きて帰ってこなかったら、そん時は存分に戦ってくれもせ」

参議を取りまとめる頭《かしら》から頭を下げられる格好となった板垣は、渋々ながらといった風に頷いた。

「大将を失うかもしれんと織り込んで策を練るのは愚策中の愚策やき。けど、大将自らの策であるからには、仕方ない。従うぜよ」

「あいがとさげもした」

頭を下げると西郷は立ち上がり、部屋を後にしていった。

「西郷どん」

慌てて伊地知もその後に続いた。だが、足を引く伊地知では、大股に歩く西郷に追いつくまでにかなりの時を要した。何度か声を掛けた後、歩を進めていた西郷はようやく足を止めて振り返った。

「ああ、伊地知先生」

「ああ、ではありもはん。何度も呼びもしたぞ」

「ここのところ、耳が遠くなってしまいもしてな」

「とぼけないでくれもはんか。西郷どん、こん策、到底呑めもさんぞ。あれは、西郷どんをおちおち死にに行かせる愚策じゃ。いや、そもそも策とすら呼べん。田舎芝居の筋書きでごわす」

振り返ったままの西郷は、先生は手厳しいことでごわすなあ、と短髪にした頭を掻き、穏やかな顔で伊地知を見返していた。

「いや、先生、これしかありもはん。朝鮮を無視することなく、まあるく収めるための手段《て》はこれしか」

「西郷どん」

伊地知はなおも何か言い募ろうとした。だが、西郷の重い声に阻まれた。

「議を申しもすな」

伊地知の背にぞわりとしたものが走った。それが西郷の怒気と伊地知が気づいたのは、少し経ってからのことだった。

「もう、決めたことでごわす」

西郷は目を細め、また前を向き、歩き出した。

一瞬だけ見せた西郷の表情の意味を、伊地知は読めずにいた。だが、しばらく茫然とその場に立っているうちに思い至った。目を細め、伊地知の顔を見つめる西郷の表情は、苦しい、と名のつく感情を映し出していた。

伊地知は肝心なところを推し量ることができなかった。なぜこの時、西郷がそのような顔をしていたのか、それがどうしても分からなかったのだった。

しばらくして、朝鮮問題が朝議に取り上げられた。

板垣は無言を貫いた。代わりに、西郷が雄弁に全権大使派遣論を述べ、心配する公卿や、派兵論を唱える参議の意見をすべて退け、衣冠束帯に身を包み、単身で役目を果たすと請け負った。

伊地知はその間、板垣と同じく一言も言葉を放つこともなく、朝議で発言する西郷の横顔を眺めていた。会議は踊っている。だが、多少の回り道や振り付けの変更はあれど、最終的には西郷の振り付けた踏路《ステップ》に従って進行してゆく。

伊地知は心の奥底にひりひりとした痛みを感じた。その痛みの在処《ありか》も分からぬままに、西郷を全権大使とする使節団を朝鮮に派遣することで決していた。

だが、土壇場で西郷訪朝は取りやめとなった。

国内情勢を知って明治六年九月に外遊から戻った木戸孝允、大久保利通がこれに猛烈に反対したのである。時期尚早、国内問題が山積の今、外事に手を出す暇はない、というのが木戸や大久保の意見だった。朝議は混乱をきたした。一度は帝の承認を得た西郷による全権大使派遣である。賛成派は西郷訪朝計画を急ぎ、反対派は強硬な手段をもって派遣を中止せしめようと動き、両派の板挟みとなった太政大臣三条実美《さんじょうさねとみ》が病で倒れる騒ぎにまでなった。宮中をも巻き込んだこの政争は、帝の聖断を経て西郷の朝鮮派遣を無期延期とすることで落着を見た。

そして、この政争がさらなる混乱を呼び込むこととなった。

「本当に行かれもすか」

「行きもす」

日本橋小綱町にある西郷の家は、質素なものだった。下士の長屋の趣漂うその屋敷は、畳がささくれ立ち、塗壁がところどころ崩れて骨組みが見えかかっていた。家財道具の多くは運び出されたか売りに出されたかして、畳には箪笥の跡がくっきりと残っている。ゆったりと紬《つむぎ》を着流している西郷は、そんながらんどうの部屋に続く縁側に腰を下ろし、猫の額ほどの庭を眺めていた。降り注ぐ陽光の中に溶け、部屋の中に立つ伊地知からは、西郷の姿がぼやけて見えた。

「今からならいくらでも戻れもす。なんなら、俺《おい》が口を利いてもよか。西郷どんが首を一つ縦に振ってくれさえすれば、不肖伊地知正治、いくらでもこん頭、下げて回りもそう」

「伊地知先生が頭を下げるとこを見てみとうごわすな。じゃっどん、先生の頭をそういう風に使っていただくわけにはいきもはん」

西郷の声は驚くほどに朗らかだった。

大きな西郷の背越しに、庭の様子が見える。狭い庭には小さいながら池がある。まるで伊地知の心を映すかのように、水面は淀み切っていた。

西郷が政府を去ることになった。

参議や陸軍大将の地位を返上しての辞任だった。政府は陸軍大将の役職はそのまま残すこととしたが、西郷自身の引退を押し留めることはできなかった。西郷は結局、薩摩に引っ込むこととなった。

この決定が、政府を激震させた。政府に出仕していた薩摩人が次々に辞表を提出し、陸軍将校に多数の欠員が生じたのである。さらには、西郷と同じく下野を決めた板垣退助の後追いをする形で土佐出身の官僚が政府に辞表を提出するなどの動きとなり、現在政府内はおおわらわになっている。

「伊地知先生は、引き留めに来たのでごわすか」

「いや。西郷どんのお考えを曲げるこつなどできもはん。ただ、理由を聞きに来もした。ないごて薩摩に戻りもすか」

しばらく、西郷は無言だった。だが、ややあって振り向き、悪戯っぽい声で答えた。

「嫌になりもした」

その稚気の籠もった言葉に、伊地知は唖然とした。

「そいが答えになうと西郷どんは思っておりもすか」

西郷はしばし目を伏せ、その団栗眼を伊地知に向けた。

「俺《おい》はずっと、大きな船を作りたかと思っておりもした」

「突然何を」

「いかなる人間をも運ぶ大船でごわす。そいこそ、朝敵の徳川や奥州も運べるような大船を」

伊地知はようやく西郷の言わんとするところを察した。西郷は天下国家のことを言っている。普段、西郷が政に対する思いを語ることはなかっただけに、その告白に、伊地知は驚きつつも納得するところがあった。

様々な恩讐《おんしゅう》を乗り越え、かつての朝敵とも手を結び、誰もが飢えることのない豊かな国を作る。それが西郷の夢とするならば、戊辰戦争の折、江戸城無血開城を決めた西郷の行動にも理解がゆく。それに、朝鮮使節論も、国内の様々な主張に最大限耳を傾け従った、皆の意見を統合する落とし所だった。

ようやく伊地知は、西郷隆盛という男の根を摑んだ心地がした。前を向き、西郷が続ける。

「じゃっどん、今の政府はそうはなっておりもはん。国のやりくりにとって大事なもんを守ってばっかりで、困っているもんたちを見捨てておりもす。言うなれば、こん国は、いらん人間を海に投げ捨てて沈まんようにしている小舟でごわす。そいは、俺《おい》の夢見た国の形ではありもはん。だったら俺《おい》は、その舟から落とされたもんらを掬《すく》い上げたか思いもした。見捨てるこっはできもはん」

「西郷どんらしいこっでごわす」

西郷の徳ならば、それができるはずだった。徳を終ぞ持たない伊地知からすれば、眩《まぶ》しくすら見えた。

しかし、西郷の声は重い。

「じゃっどん、きっと俺《おい》はこれから小舟にさせられてしまうのでごわそう。そいなら、俺《おい》は、天下の重石になりたか」

「そ、そいはどういう」

「伊地知先生ならば、そのうちお分かりになりもそう」

西郷は再び振り返った。しかしその顔はもう、光に溶けて判然としなかった。

「伊地知先生、約束してもらえもはんか」

「何でごわそう」

「もし、こん言葉の意味が分かりもしたら、そん時は先生も薩摩に戻ってきてくいもせ。きっと先生は、薩摩になければならぬ人でごわす」

「西郷ど――」

「お願いしもすぞ、先生」

伊地知の疑問を塞ぐように、西郷は頭を下げた。

これが、伊地知と西郷との、今生《こんじょう》の別れだった。

明治十五年　鹿児島　5

伊地知の庵に戻った直後、七之助は倒れるように寝た。

目覚めたのは次の日の朝だった。その日は目を開けるので精いっぱいで、寝返りも打てなかった。身を起こせたのはその翌日の午後で、伊地知の介抱で粥《かゆ》を啜った。ようやく箸を持てるようになったのはさらにその次の日の夜で、空腹にせっつかれてひたすら出されたものを貪った。一杯目はとにかく無我夢中、二杯目あたりから少しずつ味が分かるようになってきて、三杯目には塩気が欲しくなって豆腐に醬油をかけ、口の中にかき込んだ。

「そんなに醬油をかけたら、豆腐の味わいが」

七之助が伊地知の小言に従わなかったのは、これが初めてのことだった。

腹に食い物が満ちてゆくに従い、腑抜けていた総身に力が溜まってゆく。だが、満腹の多幸感とは裏腹に事の重大さが頭上に覆い被さり、七之助に大きな陰りを作った。源之丞が銃を持ち出し乱を起こそうとしていて、大智までも同調している――。そんな現実が、七之助の両肩にのしかかっている。

七之助が箸を置いたその時、伊地知は左目の眼帯の縁をさすりながら、七之助に顔を寄せた。

「で、俺《おい》手作りの飯を食べて、まさかだんまりを決めるつもりではなかかど。何がありもしたか。言い逃れはできんぞ」

七之助の声は、知らず引きつった。

「実は、源之丞と大智が逃げてしまいもして。それで俺《おい》は二人を捜しておりもした。じゃっどん――」

伊地知はじろりと七之助を見据えた。

「もっとましな嘘はつけんのか。そんなぼろぼろになって、飯も満足に食えてない様子、しかもどう見ても手足も萎えておるというに、二人を捜しておったなどと強弁すうか。もう少し、お前は頭がええと買い被っておったが、詭道《きどう》を使いこなせぬようではよか軍師にはなれんぞ」

「あの、別に俺《おい》は軍師になりたかわけでは」

「議を申すな。さっさと言え。何があった」

嘘をつき通すことはできそうになかった。結局、伊地知に詰められる形で七之助はすべて白状してしまっていた。

「――源之丞と大智がか」

伊地知は大きな溜息をついた。

「大智は半ば源之丞に引きずり込まれるようにして……」

「いや、あれも廃仏毀釈のせいで人生の狂った男じゃ。根の深か分、あるいは、源之丞よりも厄介じゃ。東京での用事を早く切り上げてきて、正解だったかもしれん」

伊地知が言うには、東京にいる間中胸騒ぎがしてならず、予定を早めに切り上げて鹿児島に舞い戻ったのだという。その虫の報せは的中した格好になる。

「先生、二人は、どうなりもすか」

「三州義塾を味方につけて警察署を襲った後、県庁を占拠するち言うておったそうじゃな。はっきり言おう。まず、警察署の制圧などできん。西南戦争からたった五年ぞ。当然警察は乱に備えておる。警察署に乗り込んだはええが、そのまま警察の斉射で蜂の巣が関の山といったところぞ」

血の海に斃れる源之丞と大智の姿が七之助の脳裏を掠めた。

「どうにかなりもはんか」

「今んところ、俺《おい》に何の報せもなかし、田上村の周囲にも内偵がうろついている様子もなか。ちゅうこっは、まだ、源之丞たちは警察の網にかかってないということになろう。人数が集められなくて、徒党を組めずに難儀しておる図が頭に浮かぶようじゃな。そう心配しなくとも、乱などできん言うて、またここに戻ってくるじゃろう」

伊地知の物言いに、七之助は口答えをした。

「先生、もしも戻ってこなかったらいけんしもそ。もし、俺《おい》が源之丞で、同じ立場――、仲間も集まらず手元に小銃がある――としたらどうすっか。たぶん、大智と連れ立って、二人で警察署を襲いに行きもす」

「理に合わん」

「じゃっどん、理だけでこん世は回っておりもはん。理なんて、いくらでも投げ捨てるこっができもす」

伊地知は杖を振り被った。思わず七之助は身構える。だが、頭の先に走った痛みは驚くほど小さかった。こつん、と小突かれただけだった。

恐る恐る顔を上げる。こちらを眺める伊地知は右の目を大きく見開いていた。なぜかその顔は、悲しげにも見えた。

「どういたしもしたか」

「――何、ちと、昔の失敗《しくじり》を思い出しただけじゃ」

「失敗《しくじり》、でごわすか。先生でも、そんなこっがありもすか」

「今でも、失敗《しくじ》り続けているのかもしれん」

伊地知は常にない表情を浮かべた。しばらく七之助はそのらしくない表情の意味するところを考え、やがて思い至った。伊地知の表情に名前をつけるとするなら、悔恨、とでもなる。

「先生？」

「一つ、聞いてもよかど」

「何でごわそう」

「お前は、ないごて県の役人になりたくなかど」

二ヶ月近く前に棚上げにした話が不意に蒸し返されたことに、七之助は戸惑った。だが、腹は既に決まっている。

「俺《おい》は、薩摩の人間じゃありもはん。江戸の人間でごわす。もう、江戸は随分変わってしまったと聞いておりもす。それでも、すっかり変わってしまった江戸が、俺《おい》の帰る場所でごわす。俺《おい》は、薩摩には骨を埋められもはん」

『お前は薩摩隼人じゃなか』

薩摩にやってきたばかりの七之助を囃《はや》し立てたのは、確か、居を定めた加治屋町にいた、武士の子であったろうか。その子は、戊辰戦争の緒戦、鳥羽伏見の戦いで父親を亡くしたと後で知った。

七之助の父は薩摩藩の江戸勤番武士だった。代々の江戸在番であったから、本貫地である薩摩の言葉はほとんど使えず、江戸の言葉にこそ馴染み、役の外ではちゃきちゃきの江戸言葉を使っていた。だが、戊辰戦争前夜、江戸と薩摩の間で対立が深まるにつれ、藩の命令で本国へと帰らされた。

父は維新後、小役人として鹿児島藩、鹿児島県に出仕したものの、私学校の蜂起に端を発する西南戦争の戦禍に巻き込まれた。父は私学校に加わらず、役人として職責を全うしていた。だが――。城山攻撃直前、県庁の書類倉庫に火が迫り、父は大事な書類を取りに行ったまま行方知れずとなった。戦が終わり、焼け跡の片付けに当たっていた役人が、父の死体を見つけた。父は何かを守るように両手を胸の前で交差させていたという。だが、その腕の中には、何も残っていなかった。

父にとっても鹿児島の日々は困惑の連続だったろう。父は芝居見物を月に一度の楽しみにしていた趣味人で、小さい七之助にあの役者が凄かったと身振り手振りを交えて教えてくれた、そんな人だった。お前が大きくなったら一緒に観に行こう、そう指切りもした。だが、大きかった父の背は、薩摩暮らしが長くなるにつれ、どんどん縮んでいった。

子供の頃には、父の憔悴の理由に思いが至らなかった。

だが今は、その思いが痛いほどに分かる。

本貫地は薩摩かもしれない。だが、己は薩摩人ではない何かだった。

だからこそ、源之丞や、大智の思いに寄り添うことができなかった。源之丞のように、薩摩人の誇りは持てない。大智のように、愛する故郷をないがしろにされた悲憤慷慨などありはしない。源之丞も大智も、懊悩《おうのう》の方向性は違う。だが、「薩摩人であること」に始まりがあるように七之助には思えた。七之助にとって薩摩は、感情を寄り添わすことのできない、異邦の地に他ならなかった。

薩摩人ではない俺は、何者なのだろうか。

そんな思いを抱え、七之助は今もここにいる。

「――そか。上手くいかん」

伊地知の言葉は、七之助に向けられたものではないように思えた。伊地知が独語するのも稀《まれ》なことだった。それだけに、七之助は狼狽《うろた》えた。

だが、そんな中でも、七之助にはある一つの思いがあった。

七之助は恐る恐る口を開いた。

「先生、俺《おい》は、二人を止めとうごわす。もう、乱を起こしてはいけもはん。そんなことをしても、薩摩のためにも、こん国のためにもなりもはん。それ以前に、二人は机を並べた仲間でごわす。俺《おい》は、行きもす。先生」

手伝っていただけもはんか。そう言いかけて、七之助は口をつぐんだ。あることに再び思い至ったのだった。

四丁の銃。あれを持っていたのは、伊地知だった。

あの銃を隠匿していた伊地知の腹の内が、七之助にはどうしても分からない。

あるいは伊地知もまた、乱を起こそうとしていたのかもしれなかった。

「どうした」

「いえ、何でもありもはん」

七之助が顔を伏せると、伊地知は腕を組んだ。

「二人の件は、俺《おい》に任せい。お前が心配するこっはなか」

飯を終えた七之助は、「寝もす」とだけ言い、囲炉裏端の布団にまた潜り込んだ。

だが、寝ているつもりは七之助にはなかった。

布団の中で平服に着替え直し、伊地知が庵から出るのを待った。幸い、伊地知はしばらくすると野良着に着替え直し、杖を突いて表に出て行った。格好を見るに、庭仕事に向かうつもりだったのだろう。伊地知が戸を閉じるのを見計らい、七之助は布団を跳ね上げて上り框に座ると草鞋を履き、立ち上がった。

七之助は庵の戸を開いた。強い日差しが七之助の目を焼いた。腕で目の上に庇《ひさし》を作りながら、七之助は表へと飛び出した。

五章　明治　2

伊地知は杖を突き、指定された部屋へ向かった。この日は墨染めの半着に鼠色の袴を合わせ、雪駄を履いていた。麻の着物は触れる度、からりと肌から離れてゆく。一方、随行させている秘書官は山のような書類を抱えふうふうと息をつきつつ、玉の汗を顔中に浮かべていた。

伊地知は周囲を見回した。南に面した廊下には掃き出しがなく、腰くらいの高さから天井にまで大きく取られた硝子《ガラス》窓がはまり、燦々と外の光を取り込んでいる。洋服に身を包む役人たちが板敷の廊下の上を土足で行き交う様は、異国に迷い込んだかのような錯覚を伊地知に覚えさせた。

伊地知はこの建物——内務省の官舎が好きではなかった。日本の大工を動員し、上辺だけ異国風に取り繕ったこの官舎の在り方が、本来の国ぶりを忘れつつある日本の今を鏡映しにしているように見えてならないがゆえだった。

内務省の一角、高級官僚の執務部屋前の廊下に足を踏み入れたその時、伊地知は周囲に流れる剣呑な気配に気づいた。先ほどまではどこか和やかであった雰囲気が消え去り、重苦しい沈黙が満ちている。伊地知の杖を突く音さえも廊下いっぱいに響き渡る。

やがて、目的の部屋の前に至った伊地知は、ドアを強く叩いた。

「どうぞ」

言われるがまま、伊地知はノブを回してドアを開けた。

中は、床一面に赤じゅうたんが敷かれ、壁に沿って西洋風の小さな棚がいくつか置かれているがらんと広い大部屋だった。部屋の真ん中に置かれた、一人で使うにはあまりに大きい木製の洋卓《テーブル》の前、南向きの窓を背に、大久保利通が座っていた。

「よく来てくれた。伊地知さん」

誰にも聞こえないように伊地知は小さく鼻を鳴らした。大久保が薩摩言葉を矯正してしばらく経つ。だが、伊地知はなおも大久保の変化に慣れることができなかった。

西洋割羽織《フロックコート》姿で、カイゼルひげまで蓄えた大久保は、洋卓の前、ドアの横近くにある応接用の革張椅子《ソファ》を伊地知に勧めた。その勧めに従い伊地知が腰を下ろすと、大久保は伊地知と差し向かいになるように座った。革張椅子は伊地知を包み込むようにへこみ、ぎっと軋んだ。まるで雲の上に乗っているようで心穏やかでいられない伊地知を前に、大久保は革張椅子の上で足を交差させ、薄く微笑むと軽く頭を下げた。

「ここのところ、色々仕事に追われていてな。すっかりご無沙汰をしていて申し訳ない」

「忙しそうで何より。俺《おい》のようなお飾りの参議とはわけが違う」

大久保は伊地知の皮肉を前に、苦笑いで応じた。

伊地知は明治六年の政変の後、政府の中枢たる左院議長に任命された。これでようやく政府の非道を糺すことができると喜んだが、事はそう簡単にはいかなかった。それもこれも、目の前の男のせいだった。

「大久保どん、俺《おい》に仕事を割り振ってもええ。何でもかんでも内務省を噛ませる必要はなか」

大久保は微笑を湛えている。だが、目は笑っていない。

「いや、内務省は行政事務を担う省庁であるからには、瑣事《さじ》であっても監督に当たる必要がある。多忙はこの国の政治課題がそれだけ多いことと捉え、内務省の役人一同、粉骨砕身しているところだ」

ぎしぎしと悲鳴を上げる革張椅子の上で、伊地知は強く杖を握り、内心の怒りを静めた。

内務省は明治六年政変の後に置かれた省庁である。

表向き、強すぎた大蔵省の権限を引き剝がすために新設されたこの内務省だが、蓋を開ければ何のことはない、大蔵省の巨大な権限が内務省に移管されただけのことで、結局は各省の総覧者が変わっただけの〝改革〟ごっこだった。

伊地知は秘書官から書類の入った風呂敷包みをひったくった。

「これを見い」

伊地知は持参した風呂敷を開き、各省庁の事業計画や政策の実行計画書といった書類を目の前の卓に広げた。だが、その表紙のどれにも『内務省不許可』の印が題字を遮るように押されている。

「これでは各省庁が困るこっになる」

「省庁は政策の企画立案を行なう。内務省は実現可能性があるかどうかを精査する。それに何の問題があるか」

「すうべき政策がないがしろにされておる」

左院議長の肩書きのためか、伊地知の下には山のように陳情が集まる。

伊地知が持参したのは、何としてもこの計画は通したいと各省庁の者たちが泣きついてきた政策案ばかりだった。省庁側も伊地知に持参するにあたり相当検討を重ねているのか、伊地知が目を通した限りではなかなかに練られた内容ばかりだった。

大久保は胸の前で指を組み、革張椅子《ソファ》に寄り掛かった。

「ふむ、内務省と雖も間違いはある。では、伊地知さんがこれはと思うものを教示いただこう」

伊地知は持ってきた書類すべてに説明を加えた。だが、その都度、大久保は問題点を指摘した。時期尚早、予算の目途がつかぬ、目的の設定が不明、理想に走りすぎて実現性が低い……。

大久保の刃のような言葉は、次々に建白の穴を広げ、切り裂いていく。

伊地知の持ってきた書類すべてを脇に除《の》けた大久保は、呆れたように息をついた。

「感心しないな。伊地知さんのやっておることは、政府機構に対する逸脱行為だ。その挙げ句、何も見るべきところがないのでは、この建白を持ってきた人間の眼力を疑わざるを得なくなる」

「大久保どん、お前は、こん国を私《わたくし》すうつもりとか」

「私はあくまで職務としてこれらの精査を行なっているのであって、私情は差し挟んでいない」

長い付き合いだからこそ、大久保の性格は熟知しているし、その才覚についても高く買っている。少なくとも、そのつもりだった。だが、今――、若い頃から共に駆け回っていた同胞を、伊地知は許せなくなり始めている。

「また来る。見どころある陳情があらば、また大久保どんにお届けすうでな」

伊地知は軋むほど強く杖を握って立ち上がり、ドアへと向かった。

なおも革張椅子に腰を下ろしたままの大久保は、ぽつりと言った。

「ああ、待っている」

大久保の声には、深刻な疲れが滲んでいた。

そのことに気づきながらも、伊地知は無言でドアを開いた。

丁度、ドアの前に一人の男が立っていた。

三島通庸だった。黒の西洋割羽織《フロックコート》の格好は、薩摩にいた頃よりも洗練されている。かつてはざんばらにしていただけの髪も、大久保のように脂で固めているらしく、てかてかと光っていた。

「おお、三島か」

伊地知は快活に声を掛けた。すると三島は恭しく頭を下げた。

「ご無沙汰しておりもす、先生」

「何だ、お前も大久保どんのところに顔を出しに来たか」

「週に二度はお目にかかって、大久保どんの下で色々やっておりもす」

「そか。なら、大久保どんに、もう少し頭を柔らかく使えと言っておけ」

三島の顔は浮かない。しばし、言葉を探すように口ごもっていた三島は、意を決するように唾を飲み、口を開いた。

「先生、どんなに頭を柔らかくしても、金は生まれもはん」

「どういうことでごわす」

「大久保どんも、いじわるを言うておるわけではありもはん。政府には先立つものがないのでごわす。今は忍従の時でごわす」

「派手好きのお前が、随分と慎ましくなったのう」

皮肉を言ったが、三島は取り合わなかった。

「派手にやるのは、あともう少しお待ちくいもせ」

眉根に皺《しわ》を溜めた三島は、伊地知と入れ違いに大久保の部屋へと入っていった。

三島は明治四年に中央政府に招聘《しょうへい》され、大久保の下で東京府の民政に当たっていると聞いていた。三島もまた、纏う気配が大久保に似始めている。

大久保に弟子を奪われたような心地に襲われた。伊地知は三島と自分とを分かつ分厚い木製のドアをしばし眺めていたものの、ややあって部屋を後にした。

廊下で杖を突く伊地知は、西郷の言葉を思い起こしていた。

『天下の重石になりたか』

時折、その言葉の意味を考えている。だが、答えは出ない。

伊地知は内務省官舎を後にした。

庭先の梅は、ようやく蕾《つぼみ》が膨らむところだった。

それからしばらくして、大問題が出来した。

左院議場は静まり返っていた。あまりのことに、皆、声が出ない様子だった。伊地知は議長として各人に意見を求めたが、指名された者たちはおどおどと愚にもつかない私見を述べるばかりだった。

佐賀で反乱が起こったという報せが東京に届いた。

薩長土肥の一角を占める佐賀は、戊辰戦争の際にも尽力した雄藩である。その功に応え、新政府は佐賀出身者を官吏に登用したが、他藩と同じく、戊辰戦争を戦った兵の多くは十分な恩賞を与えられないまま野に捨て置かれていた。そうした者たちが、徒党を組み、暴発した。

それだけならば、驚くことはなかった。戊辰戦争のおかげで全国に武器が行き渡っていた。

何かあれば戦が起こるだろうことは容易に想像がつくところだった。

政府を戦慄させたのは、この乱の首謀者に担がれた男の名前だった。

参議の一人が苦々しげに口にした一言が、会議の場を駆け巡った。

「まさか、江藤殿が乱に加わってしまわれるとは」

江藤新平は司法卿、参議を歴任した佐賀の顔役だった。明治六年の征韓論政変で下野してしまったが、新品《さら》の手ぬぐいのような江藤の人となりには好感を持ち続けていただけに、伊地知は此度の件には衝撃を受けながらも、どこか納得もしていた。きっとあの男は、今の世に嫌気が差してしまったのだろうと。

「江藤殿は乱の気配を知り、制止するために佐賀に赴かれたという。木乃伊《ミイラ》取りが木乃伊になるとはまさにこのこと」

某参議の軽口が癇《かん》に障り、伊地知は議長権限で私語を咎《とが》めた。

軽口参議が黙りこくり、代わりに、その二つ隣の某参議が息をついた。

「問題は、これからどうするか、ぞ」

この参議は問題を整理した上で、取るべき道を提示した。

一つ、乱の首謀者に歩み寄る。

一つ、乱の首謀者の意見を聞き、なだめ、解散させる。

一つ、乱の首謀者の意見を聞き、解散の意思がないと判断したならば攻撃する。

「首謀者も、やみくもに挙兵したわけではなかろう。何らかの言い分はあるはず。それを聞くのがまずは肝要であろう」

伊地知は議長の立場ゆえ、何も言えず、卓の下で扇子を撓ませていた。

そんな中、皆を総覧する位置に座る大久保が挙手し、口を開いた。

「今の意見について」

議場が一気に凪いだ。

「賊ばらに歩み寄れ、そう言っているように聞こえましたが、私の聞き間違いでありましょうな」

大久保は言葉の刃で議場にいる一人一人の胸を刺し貫いた。先ほど意見を発していた参議は唇を青くし、目を大きく見開き、まるで幽霊を見たかのような顔を大久保に向けていた。

大久保は卓を軽く拳で叩いた。卓の上の衝撃が座る皆に伝播し、次々に凍りついていく。すっかり氷原と化した議場で大久保は椅子を蹴って立ち上がり、広げた手でもう一度卓を叩いた。

「これは乱、つまりは賊による静謐の破壊です。賊ばらに、何の理がありましょう。単純に、罪を犯したる不逞者として追討すればよろしい」

「し、しかし――」某参議が恐る恐るの体で手を挙げた。「乱の首謀者に、元参議の江藤新平殿がおられる。それでは、体裁が――」

「もし元参議を攻めるのがまずいのなら、それまでの肩書きや官位を過去に遡ってすべて剝奪すればよろしい。繰り返します、これは志なき反乱です。首謀者たちの言い条を聞く必要は一切ない。ただただ粛々と兵を送ればよい」

参議たちの意気はすっかりしぼんでいる。

大久保は一座を見回した後、冷たい気を放った。

「もし誰もやらぬならば、私自ら兵を率い、この乱を収めましょう」

参議たちは何か言いたげに顔を上げたものの、皆、巨大な獣を目の前にした小動物のように目を泳がせた。

大久保は手を振り回し、演説をぶった。

「ここは断固たる態度を取るべきです。もし異論なくば、今日にも兵を仕立て、出立しましょう」

さすがに我慢ができなかった。

伊地知が声を発した。

「ちっと待たんか」

大久保がこちらに向いた。

「左院議長、何か」

鋭く光る大久保の目に晒された伊地知は、己の背につうと汗が流れたのに気づいていた。かつて、大久保は西郷の下で動き回る二番手の男に過ぎなかったが、西郷の下から離れたことで、政を担う人材としてさらなる成長を遂げた。この男は、誰かの陰で働くような男ではなかったのだと伊地知は見た。

伊地知は耳の穴を小指で掻きつつ口を開いた。あえて、芝居じみた態度を取ったのだった。

「俺《おい》は左院議長ゆえ、本来は発言を許されん。じゃっどん、どうしても意見を喋りたく」

「いかんと言ったらどうする、と言いたいところだが――」大久保は黙りこくる参議たちを一瞥した。「会議がこれではいかんともし難い。よろしい。存分にご発言を」

なぜ左院議長などという地位に就かされていたのか、この時になって伊地知はその理由に思い至った。結局のところ、これは伊地知から実権を奪うための人事だったのだと。そして――。大久保がこの場で伊地知に発言を認めたことの意味も考える。いくら考えても明白だった。大久保は、伊地知に舌戦で勝てると高を括っている。

伊地知は穏やかな言葉遣いに改めた。

「まず、内務卿に兵を率いる権限はないと思いもすが、それはどうお考えでごわす」

「一時的に権限を与えればよい話。それに、内務省は国内の治安も司っている。警察では治安維持の手が足りず軍に協力を要請した形にすれば、内務卿が軍を指揮することに手続き上の問題はない。次」

「ただでさえ多数の懸案を抱えている中、戦《ゆっさ》に費えを出すこっについて内務卿としてどうお考えでごわす」

「治安問題は国の安寧を保つ最重要課題。優先度は他の懸案と比べるべくもない。次」

「未だ徴兵は練度が低く、戦《ゆっさ》に出すには時期尚早。どう考えてごわすか」

「質の至らぬ分を量で埋めるのが徴兵制度の肝。兵が足りぬのなら、追加で徴兵すればよい。次」

次々に伊地知の発言が潰されてゆく。淀みもなく出される大久保の答えには一分の隙もない。事前に答弁を練り上げていたのだろう。

ならば――。伊地知は虎の子の問いを発した。

「内務卿が兵を率いることができるちゅうこっなら、左院議長である俺《おい》も、兵を率いることができもすな」

「何」

大久保の瞳が初めて揺らいだのを捉え、伊地知は身を乗り出した。

「内務卿は替えの利かぬ地位でごわす。内務卿に軍を率いた経験はありもはん。そいに引き換え、左院は人が揃ってごわす上、俺《おい》は、戊辰の戦《ゆっさ》でそれなりに戦功を積みもした。どちらのほうが兵を率いるに適任か、火を見るよりも明らかでごわす」

佐賀の乱を鎮圧することについて、伊地知も異論はない。それどころか、即時鎮圧を唱える大久保に同調すらしている。だが、大久保自ら兵を率いることだけは看過し難かった。大久保の身を案じているわけではない。各省庁の手綱を握り、事実上政府の首班の地位にある大久保が軍事の大権まで握るのは、五箇条の御誓文に謳う「萬機公論ニ決スベシ」の精神に反する行ないに見えたのだった。

かつて大村益次郎は西郷を足利尊氏になぞらえた。だが、足利尊氏とは大久保のような者のことではないかと伊地知は泉下の大村に心中で語りかけた。この時、伊地知の心中には、強烈な思いがとぐろを巻いていた。かつての友を足利尊氏にしてはならない、そんな使命感にも似た願いだった。

だが、大久保は怯まなかった。

「伊地知どんでは無理じゃ」

突然、大久保の口から薩摩言葉、しかも伊地知ですら俄かには聞き取れないほどきつい訛りが飛び出した。

伊地知は、大久保の言葉に射すくめられた。その合間に大久保はなおも続けた。

「分かっておらんようじゃども、あえて言う。ないごて伊地知どんが軍に迎えられなかったか、そん理由がわからんか。伊地知どんはもう時代遅れじゃ。伊地知どんの軍法はもう古か。薩摩の兵じゃなかど指揮ば執りとうなかとごねる、戊辰戦争の時ですら時代遅れじゃった密集戦法に固執すう、ついには徴兵制には反対すうでは時代遅れと言われても仕方なかど」

腸《はらわた》が煮えくり返りそうだった。その時、学者と自らをもって任じていた己が、武辺としての誇りをなおも有していたことを知った。

伊地知の口吻から、敬語が落ちた。

「大久保どん、撤回せえ。いくら同胞じゃいうても、今のは聞き捨てならんぞ」

「聞き捨てんで構わん」

伊地知と大久保の言い争いに、薩摩出身の参議は絶句し、意味が取れぬまでも険悪な気配を悟った他藩出身の参議たちも二人の顔を見比べている。

大久保はさらに怒鳴った。

「己が時代遅れち気づかんのは、本当に時代遅れの証ぞ。知っておるか。伊地知どんが育てた合伝流の弟子たちは皆、西洋式の軍法を学んで、今や合伝流など捨てとる。お前の愛弟子の信吾ですら、今、西洋軍法を学んでおるんじゃ。薩英戦争やら禁門の変やら、戊辰戦争やらの功を誇っておるは、伊地知どんお一人だけじゃ」

伊地知は椅子を蹴り、杖を突いて大久保の前に立つと空いた手で胸ぐらを摑んだ。

「俺《おい》がいつ功を誇った」

伊地知の手に吊り上げられた大久保の顔を覗き込んだ時、伊地知は気づいた。あれほど激高していたように見えた大久保は、いつの間にか元の平静を取り戻し、伊地知を冷たく見返していた。

伊地知の周りには議場を警備する護衛たちが控えていた。

大久保の掌の上で転がされていた。これは、大久保による釣り野伏せじゃ――そう伊地知は気づいたが、後の祭りだった。

「伊地知議長、退出を」

議場に響き渡った大久保の言葉には、薩摩言葉の影はなかった。

と同時に、傍らに立っていた護衛が伊地知を羽交い絞めにした。

「大久保どん」

伊地知は身の自由を奪われながらも叫んだ。多勢に無勢、どんなに身をよじらせても廊下へと引きずられてゆく。そんな中、あらぬ方を向いていた大久保は、不意に、伊地知に向いた。

「この一件、私に任せていただこう」

大久保の表情は、すぐに閉められてしまったドアのせいで、おぼろにしか判然としなかった。

だが、僅か一瞬、伊地知に捉えることのできたその表情は、何かに困惑しているようにも、何かを恐れているようにも見えた。

結局、佐賀で起こった反乱は、大久保利通自らの出陣により鎮圧された。首謀者と目された江藤新平は公の場での弁解は許されず、斬首された。このあまりに手早すぎる処理には、政府にいた頃、政策を巡り江藤と対立するところの多かった大久保の私心の為せる業ではないかという風説が流れ、回り回って伊地知の耳にも入った。

大久保利通はさながら天朝様のようだ――。

政府内で、大久保は悪鬼か羅刹かとばかりに恐れられている。

伊地知は一個の人間としての大久保を知っている。だが、時折、風説の大久保が本物で、己が親しく付き合ってきた大久保は偽物なのではないか、そんな錯覚にさえ襲われた。

佐賀の乱からすぐ、また新たなる火種が燃え盛った。

事の起こりは、宮古島島民の台湾遭難事件だった。明治四年、宮古島の島民が嵐に合い漂流、台湾に流れ着いたものの、現地人に襲われ略奪に遭い、五十四名が殺害された。この事件の処分を巡り台湾の宗主国である清国《しん》との交渉が続いていたが、原住民は国家の統治から外れた存在であると清は主張し、補償を求める日本との交渉は平行線を辿った。さらに明治六年、岡山の難破船が同様の被害に遭ったことで国内世論が再び沸騰、不平士族たちが勇ましくも派兵論を口にし、軍人もその風潮を煽《あお》った。

伊地知は議長として議会の場にあった。

内心、伊地知は出兵に反対だった。

征韓論政変の際、内治優先を唱えて征韓論を潰したのは、今の政府の担い手たちだった。であるからには、外交上の摩擦には穏便に対応するのが国家としての筋だった。左院でもこの事件の対応について諮られたが、大久保の強硬な意見だけが議場に響き渡った。議会には大久保に楯突くだけ無駄と言わんばかりの諦めが蔓延し、自ら進んで意見しようという参議は一人としていなかった。かくして、ほとんど反対もないまま、台湾への出兵が決まった。

大久保が清へ出立する日、伊地知は新橋駅を訪ねた。

無論大久保を見送るためだが、駅にはほとんど人影がなかった。日を間違えたかと思ったが、駅舎の奥に設えられた貴賓室には、黒コートにシルクハットという西洋人そのものの姿をした大久保の姿があった。部屋の奥に陣取り、足を組んで座る大久保の周りには人がほとんどおらず、随行員たちも遠巻きにするばかりだった。まるで、大久保一人が誰にも見えない小部屋の中に閉じ込められているかのようだった。

「おう、大久保どん」

あえて気安く声を掛ける。すると、目を伏せていた大久保が顔を上げた。

「伊地知さん、来てくれたのか」

大久保は以前から頬がこけていたが、もはや、影が服を着てそこに座っているかのようだった。

「ああ、最近のお前は好きではなかが、昔のよしみぞ」

伊地知は大久保の横の席に座った。

「伊地知さんらしい直言だ」

大久保は虚《うつ》ろに笑った。随行員たちが変な目をしてこちらの様子を窺っていたが、伊地知は見て見ぬふりを決め込んだ。

伊地知は口の端を曲げた。

「何を急いでおる」

「何を言っている」

「ここんところのお前は、明らかに焦っておる。何をそんなに焦る。ないごてお前がまた出師に関わる」

大久保はこちらを向いて、椅子に寄り掛かった。その動作が、まだ伊地知たちが薩摩にいた頃、ふとした会話の折に見られた大久保のそれと不意に重なった。大久保は昔から何も変わっていない。

「佐賀に続き、乱が起こるだろう」

「何と。信頼でくっ筋の話か」

「ほぼ間違いあるまいと見ている。全国に張り巡らした密偵に拠れば、怪しい場所がいくつかある」

「どこぞ」

「お前相手でも話せない」

伊地知は舌を打った。だが、お飾りの左院議長に過ぎない己にここまで腹を割ってくれただけましなのかもしれぬと伊地知は考え直す。

「で、士族反乱と台湾出兵がどう繋ぐっ」

「士族反乱は、現政府への不満によって起こる。すなわち、彼らの不満の種である、異国への弱腰を改めて強気の行動に出れば、暴発の時を稼ぐことができる」

「じゃっどん、そいなこつ、ずっと続きはせん。そいに、内患の痛みを和らげるために外憂を招いては本末転倒ではなかど」

「承知の上だ」

「今回の出兵は、征韓論政変との釣り合いが――」

「言われずとも、分かっている」

深く息をつくように、大久保は言った。その顔は疲れ果てた老人のように、深い影を帯びていた。

今回の台湾出兵には義がなく、長い目で見れば国益を損ねかねない危険な綱渡りだった。だが、その不利益や政策実行者としての不徳まで、大久保は一人で呑もうとしている。随分、遠くまで来てしまったような感慨に伊地知は襲われた。薩摩の下士に過ぎなかった若造が、気づけば天下国家を背負い、それぞれの思惑や考えを持った上で角を突き合わせている。

瞼の裏に浮かぶ桜島の山容、そして今、その懐に抱かれているはずの男の姿が伊地知の頭を掠めた。

「――西郷どんが、懐かしくなってきた」

「ああ、西郷さんか」

「西郷どんとやり取りはしておっか」

「随分手紙を送っていない気がする。そういう伊地知さんは」

「送っておらん」

西郷に文を出すのが躊躇われたのは、余計なことを書いて西郷の心を悩ませたくなかったからだった。昔から西郷は人の愚痴や思いを受け止めすぎるきらいがあった。

「ならばよかった」

曰くありげに大久保が口にした時、甲高い笛の音が辺りに響いた。

「おや、発車の時間か」

わざとらしく口にした大久保はのそりと立ち上がった。

「では行ってくる」

「ああ。そういえば」

伊地知は持ってきていた風呂敷包みを開き、中に入っていた五寸四方ほどの蓋つきの木箱を大久保に押し付けるようにして渡した。

「餞別じゃ」

「ああ、すまん。開けてもよいか」

「大したものではなか」

「謙遜するな」

苦笑いしながら大久保は蓋を開き、中身を見下ろした。

「炭団か」

「手ずから練りもした」

未だ黒いものが取れない手を、伊地知は大久保の眼前に晒す。

ひび割れた伊地知の手をまじまじと見遣った大久保は、炭団の入った蓋を閉じた。

「私如きにはこれで十分ということか」

「いや、貧乏しておってな。これくらいしか用意できんかった」

「役料はどうした。相当貰っているはずだろう」

伊地知は後ろ頭を掻いてみせた。

「ほぼすべて、本に溶かしてしもうた。学者は古今東西、本代が嵩《かさ》むもんぞ」

「伊地知さんらしいな」

大久保は啞然とした後、噴き出した。

伊地知は嘘をついている。

本を買い漁っているのは事実だが、伊地知の貧乏はそれだけが原因ではない。伊地知は陳情にやってくる者たちに、自らの身銭を切って援助をしていたのであった。ある者は休耕田を復活させんと、またある者は初等教育のための資金繰りに苦しみ、伊地知屋敷の門を叩く。そうした者たちを無下に帰すことが、伊地知にはどうしてもできなかった。

顕職にある人間が私財を擲《なげう》ち民を救うという行ないは、己の為政者としての非力非才を認めるのに等しい。それが嫌で、伊地知に嘘をつかせたのだった。

少し前、近所の池の畔で行き倒れていた男を助けた。名を聞かれたが、伊地知は咄嗟《とっさ》に名乗ることができず、池の神様と答えたことがあった。政を預かる立場だというのに、自宅の目と鼻の先で飢えている人がいる。そのことが、どうしても許せなかった。

「本集めは病ぞ。じゃっどん、俺《おい》はそうして生きるしかなか」

「私が今のように生きるしかないのと同じこと、か」

炭団の箱を手に持ったまま、大久保は少しばかり笑った。まだ二才《にせ》であった頃、国事のためと気炎を吐き右も左も分からぬままに駆け抜けていた、そんな昔の大久保そのままの、どこかひねたような、構えた表情だった。

ばつ悪げに元の氷の内務卿の顔を取り戻した大久保は、軽く手を挙げた。

「では、行ってくる」

「ああ、行ってこい」

そうして、伊地知は大久保を送り出した。見送りのほとんどない汽車は、見る見るうちに小さくなった。

伊地知は雨戸を閉め切った部屋の中で紙燭を灯し、文机に向かっていた。一生を費やしても読み切ることのできぬほどの本の山を見上げつつ知の遼遠を思い、目の前の本にまた目を落とす。

何もかもが上手くいかない。そんな鬱屈が、伊地知を暗室へと導いた。真っ暗な部屋の中ならば余計なものを見ずに過ごすことができると気づき、日がな一日暗い部屋の中で過ごすようになったのだった。

　ここのところ、伊地知は暇をかこち、家で過ごしている。

　明治八年、伊地知は左院議長を退いた。未練はなかった。とはいえ、しばし待命扱いとなったことには思うところがあった。戊辰戦争の恩典があるため毎年一定の金が懐に入ってはくるものの、かといってお役目がないのは、お前など不要だと宣告されたようで気分が悪かった。

　薩摩に戻ることは許されなかった。何度も帰郷伺いを出しているのだが、毎回のように却下されている。

　西南雄藩がきな臭い。戊辰戦争の頃、力を尽くした雄藩は政府の役人を多数輩出しているが、一方で、数多くの士族は報われないまま郷里で生活している。その陰影がさらに濃くなっていた。

　この前、板垣退助が東京の伊地知邸を訪ねてきた。

　板垣と会うのは久しぶりのことだった。板垣は征韓論政変で下野した後、郷里の土佐へと戻っていたのだった。伊地知は板垣を家の客間に招き入れ、しばし昔話に花を咲かせた。だが、その途中で板垣は声を低くし、伊地知に問いを発した。

『伊地知殿は、薩摩に戻られないがか』

　政府から許可が出ないと説明すると、板垣は苦々しげに舌を打った。

『政府が伊地知殿を恐れておるがぜよ』

戊辰戦争において白河城を抜き、会津若松城を開城に導いた伊地知の軍略が不平士族の手に渡るのを恐れている、ゆえに帰郷許可を握り潰しているのだ、というのが板垣の見立てだった。

『もし伊地知殿が薩摩の兵を用いて戦えば、徴兵どもなんて蹴散らせるのではないがか』

物騒なことを言いもすなと冗談半分に叱ったものの、板垣は真顔だった。

『いや、本気で言っておるがよ。――伊地知殿は、今の政府をどう思っているがか？　公明正大とは程遠い有司専制を批判する者も多いぜよ』

有司専制。この頃流行っている言葉で、政府の独裁じみた態度を指したものである。そして、この批判の矛先は内務卿大久保利通の首元に突きつけられている。

『伊地知殿が帰郷を許されないのは、誰に担ぎ上げられるか分からないからぜよ。――もし、あんたが土佐の人間だったら、何としても土佐へ引っ張るところぜよ』

その話はそれで終わった。その後、再び昔話に花を咲かせたのち、用事があるとかで板垣は伊地知の前を辞していった。

土佐に戻り同地の不平士族の頭目になったという板垣の噂は、伊地知も耳にしている。具体的に何をしているのかは知らないが、この日の口吻からすると、政府に不満を抱いているようではあった。そして、冗談であろうとはいえ、軍師である伊地知を招聘したいと口にした――。そこに中央政府への叛意《はんい》を見出すのはさして難しいことではない。

板垣はいくつか見立てを誤っている。

一つは、徴兵への思い込みだった。制度の施行当初は弱兵であった徴兵も、佐賀の乱、台湾出兵と着実に実戦経験を積んでいる。その戦いぶりを伝え聞くところでは、かつての伝習隊や薩摩兵ほどではないにせよ、それなりの練度には至っているらしい。仮に戊辰戦争時分の薩摩の練兵が手元にあっても、今の徴兵を敵に回して十中十の勝ちを拾える自信は伊地知にはない。徴兵は兵力の補充が容易で、数の有利を作りやすい。精兵千に対しては万で当たればよい――。下手な鉄炮式で来られたら、軍略も何もあったものではない。

そしてもう一つ――。板垣は、伊地知の軍法を高く評価しすぎている。

政府は盛んに留学生を西欧に送り、留学生の学んできた西洋軍法は着々と日本でも実を結びつつあった。参議時代、軍の教練を視察したことがあったが――。小銃隊を散開させて前進させ、その背後から砲で援護する散開戦術をしきりに研究していた。近くにいた将に話を聞けば、今は連発が利く新式銃が制式化されて命中精度も桁違いに高まったため、密集戦術は不利益ばかりが目立つようになったと回答された。

伊地知は悟った。合伝流の軍法では、政府軍を打ち崩すことはできない。

合伝流の前提は、敵の密集――火縄銃で武装し、槍や刀を携えている――状態である。だからこそ斉射に意味がある。が、歩兵が散開している政府軍相手では、斉射を行なったところで打撃を与えるのは難しい。当代の戦において合伝流の軍法は、狭隘地の取り合いや陣地戦といった局地的な場面でしか効力を発揮し得ない。

部屋の外から響く家人の声で、伊地知は現実に戻された。出かける時間らしい。息をついた伊地知は紙燭の炎を消して暗い部屋から出ると、家人に外行きの服を用意させた。この前仕付け糸を抜いたばかりの鼠色の紬小袖に袴、羽織を合わせ、鍔の眼帯を左の眼窩《がんか》に当てた。杖を突き、馬車に乗り込んで伊地知が向かったのは、皇城内にある内務省の官舎だった。西洋風の屋敷を見上げつつ、伊地知は仰々しい出入り口《エントランス》から中に足を踏み入れた。他の者たちは守衛に呼び止められて何か書かされているようだが、伊地知は守衛と顔見知りになっている。手を軽く挙げただけで通された。

そうして廊下を行き、目的の部屋の前に至ったその時、伊地知は思わず顔をしかめた。

大久保の部屋の前には洋服姿の男たちが何人も屯している。椅子が数脚用意されているが、来客はそこからはみ出してしまっている。皆、苛立たしげに天井を見上げたり窓の外を見遣ったりしていたが、回転そのものは悪くない。次から次に居並ぶ男たちが部屋に入り、暗い顔をして出てくるのを幾度か見送るうちに伊地知の番となった。

「ああ、なんだ、伊地知さんか」

部屋に入るなり、拍子抜けした風な大久保の声を浴びる羽目になった。大久保はいつものように執務机に向かい、細い指を卓の上で組んでいた。

「顔色が良くなか。豆腐でも食え」

カイゼルひげで隠れてはいるが、大久保の顔はやつれ、肌は幽霊のように蒼かった。大久保は力なく笑い、伊地知の軽口を袖にし、力なく笑った。

「もういい年齢なんだよ。ある種の人間は理由なく痩せ、またある種の人間は理由なく太る。年は取りたくない」

大久保は執務机から立ち、伊地知に応接用の革張椅子《ソファア》を勧めた。その近くには、大きな火鉢が置いてあり、煌々と熾火《おきび》が光っている。

革張椅子に深く腰を下ろした大久保は、短く息をついたのち、疲れを滲ませた声を発した。

「で、伊地知さん、今日は何用で」

「先日出した建白がどうなったか、聞きに来た」

「ああ、あれか」

大久保が目を揉む前で、伊地知は手先を火鉢であぶった。

「あいはなかなか練った献策《もん》でな」

伊地知が胸を張るのは、桑畑開墾に関する建白書だった。

幕末からこの方、日本を支える輸出品は生糸である。そこに目をつけた伊地知は、休耕畑を用いた桑畑事業を立案、献策した。この建白を書くために、伊地知は山ほど農書を読み込み知識を積み上げ、東京近辺の桑農家にも足を運んだ。

意外にも、大久保は同意した。

「外貨も得られて、仕事にあぶれた者への授産事業ともなる。いいことずくめだな」

「治安対策にもなう。あぶれもんが減れば、世の静謐が保たれう。単純な真理じゃ」

徴兵制の施行によって兵士となる道も閉ざされた武士は今、少ない俸禄をやりくりし、時には先祖伝来の家財道具を売り払って糊口を凌いでいる。そんな惨めな生活が政府批判へと繋がり、士族の叛意を促しているのではないかというのが伊地知の考えだった。

大久保は顎に手をやった。

「この案そのものは検討する価値があると私も考える。だが、一つだけ承服できないことがある。この献策が成った時には伊地知さんを頭とするという項目。これがいかん」

「なぜじゃ」

「伊地知さんは己の立場を弁えていない。伊地知さんは戊辰戦争の英傑の一人だ。野に下れば、担ぐ者が必ずや出る」

「俺《おい》がそいを許すと思うとか」

「許す許さないの話ではない。江藤新平ですら、そうなった」

江藤の名が出たことに、伊地知は驚いた。江藤と大久保の不仲は広く知られたものだった。その大久保が、まるでその人物を認めるような口ぶりで江藤を語った。そのことに伊地知は面食らったのだった。だが、大久保は悲しげに微笑し、椅子に座り直した。

「江藤とは理想も思想も、物事の優先順位も何から何まで違った。そのくせ、頭が切れるときている。いけ好かなかったが——、いや、それゆえに、あの男の頭脳だけは買っていた。その江藤ですら、不平士族に呑み込まれていった」

「俺《おい》も、そうなると」

大久保は何も口にしなかった。だが、それが答えだった。

殖産の地については建白書の中でも未定にしてあるが、伊地知が念頭に置いていたのは薩摩だった。薩摩は士族の数が他の地域と比べて多く、新事業を行なうにおあつらえ向きだった。

「伊地知さんが陣頭に立つという条項を削ってもらえば、この建白は上に通そう。しかし、承知できないということなら、ここで建白書は焼く」

立ち上がった大久保は、執務机から建白書を拾い上げると火鉢の上に掲げた。表紙に躍る何となく右肩上がりの癖文字は、間違いなく伊地知の筆跡だった。

「どうする。伊地知さん」

陽炎に翻弄される建白書を眺めながら、伊地知は心中で問いかける。

己は何がしたいのか、と。

何度考えても、答えは変わらなかった。

「――削れん」

「そうか」

大久保は火鉢へと建白書を投げ入れた。すぐに赤い火が真っ白な建白書を舐め、煙と共に燃え盛った。

火鉢の只中で音を立てて揺らめく炎を見やりながら、伊地知は己の心の奥底にあるものを理解した。

己は、野の人なのだ、と。

伊地知という人間は、結局のところ、自ら考え、自ら手足を動かす人間だった。今のように、高いところから世の中を見渡し、下々の者に命令を下すのではなく、仲間と共に汗をかき、共に戦うのが性に合っていた。

それが、伊地知の根だった。

だとするならば――。伊地知は気づいた。西郷が下野した段階で、己は政府での役割を終えていたのだと。野の人である伊地知をぎりぎりで中央政府に繋ぎ止めていたのは、西郷隆盛という仲間がそこに居たからこそだった。

黒い灰になった建白書を見下ろしつつ、伊地知は懐から煙管を取り出した。

「吸っても」

「いつも、黙って吸うくせに何を言うか」

苦笑した伊地知は煙草を火皿に詰め、火鉢の炭から火を取って吸った。甘い香りと共に立ち上る紫煙を伊地知はずっと見上げていた。

「残念なこっだ」伊地知は煙を吐き出しながら、ぼやいた。「俺《おい》はもう、古か人間じゃ」

大久保は目を伏せ、「そうだな」と言った。

「お前は、最後の軍師だ。もう軍師に居場所はない。武士を率いる軍師は、武士の死と共に消えゆくべきだ」

「だとすやあ、俺《おい》は戊辰戦争で、自分の首を刎《は》ねたっちゅうこっになうな」

伊地知は煙草の灰を落とそうと、火鉢の縁に向かって煙管を振り下ろした。だが、力みすぎて陶製の縁が割れ、大きな亀裂が走った。

大久保は咎めるでもなく、その様をただ見遣っていた。まるで、哀れむような目をして。

「変われ、伊地知さん。お前の仕事は、きっとお前が変わった先にある」

その大久保の言葉をしおに、何もできぬまま、伊地知は内務省を去った。

帰り道、伊地知は一人、物思いに沈んでいた。

分かっていたつもりだった。今の自分は政府の人間であるはずなのに、心のどこかで薩摩人の矜持《きょうじ》が頭をもたげ、折々に顔を覗かせる。

あるいは、江藤新平もまた、野の人としての己に呑み込まれていったのだろうか。

形にならない思いを抱えたまま家に戻ると、家人が客の来訪があることを告げた。古い知り合いとだけ名乗ったらしく、出かけて留守にしていると言っても待たせてくださいとだけ口にし、客間に居座っているらしい。

伊地知宅には来客が多い。暇を持て余す元勲から戊辰戦争の折に共に戦った士族、得体の知れぬ壮士、中には金をせびりにやってくる食い詰め浪人までそつなくあしらう伊地知の妻をして、

「あんお人はちょっと怖か」

と言わしめた。

興味が湧いた。

伊地知は外行きの着物を改めることなく、客間の戸を開いた。

「伊地知先生、お久しぶりです」

伊地知は目を見張った。畳敷きの客間の真ん中には、軍服に身を包み、軍帽を掲げる伍助がいた。大人になった伍助は、あの頃の見る影もない、虚ろな目を伊地知に向けた。

明治十五年　鹿児島　6

夜を待った七之助は一人、城下加治屋町にある源之丞の隠れ家に至った。傾いた茅門は闇の中、七之助を迎えた。

正面から入る勇気はなかった。七之助は屋敷の裏手に回り、裏門から勝手口を覗き込んだ。人の気配は一切ない。小さな引き戸は一寸ほど開いてはいるものの、深い闇に覆われ、中の様子を窺うことは難しい。忍び足で裏門をくぐり敷地に入った七之助は、近くの樹の陰に隠れ、息を潜めてしばし様子を窺った。しかし、屋敷の中からは物音一つしなかった。

心音が鼓膜を震わせる。弱気の虫が後ろ髪を引く。足は血管に鉛を流し込まれたかのように重い。そんな己に活を入れ、七之助は一歩踏み出した。

勝手口の引き戸の隙間から突如ぬうと刃が伸び、己の身を貫く図が脳裏に浮かび、七之助は息を呑んだ。

二人を止めたい、その思いだけが、七之助に力を与えた。弱気に押し切られそうな自分を抑え込みながら、七之助は引き戸を開き、闇の中に体を滑り込ませた。

目が慣れるにつれ、中の様子が浮かび上がる。座敷牢から逃げたあの日のまま、床は埃を被っている。

奥の部屋へと進んでいく。

廊下の軋む音が殊更に耳についた。そんな中、出来る限り音を殺し、記憶を手繰《たぐ》り寄せながら、源之丞たちが生活に使っていた部屋を目指す。

七之助は僅かばかり戸を開き、中の様子を窺った。

中に人影はなかった。

罠を疑い、七之助は動くに動けなかった。

しばらく息を詰めて様子を窺っても、まるで変化がなかった。意を決して部屋に飛び込んだ。

部屋の中には、誰もいなかった。風炉の火は随分前に落としたらしく、炭は冷え切っていた。

持ち込まれていたはずの荷物は既に何一つなく、埃の払われた跡だけが、少し前までここで人が生活していたことを証しているばかりだった。

いない。

買い物にでも行ったのだろうか。だとすれば、荷物がないのはおかしい。

「逃げたか」

二人を追う糸が失われたことになる。

七之助は一人、思考を巡らせた。あの二人は、何か、計画を話していなかったか――。

奴らに捕まっていた数日のことを思い出し、やがて、思い至った。

あまり足を向けたいところではない。だが、背に腹は代えられない。

意を決して、七之助は破れ屋を出て、鶴丸城跡を目指した。眠りについた商業地、官公庁地を北に進むうち、鶴丸城の堀と石垣が見えてきた。西南戦争での銃弾跡の残る鶴丸城石垣を横目に二の丸跡地へと上がった。

二の丸跡地の奥には、平屋の大きな建物がある。真ん中の玄関から左右対称に棟の延びる、無垢板壁の建物だった。翼を広げるようななりをしたその建物の門には、「三州義塾」と大書された扁額が掛かっている。

庭の外にある木陰から塾の様子を眺めた。広い運動場の奥にある校舎には、夜も深いというのに、向かって右側の部屋の窓から光が漏れている。

二人は三州義塾に助けを求めると言っていた。ここにやってきたとしても不思議ではない。

……のだが、七之助は敷地外に置かれた石造りの門柱の裏で二の足を踏んでいた。

次の一手を、七之助は考えあぐねていた。

三州義塾は薩摩不平士族残党の巣窟だった。場合によれば源之丞たちに同調していることとて考えられた。そんな場所にのこのこ顔を出せばどうなるか、七之助にも容易に想像のつくところだった。

決心がつかずにまごついている七之助は、肩を叩かれた。

振り返ると、三州義塾の制服である白絣と紺袴に身を包む、年の頃二十ほどの男二人が七之助の後ろに立っていた。筋骨隆々とした二人組は、手に持っていた乳切り木《ちぎ》を己の肩に当て、空いた手で七之助の襟首を摑んだ。

「夜分にこんなところで何をしておっか。怪しか男じゃ」

あえなく捕まった七之助は、有無を言わさず建物の中へ引きずり込まれた。

しんと静まり返った玄関には下駄箱の類は置かれていなかった。当世流行の、履き物のまま入ることのできる西洋風建物の方式を採っているらしい。意外の念に襲われながらも、七之助は暗い廊下を引きずられていき、真っ暗な廊下の奥、ドアの隙間から光の漏れる部屋にまで引っ立てられた。ドアに掛けられた札には、堂々たる字で校長室と書いてある。

七之助を連行する男の一人が、その部屋の戸を開いた。

部屋は、八畳ほどの広さがあった。大きな書き物机、本棚、そして応接用の卓と革張椅子《ソファ》が、机の上のランプに照らされている。その明かりの下で散切り頭の河野主一郎が一人、書き物をしていた。河野は悠然と万年筆を踊らせていたものの、きりのいいところまで至ったのか、筆立てに万年筆の先を静かに差し入れ、顔を上げた。

「ああ、ご苦労」

怪しい男を捕まえもした、と男二人ははきはき答え、両足を揃えた。

西郷隆盛の私学校残党が作った学校の校長、西南戦争の折には不平士族に加わって戦った歴戦の士……。言うなれば、この鹿児島において、もっとも剣呑な組織の巨魁だった。襟首を取られたままの七之助は、自然と身が固くなった。

その一方で、七之助は違和感を覚えてもいた。河野は、突然の七之助の来訪に驚く様子がなかった。それどころか、訳知り顔ですらあった。まるで、ここに七之助が来ることを、あらかじめ知っていたかのようだった。

椅子から立ち上がった河野は、すまんこったが、と声を発した。

「こいは怪しい者ではなか。どこかで見た顔だと思いもしたが、伊地知先生んところの二才《にせ》か。

――二人とも下がってよか」

じゃっどん、と食い下がる男二人に、河野は冷たい一瞥を与える。

「下がってよか」

男たちは慌てて頭を下げ、部屋を後にしていった。

男たち――塾生が部屋を去った後、河野は手を広げ、部屋の隅に置かれた革張椅子《ソファ》を指した。座れ、ということらしい。七之助がおずおずと指示の通りにすると、河野は小さな革張椅子を七之助の前に寄せて腰を下ろし、目をあらぬ方に泳がせて肩を竦めた。

「校長になどなるものではなか。日中、生徒に向き合おうとすればすうほど、時がなくなう。――手荒な真似、すまんこった。じゃっどん、今はちと学校全体がかりかりしとっての。許してくれ」

河野は頭を深々と下げた。

想像と違う行動を河野が取ったことに、七之助は慌てた。

「いや、頭をお上げくれもせ。じゃっどん、ないごて、かりかりしておりもすか」

七之助の問いを受け、河野は顔を七之助に寄せた。

「お前は、源之丞と大智とかいう二人組の一味か」

「違いもす」

河野の目を真っ直ぐ捉え、七之助は答えた。しばらく河野はじっと七之助の目を覗き込んでいたものの、ややあって己の腿を手で叩いた。

「うむ。嘘はなさそうじゃな。なら、話そう。──数日前、伊地知先生の弟子を名乗る二才《にせ》がこん塾を訪ねてきた。何でも、銃を手に入れた、これから西南戦争をやり直す、ついては三州義塾もこん義挙にご協力を、と言うもんで、ちと面食らっておったところじゃった」

「やっぱり、ここに」

「ずっとなだめておった。落ち着けとずっと言い続けておったんじゃが、二人があまりに鬼気迫っておったがゆえ、城山に砦《とりで》を作るよう助言した」

「砦？」

「時を稼ぐための方便ぞ。恐らく、あん二人は今も砦を作うため、城山に籠もって塹壕《ざんごう》を掘っておるんじゃなかど」

鹿児島一の不穏分子である三州義塾の校長の河野が、慎重、それどころか反乱に否定的な言辞を取り続けている。疑念に駆られる七之助の顔をちらと見遣った河野は、顎に手をやり苦々しげに笑った。

「分からない、っつう顔をすうな、二才《にせ》」

「河野どんは、西郷どんのお仲間だったのではありもはんか。それに、三州義塾の校長ではありもはんか。なのに」

「ないごて反乱に乗らんか、か。耳に胼胝《たこ》ができるほど投げつけられた問いじゃ、まあよかど。ここだけの話じゃ。もう、反乱でどうこうできる時代ではないと、肌で知るがゆえじゃ」

河野は、太腿の上で手を組み、天井を見上げると、重々しく息をついた。

「お前は〝西郷どんのお仲間だったのではありもはんか〟と言うた。そいは正しい。じゃっどん、だからこそ、誰よりも中央政府に勝つ難儀を知っておるんじゃ。西郷どんを担いですら、こん国をひっくり返すことは叶わなんだ。そいを、俺《おい》は間近で見てしもうた。これからは馬鹿なこっを考えう若造の首に縄をつけねばならん。獄中でそう考えたからこそ、俺《おい》は鹿児島に戻ってきた」

「ちゅうこっは、三州義塾とは」

「少なくとも俺《おい》は、不平士族の種にないそうな二才《にせ》を抑え込む、言わば天下の重石となうための場と思っておる。きっと、私学校を支えておられた西郷どんも、そげな思いでおられたのだと、今なら分かる。思えば西郷どんも、しきりに〝天下の重石〟と言っておられた」

七之助は、河野への印象を改めた。乱の巨魁ではなかった。むしろ、不平士族の軽挙妄動を止めるべく虎穴に入った、剛毅と至誠の人だった。

河野は鼻を鳴らした。

「そういう意味では、お前の師匠はようわからん」

「え」

河野は苦笑いしたまま続ける。

「伊地知先生と話をしたこっがあった。あれは俺《おい》が鹿児島に戻ったすぐ後のこっだ。俺《おい》と一緒に二才《にせ》のお目付役になってくいもせと頭を下げた。じゃっどん、伊地知先生は首を縦に振らなんだ。〝俺《おい》は西郷どんとは違う〟と言うてなあ」

七之助は青天の霹靂《へきれき》に晒された思いがした。

震える七之助の前で、河野は息をついた。

「あん人のお考えは分からん。当代一のひねくれ者じゃからのう。――すまん、話がずれた。本題に入ろうか。俺《おい》は立場上、こん騒ぎを大きくしたくなか。よって、明日の朝、官憲に報せず、三州義塾《うち》のもんで奴らを潰すつもりぞ。相手は銃を持っておりもす様子。そうなれば、穏便に、とはいかん。最悪、死人が出る」

「そ、そいは困りもす」

「うむ、俺《おい》も思いは同じじゃ。……お前、あん二人を説得してはくれんか。そうすやあ、何の問題もなくなる」

七之助の答えは、ただ一つだった。

「やいもす」

七之助の答えを聞いた河野は薄く笑い、手を叩いた。すると、奥の部屋から一人の少年が現れた。白絣に木綿の袴姿のなりで、線も細い。年の頃は十四、五といったところだろうか。散切り頭の髪型がその涼しげな顔立ちによく似合っていた。

「この者が、居場所を知っておる。道案内に使え」

七之助は慌てて革張椅子《ソファア》から離れた。

そして、案内人の少年に導かれるがまま、七之助は校長室を辞した。

案内されたのは、城山の中腹にある、なだらかな台地だった。西南戦争の折にでも使われたのか、鬱蒼と茂った山の中、そこだけは切り開かれ、下草だけが露わになっていた。その奥の山肌には、小さな洞穴がぽっかりと口を開けている。この辺りは火山灰が降り積もってできた台地である。雨が降ることで簡単に洞穴が形成される。

その洞穴の一つに、源之丞と大智はいた。小銃を抱き、足を投げ出すように座っている。その顔色は遠目にも見て取れた。虚ろな顔で、虚空を見上げている。後悔、恐怖、羞恥……。いかなる感情も感じさせない、ただただ無の表情がそこにあった。

草叢《くさむら》から様子を窺いながら、七之助は思いを巡らせた。

どうする?

考えが頭の中で渦を巻く。だが、結局、為さねばならぬことは、ただ一つだった。

草叢の中に身を隠していた七之助は立ち上がり、大音声を発した。

「源之丞、大智！」

台地近くにある洞穴の中にいた源之丞と大智はびくりと肩を震わせ、銃口をこちらに向けた。

だが、一瞬でその強ばった表情が僅かに緩んだ。

「七之助か」

口を開いたのは、洞穴の前に作られた胸壁の向こうで銃を構える大智だった。それに遅れて、大智の横でやはり銃を構える源之丞が険のある声を発した。

「何しに来た。まさか、今更仲間になりたいなんて言いはせんな」

七之助は一歩踏み出した。怖い。己に向けられている銃口は、月明かりのある中でも闇が深い。

「止めに来た」

「ふん、中央政府の回し者気取りか。これだから東京もんは」

源之丞の冷やかしの言葉を、七之助は一喝した。

「俺《おい》は確かに江戸――東京の生まれぞ。じゃっどん、そいでも、お前たちが大事じゃと言うてはいけんのか。同じ生まれで同じ釜の飯を食って同じ思い出を持ち合わせておらんと、分かり合えんのか。俺《おい》らは」

七之助の剣幕に、源之丞はこれ以上愚弄の言葉を重ねることはなかった。

辺りに沈黙が満ちる。

痛いほどの沈黙を、七之助が破る。

「お前たちのやろうとしておるこっは、もしかしたら正しいことなのかもしれん。じゃっどん、どう見ても負けもす。そしたら、困るのはお前たちじゃ。俺《おい》は、お前たちが困るのを見たくなか」

ややあって、源之丞が言葉を発した。その声は、か細く、震えていた。

「――分かっておる。勝ち目のなかこっくらい」

「じゃあ」

「でも、こん思いはどうしたらよかど。父上と兄上を殺されて、惨めな暮らしして、泥水啜って生きる俺《おい》はどうしたら」

源之丞はおろか、横の大智まで、くしゃくしゃに丸められた紙のような顔をしていた。

七之助は嘆息した。

二人を納得させる答えが、七之助にもなかった。

二人の抱える絶望は、形は違えど七之助の中にもあるものだった。

武器を捨ててこのまま元の暮らしに戻ったとて、その先にあるのは、のんべんだらりと、緩やかに奈落に落ちていく地獄だった。ならば死に花を咲かせた方がまし――。そう思い詰めてしまった者を理で止めることなどできない。

何も言葉を継げずにいた、その時だった。

辺りに、雷声が響いた。

「お前たちは、俺《おい》の教えたこっを、何も身につけちゃおらんな」

思わず振り返った。

草叢でがさと音を立て、杖を突き掻き分けやってきたのは――。

野良着に紺袴姿の、伊地知正治だった。木の葉を着物につけたままの伊地知は、源之丞と大智を見遣ると不敵に笑みをこぼした。

六章　明治　3

「伍助か」

七年ぶりの邂逅《かいこう》となる。戊辰戦争の折には子供そのものだった体は数段大きくなって、軍服は今にもはちきれんばかりだった。その体には、伊地知の痩身から失われて久しい若さが満ち溢れていた。

「見違えもしたな。大きくなりもした」

知らず、伊地知の声は弾んだ。逃散兵を相手にしているのだから本来なら怒るのが筋なのだろうが、伊地知には既に総督府参謀の肩書きはないし、そもそも軍人ですらない。

「先生は、お変わりありませんね」

軍服姿の青年――伍助は、薄く笑った。その口吻からは、かつてあった訛りが消えていた。

「そいか。変わってばっかりぞ」

伊地知は妻に命じ、食事の用意をさせた。魚の煮つけに豆腐、そして飯という、伊地知家にしては豪華な食膳だった。

運ばれてきた膳に箸を伸ばしつつ、伊地知は伍助に問うた。

「これまで、何をしておった」

無感動に飯を口に運ぶ伍助がその合間にぽつぽつ言うところでは、会津戦争で負傷し、逃亡してからというもの、しばらくはある宿駅で下働きをして暮らしていたというが、どこに奉公に上がっても邪険にされ、ついにはさる奉公先に移った際、主人の次男坊の身代わりで徴兵された。

「ひどい話じゃな」

冷奴《ひややつこ》を口に運んだ伊地知に対し、ぼそぼそと飯を食い、飲み込んだ伍助は目を伏せた。

「そうでもありません。俺からすれば、軍の方が居心地が良いですから」

軍の中で、伍助は徐々に頭角を現した。伍助の銃の腕前は、教官をもはるかに凌ぐものだった。やがて、引きもあって職業軍人として取り立てられた。

「明治六年の政変で、相当数の将、佐官、尉官が下野したそうです。その穴を埋める形で、佐官だったものが将に、尉官だったものが佐官に格上げ。その結果、尉官にしわ寄せが行って、徴兵の中からこれはという者を引き上げたようです」

さもありなんと言ったところだ。政府は常に人材が不足している。

「かつては宇都宮の鎮台におりましたが、今、こうして東京に参りました。そのご挨拶で先生をお訪ねした次第です」

「そうかそうか。苦労したな」

「いえ、そんなことは。会津の連中と戦える日を楽しみに、日々を過ごしております」

飯碗に目を落とす伍助は、淡々とそう述べた。

「旧会津は必ずや兵を挙げることでしょう。先の佐賀の乱のように。その際には陣頭に立ち、会津兵たちを撃って撃って撃ちまくるつもりです」

伊地知は二重の意味で違和感を覚えた。

旧会津が乱を起こすとは到底思えない。戊辰戦争の後、会津は下北半島にある斗南へ転封され、廃藩置県を迎えている。会津戦争直後、会津では一揆が多発した。京都守護職や会津戦争の費えを支えていた村方や町方の不満が爆発した格好だった。これを受け、会津は政府に陳情、斗南へ転封されることになった。もっとも、斗南は本州最北の地の一つで、国内でも有数の荒れ野だった。徹底して武装解除され、新天地で苦難の日々を送り、既に藩の形も失われて久しい旧会津藩に、世を騒がす力があろうはずもなかった。

そしてもう一つは――。会津の謀叛を期待しているようにも見受けられる、伍助の口吻に対してだった。戊辰戦争の際、伍助は会津への敵愾心を抱えていた。だが、今の伍助の口の端から漏れ出る会津への憎悪は、かつてのそれよりもなお、高まっているように思えてならなかった。

「伍助、お前――」

「それにしても、この煮つけはおいしいですね。兵営での飯とは比べ物になりません」

魚の骨をほじくる伍助に躱され、結局それ以上、その心底にあるものを聞くことはできなかった。

あれこれと昔話に花を咲かせ、夕暮れの近づいた頃、伍助は伊地知の家を辞した。その後ろ姿を見送りながら、伊地知はまるで墨を頭から被ったような心地に襲われた。

「伊地知殿ですな」

大久保の部屋へ建白を届けに行った帰り、いつものように伊地知が内務省官舎の廊下を闊歩していると、後ろから声をかけられた。

振り返ると、そこには見慣れない男が立っていた。官人の制服を身に纏い、髪を脂でまとめて後ろに流している。見たところ文官だが、穏やかな顔に似合わない軍人じみた気迫が伊地知を捉えて離さない。智慧者特有の冷厳さを感じる一方、不思議と、見る者を包み込むような温かさも同居している。

初めて会う人間のはずだった。だが、なぜかこの男の顔に見覚えがあった。伊地知が思いあぐねているうちに、その男は白い歯を見せて笑った。

「七年前、戦場でお目にかかっております。母成峠で」

母成峠。血霞と鉛弾の舞う戦場の光景が眼前に蘇る。しかし、あの戦場の記憶の中で鳥のように飛び回っても、目の前の男を見つけることは叶わなかった。

なおも伊地知が固まっていると、悪戯っぽく男は口角を上げ、名乗った。

「大鳥圭介と申します」

「ああ」

母成峠の戦いで、西洋割羽織《フロックコート》を瀟洒に着こなし、ざんばらに切った髪を振り乱しながらも指揮を執る敵方の将の姿が思い起こされた。旧幕軍最強を誇る伝習隊を率いていた男で、宇都宮の戦い、そして母成峠では散々に伊地知を悩ました敵方の名将だった。

「あんたが大鳥どんでごわしたか。噂はかねがね。じゃっどん、こんな優男とは――」

「戦は顔でするものでも、体格でするものでもないでしょう。それを誰よりもご存じなのは伊地知殿ではありませんか」

大鳥は伊地知の杖を一瞥し、歯切れよく笑った。揶揄にも聞こえそうな言葉だったが、伊地知は嫌な気がしなかった。大鳥の目には蔑みの色がまったくなかった。それどころか、碁仇の鮮やかな一手を賞賛するかのような、公平であろうとする人の気高い意志を見たのだった。

一本取られた格好になった伊地知は、後ろ頭を掻いて大鳥の姿を眺めた。

大鳥の格好はまさに官人のそれだった。内務省に出入りしているということは役人なのだろう。戊辰戦争であれほど官軍に楯突いた男が、政府に出仕しているとは想像だにしていなかった。詳しく大鳥のその後を追っていたわけではなかったから、どこかの戦で死んだか、あるいは獄に繋がれたままでいるかのどちらかだろうと伊地知は漠と考えていた。

「伊地知殿、お時間はありますか。もしよろしければ、少しお話でも」

「ああ、よかよか」

「ならば、決まりですねえ」

軽やかにそう言った大鳥は内務省官舎の隅にある部屋まで伊地知を誘った。部屋のドアには

「控室」と横書きに書かれた札が目線の高さほどのところに貼られており、その下には縦書きで「空室」と書かれた木札が掛かっている。その木札を裏返し、「使用中」とした大鳥はドアを開いた。

中は六畳ほどの一室で、飾り気のない卓一つに椅子が四脚置かれているばかりの質素な部屋だった。明かりといえば南にある大窓くらいのもので、ランプ一つ置いていない。壁も白い漆喰《しっくい》が塗られているだけ、床も廊下の延長で板敷になっている。

「穴場なのですよ。私のような部外者が使っていても誰も文句を言わないので、重宝しているんです」

「部外者？　てっきり内務省のお役人かと」

「国の中枢を担う役所に賊軍の将は奉職できませんよ。今は工部省の役人をやっています」

工部省といえば、殖産興業にも関わっている省庁である。これからの日本を形作る旗振り役と言ってもいい。そんなところに賊軍の将がいる――。そのことに驚きを隠せずにいた。

先にどかりと廊下に近い側の椅子に座った大鳥は、窓の外を眺めた。つられて伊地知も外を眺めると、日が燦々と降り注ぐ皇城の堀がよく見えた。

伊地知が窓側の椅子に腰を下ろすと、改めて――、と大鳥は切り出した。

「初対面と申し上げても差し支えないはずなのに、まるで伊地知殿とは、何万語を費やし語り合ってきたような気すらします。敵将の伊地知がこんな策を打ってきた。伊地知がこう攻めてきた。伊地知がこんな奇策で裏をかいてきた。伊地知が、伊地知が、伊地知が……。戊辰戦争の折、誰よりも、貴殿の腹の内にこそ肉薄せんとしたものです。言うなれば、あの頃の私は、伊地知将軍に懸想していたのでしょう。さながら芸者に入れあげるようにね。戦は禍事に他なりませんが、それでも、あなたと対峙するのは心躍ることでした」

高らかに大鳥は笑った。

全体としては見るべきところのなかった旧幕府軍の中で、唯一気炎を吐いていたのが大鳥だった。あの戦争当時、伊地知は大鳥の行ないに戦慄し、歯噛みした。それと同じくらい、尊敬とも、親しみともつかない感情を抱いたのを、伊地知は昨日のことのように思い出していた。無能な味方よりも有能な敵方にこそ将は親近感を覚えるものである。

「そういえば、大鳥どんがご存じかは知りもはんが、新選組を率いていた将はどうなりもしたか。大鳥どんのように政府に出仕しておるのでごわすか」

西洋式の軍法を取り入れながら、果敢な白兵戦を仕掛ける新選組の戦い方は、西洋式に染まりつつあった官軍をずっと悩ませ続けた。西洋式の兵器と合伝流を組み合わせて軍法とした自軍とあり方がよく似ていたのかもしれないとすら今の伊地知は思っている。それだけに、新選組を率いていた将の今が気になった。陸軍で働いているのだろうか、それとも、大鳥のように畑違いの役人になっているのだろうか。

大鳥の顔に影が差した。

「伊地知殿は会津で戦争を終えられたのでしたね。でしたら土方君のことを言っておられるのでしょう。死にましたよ、彼は」

戊辰戦争最後の戦いである箱館戦争の最中、銃撃に遭い、そのまま戦場の露と消えた。箱館政府首脳の中では彼が唯一の死者だったと大鳥は語った。

「彼は素晴らしい将帥でした。彼自身は軍事を嫌っていたようではありますが――。任された場所、役目を意地でも守り切る、頑固で粘り強い将でした。責任感の強さにおいて、土方君ほどの将を私は見たことがない」

一度、その人となりに触れてみたかった、伊地知は心からそう思った。だが、その願いはとうの昔に叶わないものになっている。

伊地知は詮のない願いを捨て、話を変えた。

「大鳥どんは今、工部省におるとか言うておりもしたが。それまで何を」

苦笑して大鳥が語るところでは、大鳥は箱館戦争の後に開かれた裁判で禁固刑を言い渡され、出獄したのは明治五年のことだった。それからすぐ政府に出仕していた旧徳川家家臣の引きで官庁の役人となった。大蔵省の役人として海外留学も経験、軍人を経て結局今は工部省の役人を拝命している。端から聞いている分には目覚ましい出世のようにも思えるが、大鳥の表情は浮かないままだった。

「一通り、大変な思いもしましたよ。他人のやりたがらない役儀ばかり押し付けられたものです。軍略に暗い長州閥の上司の下で陸軍大佐をやっていたこともありましたが――。ようやく、やりたいことができる立場を得ました」

「軍が大鳥どんの専門ではありもはんのか」

大鳥は微笑を湛えた。その表情に、取り繕いの影はなかった。

「元々私は蘭学の徒でした。もちろん軍事も学びましたが、風雲吹き荒《すさ》ぶ時代ゆえ、仕方なく身につけたものだったのです。本来は、殖産興業こそが私の夢でした」

にこりと笑う大鳥は、しばらくして、顎に手をやった。

「いや、その言い方ではあまりに後出しが過ぎますね。若い頃の私は、軍事にも興味がありましたが――。戊辰戦争の最中、興味を失ったのです」

「ないごてでごわすか」

「戦の実相を見てしまったからでしょう」

椅子から立ち上がった大鳥は、後ろ手に手を組み、窓際に立った。大鳥の姿は逆光に包まれる。

「あの戦争において、私は自分なりの正義を掲げて臨みました。しかし、戦えば戦うほど、この国が荒廃してゆく有様を目の当たりにもしました。よくよく考えれば当然のことです。戦とは、民草から財を吸い上げ行なうものですからねえ。――果たして、己が望んだ国の姿なのだろうか。そう悩むうち、軍を率いて戦うことが恐ろしくなったのです」

気持ちは分からぬではなかった。その思いは、程度の差こそあれ、伊地知の心中にもある。

大鳥は首を振り、話を変えた。

「あなたの桑畑授産の建白、読ませていただきました」

「大久保どんが焼いたはずじゃ」

「伊地知殿は酒田県令の三島通庸殿のことは」

意外な名前が飛び出したことに、伊地知は戸惑った。

「俺《おい》の弟子でごわす」

するといと大島は、想像だにしないことを言った。

「三島殿は殖産興業に興味を持っていて、工部省にかなり強く〝お願い〟をねじ込んでくるのですが……。そんな彼が写しを持っていたのです」

明治五年に東京府参事となった三島は、当時起こった銀座の火災を受けて同地の復興計画を立て、銀座を煉瓦《れんが》の街に作り替えた。この都市計画に当たり、三島が元勲相手に一歩も引かぬ論戦を繰り広げ、強引に予算を得た話は伊地知も耳にしている。

そんな三島の〝お願い〟が、穏便であるはずはなかった。

案の定、大島は苦々しい顔を隠さない。

「お察しの通り、いつもはほとほと困らされているのですけどね。その三島殿が、いやに腰を低くして訪ねてきて、建白書を渡してきたのです。実現の可能性について検討してくれないだろうか、とね。それで、一応仲間たちと精査してみたのですが、なかなかどうして。実を言えば、初期投資が嵩むこと、桑畑の栽培が軌道に乗るまでの数年間は完全に赤字になることといった問題は山積みですが、それでも実現の芽はあるというのが工部省の考えです」

しかし、と大島は釘を刺した。

「あの建白、薩摩の食い詰め武士を救う目的のものでございましょう。建白書の中に〝郷中《ごじゅう》の活用〟などと書いてあり、何のことか分からなかったのですが、薩摩出身の同僚に聞いて、ようやく郷中の存在を知りましたよ」

年長者が年少者に武士としての教育を施す連のことを、薩摩では郷中と呼んでいた。建白を書く際、伊地知は何の注釈も加えなかった。日本全国にあるものだとばかり思い込んでいたのだった。

「似たようなものはありますが、薩摩の郷中のように厳しくはありません。とにかく、こちらの建白は、あまりにも人や場所を絞る内容になっています。そこに関しては、しっかりと設計し直してやる必要がありましょう」

「――そうでごわしたか」

「けれど、そんなものは小さな傷に過ぎません。工部省としては、この建白を叩き台に、新たな殖産興業の計画を立てるつもりです」

「のう、大鳥どん、こん建白、工部省の方で通してもらって、俺《おい》が薩摩で面倒見るこっはできもはんか」

窓の外を見ていた大鳥はのそりと振り返った。逆光の角度が変わり、伊地知の側から、大鳥の表情は見えなくなった。

「今は、駄目でしょうねえ。西南の旧諸藩がきな臭くなっておるのです。それらの地域で殖産興業を為そうとしても、必ずや妨害がありましょう」

「薩摩もでごわすか」

大鳥は何も言わなかった。だが、何かを知っているかのような態度だった。もしかすると、伊地知の与《あずか》り知らぬことが、工部省の役人である大鳥にとっては言わずもがなの事態となっているのかもしれない。だとするなら、何ともやるせなかった。

疑問もあった。薩摩には西郷隆盛がいる。暴発など絶対に許さないはずだった。

西郷どん――。

伊地知の心は遠く薩摩へと向いていた。

「伊地知殿。いつまでもお待たせはしません。民情が落ち着いた時には、必ずや、村方にも何らかの殖産興業の芽を育てたく思っております。その時には、力を貸してください」

大鳥は、伊地知の手を無理矢理取って強く握った。シェイクハンド、という西洋の習慣だった。伊地知にとっては初めての経験だったが、悪い気はしなかった。相手が赤心を持って対しているのか否かがよく分かる。少なくとも、手の熱は伝わる。

伊地知は強く手を握り返した。

「いや、伊地知殿、シェイクハンドは握力を競うものではありませんよ」

大鳥に苦笑いされてもなお、伊地知は大鳥の温かな手を強く握り続けた。

明治九年、ついに恐れていた事態が起こった。

大鳥の匂わせた通り、西南の旧諸藩が火を噴いた。

この年、廃刀令、秩禄処分が施行された。どちらも、武士の特権を奪う施策だった。これに、士族たちが怒り狂った格好だった。

最初に叛乱の狼煙《のろし》が上がったのは熊本であった。不平士族の集っていた神道系政治結社である敬神党が廃刀令に反撥、刀を取るべしと神託を受けて乱を起こした。後に神風連の乱と呼ばれるこの蜂起が、他地域の叛乱の呼び水となった。

敬神党の蜂起から数日後、福岡旧秋月藩の藩士たちが決起した。そしてそれと軌を一にするかの如く、翌日、長州の萩でも不平士族が挙に出た。その中には、戊辰戦争の折、長州藩の将帥の一人として戦い、功のあった前原一誠《いっせい》の姿があった。

同時多発的に起こったこれらの叛乱はその年のうちにすべて鎮圧されたが、戊辰戦争において多大な貢献を為し、政府への出仕者も多かった旧長州藩からも火の手が上がったことに、政府も動揺を隠せずにいた。

明けて明治十年、薩摩でも叛乱の火の手が上がった。

火元となったのは、薩摩の私学校だった。

西郷、そして西郷に従い下野した者たちが作ったこの学校は、困窮する下級士族たちのために、陸軍士官としての教育を施していたが、入学者の多くは政府のやり方に不満を抱く不平士族やその子弟だった。

薩摩は他の地域にはない特権を有していた。その一つが県令の原則の無視だった。県令は地域との癒着を防ぐために他県者を当てるのが原則となっていたが、薩摩に限ってはずっと薩摩出身の大山綱良が県令の地位に就き続けていた。この大山綱良が中央政府の監視の防波堤として機能し、内務省にすら薩摩の内情が入ってこなかった。

それに業を煮やした内務省が密偵を放ち、これが私学校側に露見したことで、事態は最悪の方向に転がっていった。

――大久保は西郷どんのお命を狙っておりもす。

――やられる前にやらねばいけもはん。

私学校の者たちはしきりに献策し、決起を促した。西郷は時期尚早と反対していたらしい。ところが、密偵騒ぎに沸騰した私学校の面々が半ば暴走する形で鹿児島鎮台の弾薬庫を襲撃したことで、後戻りができなくなった。

かくして、西南戦争が起こった。

この成り行きには、政府にいた薩摩人が悲憤慷慨した。

「何たるこっでごわそうか」

苦々しげな顔を隠さなかったのは、御親兵から旅団参謀長に転身していた小野津だった。

「同郷者を攻めねばならぬとは、何という成り行きでごわそう」

小野津は伊地知の屋敷に訪ねてくるなり、畳を叩き、歯噛みした。

聞けば、川村与十郎改め純義《すみよし》は海軍の総責任者として西郷軍の討伐に立ち、兄の大野津も旅団司令官として西南戦争に駆り出されることになったという。兄弟揃って薩摩を裏切ることになりもす、軽い口調でそう口にしたが、小野津は今にも泣き出しそうな顔のまま、数時間に亘って愚痴をこぼしていった。

己の思いを吐き出せる者は、まだましであったかもしれない。

西郷従道の憔悴ぶりには、目も当てられなかった。

伊地知を訪ねてきた従道はしばらく無言だった。黒い軍服を身に纏い、口には西洋風のカイゼルひげを蓄えている。すっかり将としての風格を見せ始めたというのに、まるで迷子になった子供のような表情でそこにあった。

「――俺《おい》は、東京留守居組の頭でごわす。戦《ゆっさ》には行けもはん。山縣どんが総大将になりもした」

話に出た山縣有朋は長州閥の元勲である。定跡しか指せない四角四面の軍人で、薩摩に生まれていれば弱卒扱いされかねない性根の持ち主だが、不思議と西郷と馬が合い、信頼しあってもいた。あるいはこの起用も西郷に対する何らかの暗号だったのだろうが、山縣にとっても酷な人事であることには違いがなかった。

「先生――。戦《ゆっさ》に行けもはんのは、悔しかこっでごわすな」

励ますこともできないまま、従道を見送った。

伊地知の思いは従道と同じだった。伊地知も西郷の仲間に加わることはできない。ならばせめて、敵方として同じ戦場にありたい――。武辺の人間としての屈折した感情が、伊地知の胸の内で脈打っている。道を違えた朋友の切腹に際し、せめて介錯を務めてやりたいと願うのにも似ているのかもしれない、そんなことをふと思った。

伊地知は西郷軍の敗北を予見していた。

西南旧諸藩の不平士族は明治九年に潰されて呼応する勢力がほぼ見当たらないこと、武器弾薬の供給にも限界があること、薩摩と政府では人的資源に雲泥の差があること、緒戦において、西郷軍が熊本城を落とそうとしたこと。西郷軍の負けを示す要素は山ほどあった。特に熊本城を無理攻めするという戦略上の失敗は、西南戦争の趨勢に多大な影響を与えた。鎮台が置かれているとはいえ熊本を落とす必要性は薄い。無力化できる程度に周囲に兵を配して本隊を進軍させればそれで事足りる。わざわざ全軍で熊本城を攻める理由はどこにもなかった。

戦の進行を東京で窺う伊地知は、西日本の地図の上に碁石を置いた。西郷軍を示す黒石は、北九州に上らんとする途中でぴたりと進軍を止めていた。もしも己が西郷軍にいたなら、今頃九州と言わず、中国、四国までも支配下に置いたものを、と伊地知は歯噛みした。不平士族を糾合して、互角の戦いに持ち込むこともできた。

西郷軍の不甲斐なさ、あまりの戦下手ぶりが地図上に浮き彫りになっていく中、伊地知はある疑念を持った。

西郷とて、薩英戦争、禁門の変、戊辰戦争を戦ってきた総大将である。もちろん伊地知の献策に支えられてはいたが、西郷はいつも伊地知の策の勘所を理解した上で採るべき策を決めていた。いっぱしの――それどころか卓越した将帥であったはずだった西郷が、熊本城攻撃を決定した。そのことに、違和感を覚えたのであった。

西郷は、明らかに西郷軍の行動を妨害している。総大将として、愚策をあえて採ることで。

その意図は明白だった。

薩摩の不平士族を内から抑えている。

西郷がこの戦に碌な大義名分を用意していないことも、その見方を強めた。

西郷軍は、諸人を酔わせるような錦の御旗を打ち立てることができなかった。結果として、同調する不平士族はほとんどなかった。大乱が起こったら必ずや立つであろうと目されていた板垣退助ですら沈黙を守っている。あの男も馬鹿ではない。大義名分のない戦に参じて同志を消耗する愚には出なかった。もしもこの戦争に乗り気だったなら、西郷は必ずや日本を二つに割るような大義名分を考え出したはずだった。それこそ、征韓論の際の単独訪朝論のような、隙のない大義名分を。

この戦は終わる。それも、早いうちに。

伊地知のこの観測は当たった。

熊本城奪取に拘泥《こうでい》した西郷軍はいたずらに時を費した。その間に政府軍は他地域の鎮台から兵を派遣、熊本城を守り切ったのみならず、少しずつ、しかし確実に西郷軍を薩摩へと押し込んでいった。世では田原坂《たばるざか》の激闘だの、会津の抜刀隊が戊辰の仇を討ったのと騒がれているが、局地での武功譚など、大局を前にすれば瑣事でしかない。戦が長引けば偶然の要素が均されていき、大が小を蹂躙する軍略の大原則が戦場を支配する。

西郷軍は鹿児島の城山にまで追い詰められた。城山に拠る西郷軍を何重にも囲んだ後、政府軍参軍山縣有朋は西郷隆盛に宛てて自決を勧める書状を送ったというが、西郷は返事を認《したた》めることなく最後の突撃を敢行、途中で被弾し、最後には切腹して果てた。

西南戦争は終結した。伊地知の見通したままに。

すべてが終わった後、伊地知の脳裏に西郷の言葉が蘇った。

『天下の重石になりたか』

ようやく伊地知は、西郷の言葉の意味を理解した。

西郷は天下の重石となった。暴発した不平士族の頭を押さえつけ、彼らと共に心中することで。すべては、仲間たちと作り上げた新しい日本を守るために。

不平士族を切り捨て、日本のために働くこともできた。だが、それをしない、いや、できなかったのが西郷隆盛という男だった。

伊地知はその日、暗室の中で文机を殴り続けた。

もし、うかうか薩摩へ帰っていたらどうなっていたか。あったかもしれぬ過去を思い、泣いた。不平士族と共に嬉々として西日本全てを奪う計画を立てていただろうことは、伊地知にも容易に想像のつくところだった。

結局己は西郷のことを何一つ理解していなかった。

後悔が、伊地知を押し潰さんとしていた。

西南戦争が終わってしばらく経った明治十一年、それまで事実上の無役であった伊地知に、修史館総裁の肩書きが与えられた。

政府内に置かれた歴史書編纂《へんさん》事業部署の頭である。水戸徳川家から引き継いだ『大日本史』の編纂事業や、新たなる歴史書の編纂計画を立てるのが大まかな役目だった。修史館には専従館員がおり、伊地知の仕事はそうない。そもそも修史館総裁は年間予算の配分や個々人の働きぶりの査定といった人事管理が職掌であって実地の場で働くわけではないし、管理者としての実務にも専従館員が割り当てられている。伊地知は月に一度登庁して総裁の椅子を温め、その日の午後には家に帰った。

絵に描いたようなお飾りの職だったが、月に一度の登庁すら億劫《おっくう》に感じた。西郷がこの天地のどこにもいない。そんな自明の事実が、伊地知の心身を萎えさせていた。日がな一日雨戸を閉め切った居室で本を読み、豆腐を食べて眠る。ただそれだけの、無為な日々を送っていた。

そんなある日のこと、伊地知を訪《おと》なう者があった。

以前に比べて、客が減った。閑職に回された人間に会いに来ようと考える暇人はそういないようであったし、たまにはいる物好きも仮病を使って追い払った。だがこの日やってきた客の名前に驚き、そのまま通した。

「お痩せになられましたね」

開口一番そう言ったのは、伍助だった。

もう何日も洗っていないのか軍服は埃まみれで、時折むせ返るような汗のにおいが漂ってくる。だが何より、左頬全体に広がる火傷《やけど》のような傷跡が気になった。以前はそんなものはなかった。伊地知の視線に気づいたか、伍助は力なく笑い、火傷跡をさすった。

「西南戦争でやってしまいまして」

「あん戦《ゆつさ》に行っておったのか」

伍助は補充兵として田原坂に配置された。鉛玉や砲弾が空中でぶつかり合うほどの、名にし負う激戦だった。そんな中、砲兵の警護兵として戦場に立っていた伍助であったが、砲の破裂に巻き込まれ、怪我をしてしまった。

伍助は左頬の火傷を指でなぞった。

「俺はましな方です。何せ、部下の半分が死にましたから」

淡々と部下の死を語る伍助の顔は暗く淀んでいた。

「命拾いして、よかったのう」

伊地知は心からそう言った。だが、伍助は首を振った。

「許せません」

「何がじゃ」

「政府、いや、軍です。なぜ賊軍である会津兵を受け入れたのか」

田原坂の戦いは急峻狭隘の地で繰り広げられたがために銃撃戦では勝負を決することができず、新政府軍は旧会津兵を含む切り込み隊を投入して血路を開いた。それまで徴兵一辺倒であった政府は、腕に覚えのある士族による切り込みの有用性に舌を巻き、制度の一部見直しを考えていると伊地知は仄聞《そくぶん》していたがそれはさておき――。

「徴兵制の、帰結じゃろう」

「あれらは募兵です。あの犬畜生に劣る者たちが、なぜ天朝様の兵に加われたのでしょう。納得がゆかず、軍を辞めました」

伊地知は疑問を発した。

「伍助、まだ、会津を恨んでおるのか。じゃっどん、もう、会津はなか。恨む相手はどこにもおらんぞ」

確か、この男は会津の苛政によって父子二人で会津から逃げ、父親に先立たれたことで孤児同然に育ったのではなかったか。

「なら！」伍助は怒鳴った。「姉の仇はいかにして取ればよいのですか」

「姉の仇？　確か、会津に奉公に出ているとおりもした姉のこっか」

「姉は、死んでおりました」

会津戦争の最中、伍助はずっと姉の姿を探していた。もしかしたらどこかに逃げているかもしれない、逃げていて欲しい。そう願いながらも、怪我人が運び込まれた寺や、避難している者たちのいる寺を回っていた。姉の消息が知れたのは、戦の終わる直前、折しも、伍助本人が怪我をして送られた収容先でのことだった。肩を撃たれただけで予後が良かったゆえに、逆に時ができた。その間、治療を手伝う地付きの者たちと話す機会があった。

近くの井戸で水汲みをしていた老婆から、話を聞くことができた。

『ああ、赤川様の……。あそこの家はひどいことになりましてねえ』

姉の奉公していた武家の名前が、赤川だった。

官軍が会津に踏み込んだその日、赤川家は一族郎党、女中に至るまで、皆自刃して果てたという――のは表向きの話と老婆は語った。

『あすこの赤川のご当主様、鳥羽伏見の戦で大怪我をなさって伏せておられたんですよ。それで、ご家中が危急存亡の秋《とき》となり、ご内儀もお子様もご母堂様も自死させて、逃げ惑う女中たちも次々に手にかけて、働けそうな中間《ちゅうげん》だけに、城に行けと命じたそうでございますよ。何でも、そのお中間も旦那様の挙に助力したと、城に行かずにこちらに来た者が言うておりました』

老婆はあっさり屋敷の在所を教えてくれた。

その日の夜、伍助は軍を密かに抜け、城下町へと向かった。

老婆の道案内は役に立たなかった。目印はほとんど戦で焼け落ちていた。かろうじて残る黒焦げた石仏や道祖神を頼りに歩くうち、ようやく赤川邸の前に至った。

赤川邸は跡形もなかった。健在であった頃は青々としていたであろう生垣も炭の塊と化し、見えてきた大門も黒く色を変じて左に崩れ落ちていた。敷地の中にある母屋はもっと焼損がひどく、真っ黒くすすけた大きな柱が数本、卒塔婆《そとば》のように真っ暗な曇り空に伸びていた。死臭すら、そこにはなかった。

そしてその後、伍助は城に行かずに逃げ出した赤川家の元中間と会った。例の水汲み老婆から居場所を聞いていたから、見つけ出すのは容易だった。その者を捕まえ、拷問し、吐かせた。

そこで、姉の死を知った。

中間たちが出入り口を塞ぎ、赤川の当主と共に追いかけ、槍で突き殺したという。あれは殿のお気に入りであったから、殿自ら切って捨てておられた、と中間は震え声で答えた。

会津戦争が終結し、開城した後伍助は、赤川家の中間たちを次々に襲い、殺した。戦後の混乱でそれらの殺人が露見することはなかった。

伍助は復讐を果たした。だが、真の仇である赤川はもういない。

伍助の一家をめちゃくちゃにした会津も、失われた。

「まだ復讐し足りない。会津の連中を必ずや全員殺す。それまで、止まることはできない」

伊地知は己の罪を悟った。

戊辰戦争の折、年端のいかなかった頃のこの青年に銃を与え、戦う術を教えたのは他ならぬ伊地知だった。蛇の道を教えることなくば、この少年は漠とした恨みを抱えたまま、それでも折り合いをつけて実直に日々の生活を営んでいたはずだった。この男を地獄の道行に誘ったのも、復讐のための牙を与えたのも、伊地知だった。

「これから、どうするつもりか」

「簡単です。会津の連中を殺します。となれば当然、西南戦争の再現の如き、大きな戦争を仕掛ける必要があります。軍に入り込んだ会津人を一匹残らず始末するためには、軍そのものを焼かねばなりません」

「そんなこと、できもすか」

「不平士族はまだいます。何度でも、戦は起こせましょう」

伍助は昏く笑い、身を乗り出した。

「そこで、ここからが先生とご相談させていただきたいところなのです。挙にご協力くださ い」

「何をさせるつもりか」

「そう構えないでください。簡単です。皇城を占領するための策をお授けくだされればそれでよいのです」

「なんちゅうこっを言いもすか」

「驚くことではありますまい。よりよく戦うためには、玉を奉って戦うのが一番いい。それは、戊辰戦争を戦われた伊地知先生が一番ご存じでしょう」

まるでからかうような口調だった。

「——そんな策、一朝一夕には考えつかん」

「そこまで急ぎませんよ。実は、五月頃、不平士族が蠢動《しゅんどう》するという話もあるのです」

今は三月。あとふた月だった。

「それまでに、策をお考えください。——あ、伊地知先生、これは要請ではありませんよ。これは」

「強制、ということでごわすな」

手ぶらでやってきているように見える伍助の胸の内ポケットに、一尺ほどの長さの何かが入っていることに伊地知は気づいている。長さ、形状から、ミニエー銃用の銃剣であろうことは容易に察しがついた。一方、今の伊地知には手持ちの武器がなかった。

伊地知は瞑目し、腕を組んだ。

「よか。考えう」

「さすが先生。ご明哲なご判断で」

「しばらくしたら、また訪ねてくるがよかど」

「いいえ、その際にはお呼び出ししますので」

ぬらりと立ち上がった伍助は、この場を辞していった。

一人客間に取り残された伊地知は、目を伏せ、物思いに沈んだ。


それからきっかり二ヶ月後、伊地知の下に人がやってきた。いかにも貧相ななりの少年の姿は、かつての伍助と瓜《うり》二つだった。濁りきった池のような目を覗き込んだ伊地知は、取り返しのつかない過去を前に、息を詰めた。

予感通り、少年は伍助の遣いだった。

「今すぐお越しください」

杖を携え、伊地知は少年に従った。

駕籠《かご》を走らせて少年が案内したのは、板橋の宿場町だった。伊地知は懐かしさに駆られた。江戸城総攻撃の際に陣を置いた町だった。戊辰戦争以来足を運んだことはなかったが、あの頃と町並みは変わっていなかった。武家屋敷や町人の長屋が軒を連ね、板塀の上には猫が走っている。明治の御一新、殖産興業、西南戦争と目まぐるしい世相の変動の中にあっても、板橋の町は時を止めたかのように江戸の名残《なごり》の中で午睡《ひるね》を決め込んでいた。

そんな町の只中にある建物の前で、駕籠は止まった。

生垣の向こうに庭のついた小さな屋敷の屋根が見える。御一新前は下級武士が住んでいたのだろう。門はなく、出入り用の木戸がある。先導する少年がその戸を押しやって中に入ったのに従い、伊地知は駕籠から降りて屋敷に足を踏み入れた。

庭はすっかり荒れ果てていた。小さな池には藻がびっしり浮き、木々の枝も四方に伸び、中には枝の重さに耐えかねて倒れているものすらあった。もう初夏に至ろうというのに落ち葉の残る庭をしばらく歩き屋敷に向かった時にも、侘びた印象は変わらなかった。屋根の桟瓦は落ちかかり、地面と接した柱も虫に食われていた。

沓脱石で履き物を脱ぎ、杖を突いて上がり込んだ。

少年の先導に従い奥に進むと、小さな書院の間に通された。

床の間の前に、伍助が座っていた。着ている軍服はやはり碌に洗っていないのか薄汚れ、変な皺がついていた。まるで、目の前の男の心を鏡映しにしているようにさえ見えた。

「ああ、伊地知先生、ようこそ」

昏い瞳が伊地知を捉えた。

伊地知は部屋を見回した。見れば、伍助のすぐ前に、やはり黒の軍服に身を包んだ男が二人座っていた。その二人の姿を一瞥すると、伍助は曰くありげに口角を上げ、

「ああ、この二人と案内にやったこれは、仲間ですよ」

前の二人と後ろの少年を指した。

「仲間はこれだけか」

前に座る屈強な男たちが伊地知を睨めつける。だが、伍助は笑みを絶やさない。

「ええ。全部で四人。小さな所帯です。しかし、まずはこの四人で果たさねばならなくなりました。先生、策はお考えでしょうね」

「武器は」

問うと、伍助は長さ三尺ほどの布包みを奥から運んできた。

「これです」

伍助は布に手をかけ、包みを取り去った。重々しい鉄《かね》の音と共に露わになったのは、小銃だった。戊辰戦争の折に幾度となく構えたミニエー銃、しかも、手元側に弾込め用の機構を備えた後装式、それが四丁あった。

「軍からくすねてきました。弾ももちろんあります」

瞳孔の開き切った目で、伍助は伊地知を見遣る。その瞳を覗き込んだ伊地知は小さく息をついた。心が重かった。

伍助の持つ銃の火門突には、雷管――爆帽――ははめられていなかった。

「なるほど、ぎりぎり、か」

そう口にしたが早いか、伊地知は動いた。

伊地知は杖に仕込んだ太刀を即座に抜き払い、後ろに控える少年の胸に切っ先を突き立てた。鞘を前方に投げつけ前の二人への牽制としつつ、少年から引き抜いた血刀の切っ先でミニエー銃を庭に弾き飛ばす。

二動作を一瞬で終えた。

伍助たちはなおも時が止まったままだった。

伊地知は一人、止まった時の中を跳梁する。

背中の発条《ばね》を用いて飛びかかり、前の男二人を袈裟に斬りつけた。

悲鳴を上げて昏倒し、すぐに動かなくなった男たちから視線を外した伊地知は、血刀の切っ先を伍助の胸先に突き付けた。

ようやく時が動き出し、伍助の喉仏がゆっくりと上下した。伍助に喉仏がある、そのことに時の流れを感じながらも、伊地知は早口に言葉を継いだ。

「油断したな」

「先生には、こんな隠し技がおありだったのですか」

「切り札は隠し置くからこそ切り札じゃろ。足が悪かとはいえど、俺《おい》は薬丸自顕流を修めておってな。無腰の相手に負けはせん」

「ああ、そうなりましたか」

他人事のように伍助は言った。だが、その顔に虞れを見出すことができない。死にゆく仲間を、冷淡に見下ろしている。どこか、冷笑しているようですらあった。

「で、先生、なぜ俺を殺さぬのです」

「俺《おい》がついていく。警察に自訴せえ」

「なぜ、そんなことをしなくてはならないのですか。会津を撃てと命じたのは先生ではありませんか。宗旨替えしてしまわれたのですか」

己の罪は、無論、理解している。

それでも、伊地知は諭すように言った。

「もう、そんな時代は終わったんじゃ。会津じゃ、薩摩じゃという時代は、もうどこにもなか。俺《おい》らは、日本つう国に従う時代に生きねばならん」

伍助の目が揺らぎ、曇った。

次の瞬間、伍助は予想だにしない行動を取った。一歩踏み出し、突き付けられた刀の切っ先に、自ら刺さりに行った。伊地知の手に、嫌な感触がへばりつく。腱を切り、肉を断ち、骨に食い込む感触が、伊地知の手から胸、頭を貫いていく。

「ご、伍助？」

「嫌です。俺は、姉さんのいない時代になんて、生きたくありません」

突き放すようにそう言うと、伍助は後ろに斃れた。自ら斃れに行ったようだった。傷から血が溢れる。

刀を捨て、伍助の肩を揺する。だが、胸の傷からとめどなく血が湧き続ける。

「はは……。俺には、分からないの、です」

「喋るな」

伊地知に制止されてもなお、伍助は口を動かした。

「なぜ、憎い者と、一緒に、戦わねばならぬ、のか。先生も、そうでしょう?」

伊地知は瞑目して頷いた。

「俺《おい》も、今の時代には、居場所がなか」

「先生」

いつの間にか、伍助の目からは淀みが消えていた。出会った頃の澄んだ目が伊地知を捉える。

「新しいお上は、人々を幸せにしてくださるんだべか」

それきり、伍助は言葉を発さなくなった。

かくして、小さな小さな蜂起未遂事件は幕引きとなった。

次の日、伊地知は自訴することに決めた。

東京の治安を担う警視庁は鍛冶橋の旧津山藩邸跡にある。寓居から内堀を右手に煉瓦街の道を行き、警視庁の前に至った。そうして門をくぐり、建物に入った伊地知だったが、警視庁は常になく混乱していた。警官たちは西洋刀《サーベル》を抱えて右往左往し、警察官僚は部下を怒鳴りつけている。まるで、戦でも起こったような騒ぎだった。早足で大部屋を出入りする警官を伊地知が捕まえると、予想だにしない言葉が返ってきた。

「大久保利通卿が不平士族に襲われ、落命なさったのです」

茫然とするのと同時に、「五月頃に不平士族が蠢動する」という伍助の言葉が、ようやくあるべきところにはまり込むような思いに駆られた。伍助は、大久保を暗殺した不平士族に呼応して、乱を起こそうとしたのではなかろうか、と。

実際にその通りらしかった。

後日、改めて警視庁に呼ばれた伊地知は、署の奥にある大部屋に通された。じゅうたんが敷かれ、大窓が壁に切られた明るい部屋だった。部屋の真ん中に置かれた革張椅子《ソファ》に腰を下ろしていたその男は立ち上がって伊地知を迎えた。

「久しぶりでごわすな、伊地知先生」

「元気じゃったか」

伊地知の言葉に肩を竦め、ひげを指で撫でつつ応じたのは、西郷信吾、いや、従道だった。兄の死を経て、この男の纏う雰囲気はまた一段と重くなった。

「伊地知先生、あいがとさげもした。先生のおかげで、一つ、乱を防ぐことができもした。先生が始末した連中は、大久保どんを襲った一党の騒ぎに乗じて皇城を襲う計画だったそうでごわす。もちろん、今回先生が不逞者を斬った件は当義殺が成り立つもんでごわして、不問となりもす」

あまり興味の持てる話ではなかった。もう、伍助はこの世のどこにもいない。

嘆息する伊地知の前で、従道は意志の強そうな目を光らせ、ずいと身を起こした。

「ときに――伊地知先生に、頼みがありもす」

従道は身を乗り出した。

「薩摩へお下りいただけもはんか」

今、薩摩は西南戦争の余波で荒廃しきり、人心も乱れている。新たに赴任した県令も、その面で不安を持っているという。

「先生に、薩摩を抑える重石になっていただきとうごわす」

「つまりそいは、お前の目となり耳となれということでごわすか」

西南戦争前夜、政府が薩摩に密偵を放っていたことに対する当てこすりだった。

従道は苦笑いを浮かべつつ頷いた。従道はもう、伊地知に怖じる風を見せることはなかった。

「そん通りでごわす。西南戦争が終わってなお、鹿児島には不穏な風が吹いておりもす。今、俺《おい》らはそこまで手が回りもはん。先生には、国に仇なす若い芽を摘んで欲しいのでごわす」

「つまりそやあ、お前の兄様と同じことをせえということでごわすか」

「然《しか》り」

兄、西郷隆盛を引き合いに出しても、従道は揺らぎ一つ見せなかった。かつての弟子の成長に目を見張りつつも、伊地知は傍らに置いていた杖を手に取り、床を強く突いた。さすがの従道も、僅かに眉を動かした。

「信吾」

「従道でごわす」

「いんや、信吾。お前には分からんかもしれもはんが、出来のよか弟子も、悪か弟子も、聞き分けのいい弟子も、きかん坊の弟子も、等しく可愛いもんぞ。お前は、その可愛かもんを、我が手にかけろと言うんじゃな」

伊地知の脳裏に、伍助の死相が過った。

従道は瞑目した。だが、ややあって、意を決したように口を開いた。

「眠たいこっをおっしゃりもすな。富国強兵。俺《おい》らの叩き上げた国是のためには、多少の犠牲は覚悟せねばなりもはん」

「そん挙げ句、だあれも幸せにならん国になうわけか。俺《おい》らは、よか国を作るために回天を起こしたんじゃ。自分の国を作るために挙を起こしたんではなか」

従道は口を強く結んだ。

据わりの悪い沈黙が辺りに漂う。その沈黙を、伊地知が破った。

「まあ、よかど。薩摩に戻ろう」

おお、と声を上げる従道を前に、伊地知は釘を刺した。

「お前が俺《おい》の思う通りに育たなかったのと同じこっで、俺《おい》も、お前の思う通りにはならんぞ」

「何を、なさるつもりでごわすか」

「種を蒔くだけぞ。種を蒔いて、土を富ませて水をやう。そいだけじゃ。じゃっどん、人は草木ではなか。継ぎ木も、枝を落とすこともできなか。ゆえに、思いも寄らぬもんが出来上がるこっも多々あるこったろう。そいを恐れていては、人は育たん」

「政府にとって都合の悪か人材が育つやもしれん、ということでごわすか」

「かも、しれん。じゃっどん、人がおらねば、世は富まん。もう俺《おい》は、若い芽を摘みたくはなか。それに、こん国はもう、若い芽を摘むような余裕もありもすまい」

従道は力なく笑った。その笑みの意味を聞くと、従道は後ろ頭を掻いた。

「いや、大久保どんが同じこつを言っておったと思いもしてな」

従道が言うには――。

大久保は西南戦争の遂行や後処理でずっと多忙であったから直に会う機会はほとんどなかったが、従道と文を往来させていた。その中で、大久保はしきりに薩摩の未来を憂えていた。西南戦争の間中、「戦で荒廃する薩摩を救わねばならぬ」と何度も手紙に書いて寄越した。その文の中で大久保は「薩摩に種を蒔かねばならぬ」と書いていた。だが、結局、具体的な話へと移る前に、大久保はこの世を去った。

「あん人は、自分に向けられた誤解を解くのを厭うておられもしたなあ。正直なところを言えば、俺《おい》ですら、大久保どんの本当の姿を見誤っておりもした。死んだ後になって、そん志を知れても、後の祭りでごわそうに」

「そいが薩摩人というもんじゃろうが、古か薩摩人のな」

死後、大久保に多額の借財があることが判明した。内務卿、有司専制の権化であった大久保はさぞ蓄財に励んでいただろう、そんな世上の噂と裏腹に、大久保はまとまった金が手に入ると様々な事業に寄付をし、必要な事業と認めたなら借金をしてまで手を差し伸べていた。

西南戦争が終わった折、伊地知は大久保から手紙を受け取っている。薩摩の殖産興業に協力して欲しい、ざっとそのような内容だった。当初、伊地知は額面通りに受け取ることができなかったが、その文にこそ大久保の赤心があったと知ったのは、皮肉にも大久保が死に、大久保が裏でやっていたことが判明してからだった。

「お前も、俺《おい》と同じでごわしたか」

伊地知はそう独りごちた。そして、ずっと焦点が合わずにいた大久保利通という人間の像を、ようやく捉えることができたような心地がした。

天井を見上げていた従道は、ああ、と嘆息した。

「最初から、先生を顎で使おうなんて、甘い考えでごわした。この件、忘れてくいもせ」

「お前の言う通りにはならんが――。薩摩に種を蒔くのを、許してくいもせ」

「あそこは、不毛の地でごわす。不穏な者たちが跋扈《ばっこ》して良民は痩せ、皆が貧乏しておりもす。別に薩摩でなくとも」

「俺《おい》がどういう人間か忘れもしたか。当代一のへそ曲がりでごわすぞ」

「そうでごわした。でしたら、あん建白、いかがしもそう」

「何のことでごわす」

「伊地知先生のお出しになった那須の建白でごわす」

士族叛乱を経て、ようやく政府は民力増強に目を向け始めた。特に困窮している村方を救うべく、各地で新規の開墾計画や治水事業が始まろうとしていた。そんな中、伊地知が明治初年に出していた建白に再び光が当てられるに至った。これには、工部省にいる大鳥圭介や、県令として忙しい日々を送っている三島通庸らの後押しもあったという。

「工部省によれば、西洋の先端技術を使うことで那須野に水を通せるそうでごわす。となれば、那須野は一大農業地になりもす。先生に陣頭に立っていただくちゅう話もありもした」

那須野の光景が伊地知の脳裏に蘇る。霞たなびく不毛の地に作物が育ち、人々が額に汗して鍬を振るう、伊地知の夢見た光景がそこにあった。だが、伊地知は未練を振り払うように首を振り、口角を上げた。

「俺《おい》は、古か人間でごわす。野に生きる俺《おい》の手には、那須野の地は余る。後進のもんらに功を譲りもそう」

明治十年代半ば、三島通庸は那須野に農場を設立し、明治十八年、三島の後押しもあって那須疎水が開削され、那須野の農地開墾はさらに加速することになる。また、西郷従道や大山巌《いわお》（弥助）も那須に牧畜を導入し、伊地知の建白は十数年越しに現実のものとなる。しかし、それをこの時点の伊地知が知るよしはない。

従道が薄く笑ったのを是と取った伊地知は、別件の頼みを切り出した。

「そういやあ――。この前の、俺《おい》の止めた叛乱、あれの首謀者たちが持っていた銃を俺《おい》にくれんか」

「な、あん銃は、軍のものち報告が上がっておりもす。先生といえど、おいそれと与えるわけにはいきもはん」

「そこを曲げて頼むと言うておりもす」

「考えもそう」

数日後、伊地知屋敷に荷物が届けられた。布包みの中には、四丁の銃と、弾丸の詰まった胴乱が入っていた。

もちろん、使うつもりはない。いつまでも忘れないようにするつもりだった。己の教えのせいで世に引きずり出され、時代に取り残された者がいたことを。そして、心ならずもそういった者たちを、自らの手にかけたことを。

地獄の釜の隙間から、亡者たちが手を伸ばし、伊地知を引きずり込まんと足首を取る。だが、伊地知は亡者に向かって首を振り、その手を振り払った。

伊地知には、まだ、やることがあった。

そうして伊地知は、薩摩の土を踏んだ。

明治十五年　鹿児島　7

七之助は目を剝いた。

「先生、ないごてここに」

七之助の視線の先にいる伊地知は、杖を突き、七之助の横に立つと、その肩を叩いた。まるで、労を労うような、優しげな手つきで。

「決まっておろう。二人を止めにな」

「じゃっどん先生、先生は」

伊地知の拳骨が七之助の頭に落ちた。

「二人の味方とでも言うつもりか。見る目のなか奴じゃ」

そう言い放った伊地知は、洞穴の奥にいる源之丞、大智に目を向けた。

「お前たち、もう、児戯は終わりぞ」

これには胸壁越しに二人が反撥した。

「あまりな言いようではありもはんか、先生」

「児戯じゃ」伊地知はいつものように怒鳴った。「西郷どんすらも果たせなかった士族反乱を起こそういうこつを考えうこっ自体が、そもそもなっておらん。さらに言やあ、破れかぶれになって死に花を咲かそういうんは、もっといけん。二人とも、落第じゃな」

なら、と洞穴から声がした。源之丞の声らしかった。その声は、僅かに震えていた。

「どうしたらよかど。反乱もならん、さりとて死んでもならん。ならんならんばっかりではありもはんか。俺《おい》らには、自由がありもはんのか」

伊地知は杖を突き、洞穴へと向かっていった。まるで、源之丞、大智の銃などものともしないかのように。二人が銃口を向けてもなお、伊地知はその歩みを止めない。

伊地知は、はっきりと、そして、悠々と、口を開いた。

「自由、か。新しか言葉は嫌いじゃ。何か、大事なものを誤魔化していうように思えてな。じゃっどん、使ってやろう。どうしたらよかどなんぞと弱音を吐いておる青二才が自由とやらを与えられても、結局は持て余すだけぞ」

ばつ悪げに黙った源之丞に代わり、大智が声を上げた。

「先生は、ないごて薩摩にお戻りになられたのでごわすか。政府の回し者でごわすか。俺《おい》らのようなもんを抑え込むために、ここに来たのでごわすか。それとも、政府にとって都合のいい人間を育てるために、ここに来もしたか」

伊地知は怒鳴った。

「そんなわけがあうか」

その一喝は夜の森を駆け抜け、鳥がざわめいた。

伊地知は野犬の如き顔をしながら続ける。

「お前たちは、人を育てるこっの何たるかを知らん。お前らに聞くが、では、お前らは、俺《おい》の思うように育ったか。もし俺《おい》の思うように育ったなら、俺《おい》のおらん時を狙って鉄炮を担ぐようなことはせんし、唯々諾々と鹿児島県の役人になっておろう。人を育てるっちゅうこっは、ただ、種を蒔くようなもんぞ」

「種を、蒔く?」

「もしかしたら、俺《おい》の教えは、いつか弟子に小馬鹿にされ、唾を吐かれるものかもしれん。じゃっどん、そいでも、俺《おい》は教えなければならん。そいが種を蒔き、地を富ませるというこっじゃ。そいが天下の重石として死んでいった西郷どん、大久保どんの後に残された、俺《おい》の仕事じゃ」

伊地知はついに、洞穴まであと三間ほどのところにまで至った。

洞穴に拠る二人は、既に伊地知の剣幕に圧されている。どちらが丸腰なのか、まるであべこべだった。

だが、ややあって、下を向いていた源之丞が銃を振りかざした。

「止まってくいもせ先生。こん銃は、弾込めが済んでおいもすぞ」

「ならば、引き金を引いてみればよか」

伊地知はそう言い放ち、両手を広げてみせた。挑発かとも思った。だが、伊地知は、沈痛な顔でそこにある。ちぐはぐな行動と態度に、七之助はその本心を測りかねていた。

そのまま、伊地知は引きずっていた足を浮かせ、けんけんで歩き始めた。

「嘘ではありもはんぞ。先生」

「やってみぃと言うたぞ」

伊地知は吐き捨てた。

その瞬間、源之丞は引き金に指をかけた。

「先生！」

七之助は前に飛び出した。どんなに走っても、間に合うはずはなかった。それでも体が先に動いていた。

七之助は最悪の事態を覚悟した。

だが、そのきっかけになるはずの、銃声がしなかった。

「え……？」

撃鉄が落ちてもなお煙の上がらない鉄炮を前に、源之丞は狼狽していた。

「ないごて……。故障でごわすか」

伊地知は、なおも引き金を引いたり、蝶番の弾込め部を震える手でいじり回す源之丞を見遣り、答えた。

「お前が使《つこ》うておるそん弾丸、明治十年頃に作られたものぞ。そいから五年、外の納屋に捨て置かれていたもんが、そんまま使えるわけがなか」

そうだった。

源之丞たちの持つ弾丸はすべて、庵の納屋から見つけたものだ。しけった火薬を元に戻す技もあるのかもしれないが、少なくとも、源之丞や大智がそれを学ぶ機会はなかったはずだった。

伊地知は息をついた。

「もう、弾丸《そんなもん》が必要な時代は、終わっておるんじゃ。新しか時代の風を受けねば、せっかくのよか種も腐る。老人の言うこっに、耳を傾けい」

二人して顔を見合わせていた源之丞と大智だったが、やがて、どちらともなくその場に膝を突き、銃を捨てて地面を叩き始めた。ややあって、身を裂くような声が二人の口から漏れた。

それが慟哭《どうこく》だと気づくのに、しばしの時がかかった。

七之助は、二人を見下ろす伊地知の傍に近づいた。

「先生、どうやってここに」

「ああ？　歩いてここに」

「なしてここがお分かりに。それに、村からここまでかなりありもすが」

「河野から連絡がありもした。別にこんくらいなら、一人でも歩けもす」

釈然としなかったが、冷静に考えれば当然のことだった。戊辰戦争の際、伊地知が馬に跨がって転戦している様子は、昔語りからも明らかだった。足が萎えきっていては馬を操ることはできない。伊地知の足が悪いこと自体は事実なのだろうが、少なくとも、輿が必要になるほどのものではないということなのだろう。だが、そんなことは瑣事に過ぎない。七之助は気になっていた問いを放った。

「先生らしくありもはん。確かに、鉄炮の弾丸がしけっていた公算は高かったと思いもす。じゃっどん、すべてしけっているなんて考えられもはん。先生ともあろうお方が、万全の計画なしに、御自らを死地に置くはずがありもはん」

鋭い奴じゃ、とぼやくように口にし、伊地知は答えた。

「あの弾丸類、雷管はついてなかったんじゃ。こん二人は、雷管――爆帽――がないと銃が使えんこっも知らんかったんじゃろう。そいにしても本当は、あの鉄炮だけ貰えればよかど、昔っから信吾はそそっかしくていかん」

七之助が目をしばたたかせると、伊地知はコホンと咳払いをした。

「ともかく、すべて使えんのは、承知しておった。それに――。あん弾丸で死ぬとしたら、それはそれで、人生の平仄が整っておるような気もすうし、なあ」

「どういう意味でごわすか」

「独り言じゃ。気にすうな」

伊地知は杖の先を七之助の頭に振り下ろした。はぐらかされてしまった。なおも言葉の意味を問い質そうとしたものの、やめた。伊地知の背にかかる影は、あまりに深く、重かった。背中で問いを拒否していた。

鹿児島の内湾から日が昇り、城山の台地に日差しが降り注いだ。

温かな日の光が辺りを白く染め上げ、七之助の目を焼いた。

終

もくもくと煙を上げる桜島が、海風を受けて舞う鷗《かもめ》を見下ろしている。この日の錦江湾は爽やかに晴れ渡り、銀色に輝く凪の海には、大小様々な船が行き交っていた。港の桟橋近くでは、東京行きの船に乗る客や見送りの者で人だかりが山をなしていた。そんな一角から少し離れたところに、旅姿の七之助は一人立っていた。

七之助は、海から目を離すと、西方にある鹿児島城下町、その奥にある田上村に向かって頭を下げた。長閑《のどか》な田上村の様子は、港からでもよく見えた。

「これまで、お世話になりもした」

七之助は、伊地知の下から離れることになった。

大智と源之丞の起こした小さな蜂起事件は、結局有耶無耶《うやむや》にされた。誰も逮捕されないばかりか誰にも知られないまま、大智と源之丞はなおも伊地知のところに留め置かれることになった。

『はねっ返りどもの面倒を見うのも、俺《おい》の役目でごわす』

西南戦争直後はその生き残りが伊地知を担ごうと近づき、叛乱を起こそうと策動していたらしい。どうやら、伊地知にとって先の騒ぎは、久々とはいえよくある類の事件だったらしい。桜島から見下ろせば瑣事にしか見えないことも、七之助にとっては人生を揺るがす大事だった。

あの一件を経ても大智や源之丞と培ったものが雲散霧消したわけではないが、二人とは道を違《たが》えてしまったような気分に陥った。それに、鹿児島県の役人にならないかと誘われた際に心の水面に立ち上った感触を、七之助は忘れることができなかった。考えれば考えるほど、鹿児島は己の居場所に思えなくなっていった。幸い、伊地知の下で働いて三年あまり経ち、手元にはまとまった金があった。七之助は、東京に出ることを決め、伊地知にその旨を述べたのだった。

伊地知は怒った。杖を振り回し、

『鹿児島の役人では不足と言うか』

『お前のような半端者が東京に出ても何も変わらん』

『お前の面倒を見たのは、東京にくれてやるためではなか』

と散々に怒声を七之助にぶつけた。しかし七之助の決心は固く、十日あまりの口論、取っ組み合いの喧嘩の挙げ句、ついに伊地知が折れた。

『そいまで言うなら、勝手に出て行けばよか』

その捨て台詞に従い、七之助は伊地知の元を飛び出した。

理不尽な人だった。だが、このような別離となってしまったことに七之助は心を痛めていた。

もう少し言葉を尽くせば、あるいは伊地知も分かってくれたのではないか。もっと他の言い方をすれば、快く伊地知は送り出してくれたのではないか。後悔が七之助の心中に浮かんでは消える。だがそれも、すべては過ぎたことだった。

出航十分前を告げる汽笛が鳴った。

七之助は鹿児島の町を一瞥し、踵を返した。

その時、後ろから、七之助を呼ぶ声がした。

七之助が振り返ると、伊地知が人混みを掻き分け、七之助の前に現れた。いつも通りの野良着に茶の羽織を合わせ、いつものように刀の鍔の眼帯を左目にはめている。杖を突き、つかつかと七之助の前にやってきた伊地知は、やはり不機嫌そうに顔をしかめている。

「先生、ないごてここに」

「餞別くらい、くれてやってもよかと思いもしてな」

伊地知はぶっきらぼうに言い放つと、小さなつづらを七之助に突き出した。七之助が伊地知に断ってからその蓋を開くと、中には大きな炭団が三つ入っていた。

伊地知はばつ悪げに七之助から目を逸らした。

「殖産興業は金がかかる。それに、お前が突然飛び出すもんじゃから、こんなもんしか用意できなんだ」

そんな口ぶりに反して丁寧に丸められた炭団を見遣った七之助が頭を下げると、伊地知は杖の先で七之助の頭を殴りつけた。しかし、まったく痛くなかった。

「お前が、薩摩言葉を使う必要はなか」

伊地知は杖の先を強く地面に打ち付けた。

「本当は、お前も薩摩の人間にしたかったが、上手くいかなんだ。そのうちお前にも分かるかもしれんが、ものを教えるというんは、割に合わん」

「申し訳ありもはん、先生。でも、俺《おい》は」

薩摩言葉を使う必要はなかと言うたはずじゃ、と七之助に釘を刺し、伊地知は続けた。

「本当に割に合わん。理は、時に応じて新しくなる。師匠の言うこっは時代遅れじゃと弟子たちに馬鹿にされるのが関の山じゃ。そいでも、師匠が伝えることができうのは、ただ、ここだけなのかもしれん」

伊地知は己の胸を叩いた。

「俺《おい》も、いろんな人に薫陶を受けた。友、同輩、後進……。どいつもこいつも、意見がよくぶつかったもんじゃ。じゃっどん、奴らの遺した思いは、なおも俺《おい》を突き動かしておる。そして、俺《おい》の思いが、他のもんを突き動かすこっもあるじゃろ。願わくば、俺《おい》の思いが、いつかお前を突き動かすのを祈るばかりぞ」

しばしの無言の後、七之助は声を上げた。習いとなっていた、薩摩言葉を己から引き剝がして。

「先生、俺は、薩摩には馴染めませんでした。先生の期待に応えられませんでした。そんな半端者の俺に、居場所なんてあるんでしょうか」

迅雷のような痛みが七之助の肩に走った。いつの間にか伊地知の杖の一撃を食らっていた。今度はひどく痛い。

「自分がどこに身を置くもんか。そんなこっ、誰にも分からん」

伊地知はもう一度杖で七之助の肩を叩いた。今度は、優しく。

「これからこん国は、こん地に住むもんにも日本人とかいう大仰なもんになれとうるさく言ってくるじゃろう。そいが嫌だとしても、己一人で生きていくことなんてできん。だから人は徒党をなし生きておりもす。じゃっどん、人にはいろんな身の置き場があうこっを忘れるな。日本、薩摩、仲間、本来無一物のただ一人。もしかしたら、もっと大きなもんや、まったく違うもん、もっと小さなもんもあるやもしれん。じゃっどん俺《おい》は、薩摩を選んだんじゃ」

伊地知は桜島を見上げた。大入道のような姿をした山が、今日も鹿児島の町を見下ろしている。

「もしかしたらお前はもっと大きいもんに居場所を見つけるかもしれんし、もっと小さいもん、あるいはもっと違うもんに己の居場所を見つけるかもしれん。あるいは、今の枠をぶっ壊して、自分のための居場所を作ってもよか。そいは裏切りではなか。俺《おい》らが維新回天を起こして国の形を変えたのと同じごたることった」

伊地知は七之助の肩を叩いた。痛い。だが、ひどく温かな手だった。

「お前はお前の居場所を見つけい。そうすやあ、桜島のお姿も、違った風に見えるはずじゃ」

ふと、七之助は心底に浮かんだ問いを伊地知にぶつけてみたくなった。

「先生、質問しても」

「よかど」

もしかして、と前置きして、七之助は口を開いた。

「先生も本当は、ここではないどこかに本当の居場所がおありなのではありませんか」

七之助の言葉に際した伊地知の顔には、驚くほど屈託がなかった。その顔には、薄い後悔と、確かな実感が刻まれていた。答えは、聞くまでもなかった。

伊地知は己の足下を指した。

「いんや。俺《おい》の居場所はここじゃ。俺《おい》はこの鹿児島の地で、種を蒔き続けう。俺《おい》は、自分の手に余るこっはしたくなか。土の見えうところ、人の顔の見えうところで生きんのが性に合っておるんじゃ。もしかしたら足利尊氏のごたるもんの種を蒔いてしまうかもしれんが、蒔いた種が育って茂るうちに、俺《おい》が腹いっぱい刺身を食ってもよか時代がやってくると信じてな」

「伊地知先生は、豆腐がお好きではなかったんですか」

「いくら好きでも、そいばかりでは飽きよう」

伊地知が悪戯っぽく肩を竦めてみせると、時を告げる鐘が鳴った。

「時間か。達者でな」

伊地知は手を差し出し、七之助の手を強く握った。突然のシェイクハンドだった。伊地知のかさついた手は、土と共にある、野の人の手だった。百万語を費やすよりも、その手ははるかに雄弁だった。

シェイクハンドを終えた伊地知は名残を惜しむこともなく、くるりと踵を返すとそのまま歩いて行ってしまった。ずんずん進むその背中に、七之助は深々と頭を下げた。

桟橋を渡り、炭団の入ったつづらと共に七之助が乗り込んだのを見計らうかのように、船は港を離れていく。風待ちの必要のない蒸気船は、黒煙を上げつつ凪の海に漕ぎ出してゆく。

少しずつ、桜島がその姿を変えてゆく。

桜島はこれまで、自分のことを見下しているようにしか見えなかった。今もそうとしか見えない。

だがいつか。

桜島を誇りに思える日が来るのだろうか。

桜島に抱かれた人々と共に笑い合う日が来るのだろうか。

甲板の上で海面を眺めていた七之助は、また桜島を見上げた。

桜島は、何も言わず、己の居場所を探しに旅立つ若者に一瞥をくれた。

ふと、七之助は己の名を呼ぶ声に気づいた。

声の方に向くと、港近くの岬に、源之丞と大智が立っていた。何を言っているのかは海風のせいでわからない。だが、二人とも顔を真っ赤にし、手を何度も振って何かを叫んでいる。

不思議と、七之助には二人の思いが理解できた。

七之助は甲板の手すりから身を乗り出し、手を振って叫んだ。何と叫んだのか、七之助にも分からない。ただ、熱いものが七之助の中で脈打っている。

やがて、二人の姿は米粒ほどの大きさになり、ついには見えなくなった。

鹿児島の町が米粒のようになってもなお、七之助は手を振り続けた。

七之助の抱えるつづらの中では、炭団が人知れず眠りに就いていた。火がつくのを今か今かと待ち詫びながら。

終

主な参考文献

鹿児島県教育会編『伊地知正治小伝』マツノ書店
大山柏『戊辰役戦史　上・下』時事通信社
瀧井一博『大久保利通：「知」を結ぶ指導者』新潮選書
中元崇智『板垣退助―自由民権指導者の実像』中公新書
橋本博（編）『維新日誌〈第二期、第二巻〉』
早稲田大学日本地域文化研究所（編）『薩摩の歴史と文化』（日本地域文化ライブラリー　7）行人社
岡本柳之助（著）、平井晩村（編）『風雲回顧録』中公文庫
奈倉哲三、保谷徹、箱石大（編）『戊辰戦争の新視点 上：世界・政治』吉川弘文館
奈倉哲三、保谷徹、箱石大（編）『戊辰戦争の新視点 下：軍事・民衆』吉川弘文館
中原幹彦『西南戦争のリアル 田原坂』（シリーズ「遺跡を学ぶ」153）新泉社
鹿児島市史編さん委員会（編）『鹿児島市史』鹿児島市

本書は歴史に材を取ったフィクションです。著者識す。

本書は書き下ろしです。

谷津矢車（やつ やぐるま）

1986年東京都生まれ。駒澤大学文学部歴史学科考古学専攻卒。2012年「蒲生の記」で第18回歴史群像大賞優秀賞受賞。13年『洛中洛外画狂伝 狩野永徳』でデビュー。2作目の『蔦屋』が、「この時代小説がすごい！ 2015年版」にて第7位。その他の著作に『三人孫市』（中央公論新社）、『曽呂利』（実業之日本社）、『おもちゃ絵芳藤』（文藝春秋、第7回歴史時代作家クラブ賞作品賞）、『某には策があり申す』（角川春樹事務所）、『奇説無惨絵条々』（文藝春秋）などがある。

ぼっけもん　最後の軍師　伊地知正治

2023年6月20日 第1刷発行

著者――谷津 矢車
発行人――見城 徹
編集人――森下康樹
編集者――壷井 円
発行所――株式会社 幻冬舎
〒151-0051 東京都渋谷区千駄ヶ谷4-9-7
電話 03（5411）6211（編集）
03（5411）6222（営業）
公式HP https://www.gentosha.co.jp/
印刷・製本所――株式会社 光邦

検印廃止

Printed in Japan
ISBN978-4-344-04126-4 C0093

この本に関するご意見・ご感想は、左記アンケートフォームからお寄せください。
https://www.gentosha.co.jp/e/